中国古典文学
读本丛书典藏

刘禹锡诗选

阎琦 邱晓 选注

人民文学出版社

图书在版编目（CIP）数据

刘禹锡诗选/阎琦，邱晓选注. —北京：人民文学出版社，2023
（中国古典文学读本丛书典藏）
ISBN 978-7-02-018047-9

Ⅰ.①刘… Ⅱ.①阎…②邱… Ⅲ.①唐诗—诗集 Ⅳ.①I222.742

中国国家版本馆 CIP 数据核字（2023）第 108135 号

责任编辑　李　俊
装帧设计　陶　雷
责任印制　张　娜

出版发行　人民文学出版社
社　　址　北京市朝内大街 166 号
邮政编码　100705

印　　刷　三河市鑫金马印装有限公司
经　　销　全国新华书店等

字　　数　268 千字
开　　本　880 毫米×1230 毫米　1/32
印　　张　10.875　插页 3
印　　数　1—3000
版　　次　2023 年 7 月北京第 1 版
印　　次　2023 年 7 月第 1 次印刷

书　　号　978-7-02-018047-9
定　　价　45.00 元

如有印装质量问题，请与本社图书销售中心调换。电话:010-65233595

目　录

3

长庆时期

7

前　言

　　刘禹锡(772—842),字梦得,中唐著名的文学家、思想家。《旧唐书》本传称刘禹锡为彭城(今江苏徐州)人,是以刘姓地望而言,实则刘禹锡家族与彭城无关。刘禹锡远祖很可能为匈奴人,其七世祖刘亮在北魏任冀州刺史、散骑常侍(刘禹锡《子刘子自传》)。冀州为汉中山国封地所在,故可能为匈奴后裔的刘氏先祖遂附会为汉中山靖王刘胜之后,所以刘禹锡有中山(今属河北)人之说,被称刘中山。北魏孝文帝迁都洛阳,刘亮一族随之南迁,世居洛阳,其家族墓地在洛阳和荥阳,故刘禹锡籍贯应为洛阳。刘禹锡曾祖、祖父俱仕唐为官,其父刘绪天宝末应进士,为避"安史之乱",随家族寓居苏州,为浙西观察使从事。刘禹锡于代宗大历七年(772)出生于苏州,少年时期在江南度过。贞元九年(793),刘禹锡登进士第,再登吏部博学宏词科,授太子校书,由此步入仕途,此后历任淮南节度使掌书记、渭南县主簿、监察御史、屯田员外郎、朗州司马、连州刺史、夔州刺史、和州刺史、太子宾客分司东都、主客郎中、礼部郎中、苏州刺史、汝州刺史、同州刺史、秘书监分司东都,会昌二年(842)病逝于洛阳,赠兵部尚书。

　　刘禹锡诗文初与柳宗元齐名,并称"刘柳",晚年与白居易唱和,并称"刘白"。刘禹锡的文章,颇有名篇,如《天论》三篇在中国哲学史上有重要地位;《祭柳员外文》《祭韩吏部文》抒发其与柳宗元、韩愈的友情,极为感人;《陋室铭》抒写不同流俗的高洁之志,是著名的铭文。此外,刘禹锡有赋九篇,文采华赡,可读性强。但从整体上看,刘禹锡文章的成就不及诗歌。

一

刘禹锡的诗歌创作,大概可以分为三个阶段。德宗贞元二十一年(805,即顺宗永贞元年,此年正月德宗崩逝、顺宗即位。八月,顺宗退位、宪宗即位)刘禹锡三十四岁以前为第一阶段。

据其《刘氏集略说》所述,刘禹锡少时曾从权德舆、诗僧灵澈等学诗,但刘禹锡传世诗文并无少作,其最早的一首诗《华山歌》,作于贞元八年(792)入京应进士时,其后就是《省试风光草际浮》了。贞元八年至贞元二十一年贬朗州前十余年间,刘禹锡的诗可以编入此一段者,不过四十余首。总的来说,刘禹锡这一时期的诗歌创作,还未显示出自己的独特面目。但贞元末期,刘禹锡在朝为官、结交王叔文等对其以后的人生命运和文学创作却产生了重要的影响。

刘禹锡进入科场非常顺利。贞元八年(792),二十一岁的刘禹锡赴京应进士举,次年(793)登进士科(柳宗元同时登科),再登吏部博学宏词科,授太子校书。相对于久困科场的多数举子,相对于"四举于礼部乃一得,三选于吏部卒无成"(韩愈《上宰相书》)的韩愈,初入科场的刘禹锡堪称一路顺风。贞元末,在德宗驾崩、顺宗即位,王叔文、韦执谊执掌朝政的半年之间,初入官场的刘禹锡更是春风得意。然而,刘禹锡因与王叔文相善,参与"王韦新政",埋下了此后数十年命运坎坷的种子。

"王韦新政"发生的契机是德宗病逝、新君将立之时。德宗在位二十七年,当其晚年,猜忌刻薄,刚愎自用,不任忠臣而亲信奸佞,弊政迭出。朝政如此,立为太子已近二十年的李诵(即后来的顺宗)看在眼里,虽然有时也向德宗规劝一二,但于事无补。贞元十九年,即刘禹锡、柳宗元、韩愈进入御史台为监察御史时,德宗六十二岁,年寿已高,病入膏肓,朝夕不保,于是很自然地在太子周围形成了一个官僚集团。这个集团的核心人物就是王叔文、王伾和韦执谊。

王叔文、王伾俱待诏翰林。王叔文以棋侍太子,王伾以书侍太子。技艺之士待诏翰林,原不可参与国家机密、处分朝廷大政。但二王善于逢迎,尤其是王叔文"深沉多计",颇得太子宠信,故有时也与太子议论时政。《顺宗实录》卷一载,太子尝欲谏德宗罢宫市,众人皆称善,独王叔文建议太子只应向德宗"侍膳问安",不宜议论朝政,以免德宗疑心太子急于主政、笼络人心,王叔文由此得太子爱幸。

当然,王叔文起初并无执掌朝廷大权的幻想,他后来的执政欲望,大概由两个因素促成:一是德宗晚年病重而太子对其极为信任,二是与王伾、韦执谊的结识、合流。王伾与王叔文同为翰林待诏,结识很早,而王叔文与韦执谊的结识则是"因缘凑巧"。贞元十二年四月,德宗生日,御麟德殿召官员与道士、沙门讲论儒、道、释三教(《旧唐书·韦渠牟传》),韦执谊为太子所献佛像作赞,进至东宫,与王叔文初逢。至贞元十九年前后,王、韦交往已颇密切。此后,王、韦又笼络密结一批初入仕途、年轻气盛的新锐才俊,与"陆质、吕温、李景俭、韩晔、韩泰、陈谏、刘禹锡、柳宗元等十数人,定为死交","凌准、程异等又因其党而进"(《顺宗实录》卷五)。刘、柳才高自不必说,韩晔、韩泰、陈谏、凌准、程异、李景俭等,皆当世之才。《旧唐书·王叔文传》后附韩晔、陈谏、凌准、韩泰传,称晔"有俊才",谏"警敏",准"有史学",泰"有筹划,能决大事"。《旧唐书》于陆质、李景俭、程异、吕温各有传,称异"精吏治",质"明《春秋》",景俭"性俊朗,博闻强记,颇阅前史,详其成败",温"天才俊拔,文才赡逸"。可见王叔文、韦执谊确有识人之能。至贞元末,已经形成了以东宫二王、尚书省韦执谊为首,和王、韦罗致的一批急于进取的年轻新锐,结合而成的朝廷以外的政治小集团,或皇太子身边的私党。这个政治小集团左右了当时的朝廷,甚至还在朝廷内外造成人人自危的恐怖气氛。

贞元二十一年（805）正月癸巳二十三日，德宗驾崩；丙申（二十六日），太子即位，是为顺宗。顺宗即位，即以韦执谊为尚书左丞、同平章事（不久改中书侍郎、平章事），以王伾为左散骑常侍、依前待诏翰林（不久为翰林学士），以王叔文为起居舍人、翰林学士（不久改盐铁副使，再改户部侍郎，仍兼盐铁副使，但去学士之职）。凡王、韦集团中人，职位皆有大幅升迁。其中，刘禹锡"尤为叔文知奖，以宰相器待之"（《旧唐书·刘禹锡传》），故刘禹锡对王叔文心存感激，竭其所能协助王、韦执政，并表现得相当强势，以致于被同僚参劾，"（刘禹锡）颇怙威权，中伤端士。……侍御史窦群奏参禹锡挟邪乱政，不宜在朝，群即日罢官"（《旧唐书·刘禹锡传》）。在王、韦的提拔下，刘禹锡于贞元十九年登朝为御史台监察御史，于二十一年正月擢升为屯田员外郎、判度支盐铁案，从正八品上跃升到从六品上，一般官员要经过十数年才能达到的官阶，刘禹锡不数月就达到了，故称得上是"越级超拔"。本集所选《春日退朝》《阙下口号呈柳仪曹》隐约反映了刘禹锡当时意气风发的情绪状态。

王、韦执政期间，推行了一系列"改革"或"新政"，如罢翰林阴阳星卜医相覆棋诸待诏三十二人，谴责京兆尹李实"残暴掊敛之罪"，贬之为通州长史，罢宫市、罢五坊小儿，罢盐铁使额外进献，出宫女三百人、出掖庭教坊女乐六百人，下诏追还德宗时被贬的名臣忠州别驾陆贽、郴州别驾郑余庆、道州刺史阳城（陆贽、阳城未及闻诏已卒于贬所）等。此六事，除第一项是王叔文"恶其与己侪类相乱"（《顺宗实录》卷一）外，其他各项还是大得人心的。然在古代，新皇帝初即位，大率都有几项新措施以安天下，顺宗这几项"新政"也并非改变朝局腐败的大政方针。

二

贞元二十一年四月,广陵王李纯被册立为皇太子;七月乙未,权勾当军国政事(监国);八月丁酉,顺宗内禅,太子即皇帝位,是为宪宗。宪宗初登大宝,即下诏贬王伾开州司马,贬叔文渝州司户(明年赐死);九月己卯,贬韩泰、韩晔、柳宗元、刘禹锡为远州刺史,其中柳宗元得邵州,刘禹锡得连州;十一月壬申,贬韦执谊为崖州司马。朝议谓贬之太轻,故再贬刘禹锡、柳宗元、韩泰、韩晔及当时不在朝中的陈谏、凌准、程异等为远州司马,时号为"八司马","宪宗欲终斥不复,乃诏虽后更赦令不得原"(《旧唐书·刘禹锡传》)。自此之后,刘禹锡长期被贬在外,辗转南方多地为官,元和九年(814)秋,刘禹锡曾受诏回京,次年春旋即贬为连州刺史,穆宗长庆元年(821),任夔州刺史,长庆四年(824),任和州刺史;敬宗宝历二年(826),离任和州刺史;文宗大和元年(827),返回洛阳,前后二十三年,此为刘禹锡诗歌创作的第二阶段。这一时期,刘禹锡的诗歌主要有四类。

一是表达政治立场、讥时刺世、批判上层统治阶层的作品,以《聚蚊谣》《百舌吟》《飞鸢操》《秋萤引》《鶗鸹吟》《昏镜词》等乐府形式的寓言体诗歌为代表。元和元年(806)夏,朝廷有《改元元和赦文》,刘禹锡听从韩愈的劝说,为《上杜司徒书》,向昔日幕主杜佑陈述其委屈,希望杜佑援助,然而并未得到回应。至八月,宪宗诏:"左降官韦执谊……等八人,纵逢恩赦,不在量移之限。"王叔文之赐死,大约也在此时。这对刘禹锡是极大打击。绝望悲愤之际,刘禹锡乃为《聚蚊谣》等诗以泄愤。《聚蚊谣》云:

> 沉沉夏夜兰堂开,飞蚊伺暗声如雷。嘈然歘起初骇听,殷殷

若自南山来。喧腾鼓舞喜昏黑,昧者不分聪者惑。露花滴沥月上天,利觜迎人着不得。我躯七尺尔如芒,我孤尔众能我伤。天生有时不可遏,为尔设幄潜匡床。清商一来秋日晓,羞尔微形饲丹鸟。

其对群小("聚蚊")"利觜迎人"的描述,对"清商一来","微形饲丹鸟"的期盼,略无掩饰,说明刘禹锡为此诗时的情绪已难以抑制,其倔强不屈的个性在诗中有充分表现,其他《百舌吟》《飞鸢操》等亦是如此。这组寓言诗都带有"吟""谣""操"一类歌行体的标志,比较接近杜甫的寓言类咏物诗。刘禹锡久谪沅湘,抑郁不乐,将自己的经历化而为诗,皆实有所指,讽刺辛辣深刻又不失格调,故能从杜甫变出新体,自具面貌。

二是表现悔咎自责之情和关心朝局、积极参与朝政之急迫心情的作品。《平蔡州》《城西行》《平齐行》集中反映了他急于参与社会政治的迫切心情。安史乱后,困扰唐政府最大的事端,就是藩镇割据。宪宗即位后,屡屡对抗拒朝廷的藩镇有大动作,元和十二年平定蔡州叛乱,在整个中晚唐都难得一见,故后世对宪宗一朝有"中兴"之誉。远在连州的刘禹锡由衷地为朝廷取得胜利感到高兴。《平蔡州》其二有句云:"忽惊元和十二载,重见天宝承平时。"蔡州一役,裴度以宰相兼彰义军节度使立大功,韩愈以行军司马参与其中亦有功劳,刘禹锡在兴奋之余对自己不能参与有莫大的遗憾。《城西行》写蔡州吴元济京城授首,《平齐行》写元和十四年反叛的淄青平卢节度使李师道授首,河南道淄青等十二州皆平,心情与《平蔡州》同。然而号为"中兴"的元和政治却又是如此复杂且令刘禹锡等失望:号称"英主"的宪宗所任宰相皆称一时之秀,但仍有诸多与刘禹锡、柳宗元同样有文学才华、有远大志向、有精干吏才、有强烈参与意识的人如韩愈、元稹、白居易等,陆续遭贬或被排挤。时局似乎是在召唤英才，但同时又在废弃英才。贬谪时期的刘禹锡，其纷乱矛盾的心态即由此生。

三是学习民歌、描写各地风土人情的作品，如作于朗州的《采菱行》《踏歌词》《堤上行》《竞渡曲》《蛮子歌》，作于连州的《插田歌》《莫徭歌》《连州腊日观莫徭猎西山》，作于夔州的《畲田行》《竹枝词》等。唐时朗、连、夔等州皆是少数民族聚居之处，其异于中原的自然风貌、生产生活方式，带给刘禹锡的是眼前一亮的新奇之感。如《插田歌》：

> 冈头花草齐，燕子东西飞。田塍望如线，白水光参差。农妇白纻裙，农父绿蓑衣。齐唱田中歌，嘤伫如竹枝。但闻怨响音，不辨俚语词。时时一大笑，此必相嘲嗤。水平苗漠漠，烟火生墟落。黄犬往复还，赤鸡鸣且啄。路旁谁家郎，乌帽衫袖长。自言上计吏，年初离帝乡。田夫语计吏，君家侬定谙。一来长安道，眼大不相参。计吏笑致辞，长安真大处。省门高轲峨，侬入无度数。昨来补卫士，唯用筒竹布。君看二三年，我作官人去。

全诗用通俗的语言写连州农民劳作时唱歌自娱等情景。开篇数句，诗中有画，似陶渊明笔下的田园。后半计吏与田父问答，诙谐而不乏善意的讽刺。诗以俚语入诗，俚俗而不晦涩，如闻其声，如见其貌。清人沈德潜《唐诗别裁》卷三评曰："前状插田唱歌，如闻其声；后状计吏问答，如绘其形。"又如《竞渡曲》写朗州五月龙舟竞渡，两船竞发，各不相让，刺史官员亲临，州民观者如堵，彩旗夹岸场面以及竞渡后女妓水面演艺，历历在目。《蛮子歌》写朗州五溪习俗，《莫徭歌》写连州白裤瑶民风，《畲田行》写夔州山民刀耕火种，都极为生动地刻画了偏远地区少数民族的生活习俗。

当然，刘禹锡这一时期的民歌体诗中最著名的还要推《竹枝词》。《竹枝词》是刘禹锡诗歌创作的一个高潮，也是他七绝艺术的一个高峰。刘禹锡在朗州时即已注意到南方民歌《竹枝词》，并受到它的影响。《踏歌词》《堤上行》及《插田歌》均提到当地人唱《竹枝》，而且《踏歌词》《堤上行》无论内容与形式都与《竹枝》无异，但是刘禹锡创作《竹枝》是在夔州。刘禹锡的《竹枝词》共两组，第一组九首，第二组两首，共十一首，与屈原《九歌》十一篇相合。刘禹锡的十一首《竹枝》，篇篇皆佳，其中有描写男女爱情的：

> 杨柳青青江水平，闻郎江上唱歌声。东边日出西边雨，道是无晴还有晴。

有描绘夔州风土人情的：

> 山上层层桃李花，云间烟火是人家。银钏金钗来负水，长刀短笠去烧畲。

也有寄托感慨、富含哲理的：

> 瞿唐嘈嘈十二滩，人言道路古来难。长恨人心不如水，等闲平地起波澜。

明人陆时雍《唐诗镜》谓刘禹锡《竹枝词》曰："俚而雅。"诗人为诗，雅不难，俚而雅则难。刘禹锡《竹枝词》大量使用比兴、谐声、重迭、回环等民歌常见的艺术手法，语言清新朗畅，音节悠扬婉转，是他七言绝句的代表作。后来刘禹锡为苏州刺史时，又作《杨柳枝词九首》《浪淘沙九首》，证明他非常善于从民歌中汲取艺术营养，并能以独有的才情对民歌加以改造，把它发展到极高的水平。

四是咏史怀古诗，这是刘禹锡诗中思想最深刻、艺术最精湛的部分，在整个唐朝也独树一帜。根据内容、题材之不同，刘禹锡这一时期的咏史怀古诗又可以分为前后两期。前期写于朗州十年及短暂回京又被贬出之时，后期则写于担任连、夔、和刺州时期。前后期的不同与他本人境遇、心态发生的某些变化有关。朗州司马是闲职,贬于蛮荒,居久不调,所以此期的咏史诗多借古迹抒发其无罪被贬的愤怒和久不得调的悲苦。如《君山怀古》:

> 属车八十一,此地阻长风。千载威灵尽,赭山寒水中。

此诗是刘禹锡赴朗州阻风洞庭时所写。千年前那位“威灵”尽显的秦始皇早已不复存在,但他所造的孽——被伐光树木的君山却还留在人间。诗自然有所讽刺,也有所影射。《荆州道怀古》是元和十年赴京、旋贬连州刺史后赴任途中所作:

> 南国山川旧帝畿,宋台梁馆尚依稀。马嘶古树行人歇,麦秀空城泽雉飞。风吹落叶填官井,火入荒陵化宝衣。徒使词臣庾开府,咸阳终日苦思归。

荆州是历史名城,古迹和故实很多,此诗选择的时代,仅局限于南朝梁元帝及后梁宣、明二帝那一段历史。其所以如此,是为末联庾信的故国之思作铺垫。诗人朗州十年,苦苦思念的是长安,然而到了长安,却又被远贬,十年之思也归于徒然,这就与庾信长久但无果的故国之思接连在一起了。元和间所作的《汉寿城春望》《经伏波神祠》等大率抒发此种情绪。

宪宗元和后期的政局渐渐地发生变化,长庆至宝历时期,朝廷对王叔文党人的惩处较前松懈,夔州虽然仍旧僻远,却是交通要冲;和州临大江,地理位置靠近中原,刘禹锡心情自然好转,且身为一州长官,关心的事物和现象也较前不同,其咏史怀古诗就偏重于征前代之兴亡,对国家前途表示殷忧,或面对历史遗迹,感叹时光流逝、斯人不再。如《经檀道济故垒》《金陵怀古》《观八阵图》《蜀先主庙》《西塞山怀古》《金陵五题》等,减少个人的悲愤,增加了故国忧思,其思想和艺术均超越了前期所作,达到了极高境界。如被认为是学习杜甫最见功力的《西塞山怀古》：

> 王濬楼船下益州,金陵王气黯然收。千寻铁锁沉江底,一片
> 降幡出石头。人世几回伤往事,山形依旧枕寒流。今逢四海为
> 家日,故垒萧萧芦荻秋。

此为长庆四年(824)刘禹锡自夔州赴任和州,途中凭吊西塞山故垒时
作。西塞山临长江,山势陡峭,自吴至晋,皆为军事防务要塞。诗因西
塞山而咏古今兴亡之事,寄寓深厚,感慨良多,为历代批评家和读者所
推崇。

三

大和元年(827),刘禹锡五十六岁,以主客郎中分司东都;会昌二
年(842),刘禹锡七十一岁,病殁于洛阳。此十六年为刘禹锡诗歌创作
的第三个阶段。十六年间,刘禹锡在京任主客郎中、礼部郎中兼集贤殿
学士约三年;任苏、汝、同州刺史约四年;其余八九年,均以太子宾客或
秘书监身份分司东都。刘禹锡在这一阶段的诗歌创作主要呈现出三个
特点。

一是唱和诗多。刘禹锡晚年所为诗近四百首,诗题中有赠、答、酬、
谢、寄、同、和等字样者,在二百三十首以上,占十之六。《旧唐书·刘
禹锡传》云:"梦得尝为《西塞怀古》《金陵五题》等,江南文士称为佳
作。虽名位不达,公卿大僚多与之交。"官员们有所作,即寄邀刘禹锡
唱和,借此为自己增添名誉。至于如元稹、白居易、张籍、姚合等诗友,
但有诗寄赠,刘禹锡必和;如裴度、令狐楚、李德裕、牛僧孺等"大僚",
皆能诗,有所赠,亦须答。刘禹锡因其诗名大盛于江湘,一返京都,即陷
入诗的网罗包围中,应接不暇。刘禹锡晚年,将与令狐楚的唱和诗编为

《彭阳唱和集》,将与李德裕的唱和诗编为《吴蜀集》,将与白居易的唱和诗编为《刘白唱和集》《汝洛集》。

刘、白唱和缘起甚早。元和五年(810),白居易给谪居朗州的刘禹锡寄诗一百首,刘禹锡酬以《翰林白二十二学士见寄诗一百篇因以答贶》,这是刘、白最早的唱和。自此以后,刘、白寄赠酬答不断。宝历二年(826),刘禹锡罢和州,返洛阳,与病免苏州的白居易相遇于扬州。这是刘、白最早的会面。白设宴款待刘禹锡,并于席上赋诗相赠,刘禹锡答以《酬乐天扬州初逢席上见赠》:

> 巴山楚水凄凉地,二十三年弃置身。怀旧空吟闻笛赋,到乡翻似烂柯人。沉舟侧畔千帆过,病树前头万木春。今日听君歌一曲,暂凭杯酒长精神。

白居易赞曰:"'沉舟侧畔千帆过,病树前头万木春'之句之类,真谓神妙,在在处处,应当有灵物护之。"(《白居易集》卷六十九《刘白唱和集解》)又曰:"彭城刘梦得,诗豪者也,其锋森然,少敢当者。"对刘禹锡诗极表赞赏,言外亦有与之争锋之意。刘、白诗才,棋逢对手,晚年退居洛阳,唱和不休,实在情理之中。

二是近体诗多,其中又以五七言律诗和七言绝句为多。南宋张戒《岁寒堂诗话》卷上:"刘梦得……大抵工律诗而不工古诗,七言尤工,五言微弱。"于刘禹锡晚年诗作观之,此为知言。刘禹锡晚年所为诗近四百首,其中五律一百五十首左右,七律一百一十首左右,七绝一百二十首左右,五绝仅七八首,七古或歌行几近于无。此期朝廷并非没有大事发生,如大和三年讨平并处斩横海节度使李同捷,大和四年兴元军乱,节度使李绛举家被害,大和九年发生"甘露之变"等,在刘禹锡诗中均无反映。这与刘禹锡晚年处于洛中闲适诗人群体中的环境有关,也与应付众多大僚、诗酒朋友不断邀约的情势有关。晚年的刘禹锡,也有牢骚,也有不平,但与贬谪期间的牢骚满腹、不平满腔已大不同。他生活优裕,精神状态基本处于闲适优游氛围中,其诗歌反映社会现实的内容减少了,体裁也就随之发生了变化。然而刘禹锡诗歌的艺术造诣,也因为人生阅历的丰富和对诗歌语言精益求精的追求,达到了新的高度。

就近体而言,刘禹锡的七绝、七律高于五绝、五律。今人沈祖棻在《唐人七绝诗浅释》中论唐代七绝,于盛唐推王昌龄、李白、王维三家,于中唐推李益、刘禹锡、元稹、白居易四家;于晚唐推杜牧与李商隐两家。其最看重刘禹锡七绝处是"刘禹锡可以说是唐代除王昌龄以外,以最大力量来从事七绝诗写作的诗人。管世铭说他'无体不备,蔚为大家,绝句中之山海'。李重华也认为他是王昌龄、李白以后最有成就的七言绝句作家,并非过誉"。沈祖棻最称道的是刘禹锡的《竹枝词》《堤上行》《踏歌词》等,亦即黄庭坚所说"梦得乐府小章优于大篇"者。然而刘禹锡晚年所为《浪淘沙九首》《杨柳枝九首》等,成就不在《竹枝词》之下。

刘禹锡也是唐代诗人中倾力创作七律者。七律一体,成于初唐沈、宋,渐壮大于盛唐李(颀)、王(维)、高、岑诸家,至杜甫,乃精心铸炼,始千汇万状,凡登临、送别、寄赠、边塞、行旅、咏怀、感怀……无所不有,无所不能。杜甫七律开后世七律雄健、浅近、拗峭三派,刘禹锡得其雄健,白居易得其浅近,张籍、王建得其拗峭。唐人七律篇数,白居易所作最多,近六百首;次则刘禹锡,一百八十余首,为唐人第二(孙琴安《唐七律诗精品》)。刘禹锡七律,于其贬谪期间已成熟,如《松滋渡望峡中》《汉寿城春望》《荆州道怀古》及《西塞山怀古》《酬乐天扬州初逢席上见赠》等。至晚年,刘禹锡尤用功于七律,并渐渐形成用典精到、词采华丽、风力遒劲、意境悠远的特点,本集所选此类诗作颇多,姑以本集所选大和、开成间呈献裴度一首、酬答牛僧孺一首、寄赠白居易一首为例略作分析:

功成频献乞身章，摆落襄阳镇洛阳。万乘旌旗分一半，八方风雨会中央。兵符今奉黄公略，书殿曾随翠凤翔。心寄华亭一双鹤，日陪高步绕池塘。（《郡内书情献裴侍中留守》）

官曹崇重难频入，第宅清闲且独行。阶蚁相逢如偶语，园蜂速去恐违程。人于红药惟看色，莺到垂杨不惜声。东洛池台怨抛掷，移文非久会应成。（《和仆射牛相公春日闲坐见怀》）

吟君苦调我沾缨，能使无情尽有情。四望车中心未释，千秋亭下赋初成。庭梧已有雏栖处，池鹤今无子和声。从此期君比琼树，一枝吹折一枝生。（《吟白君哭崔儿二篇怆然寄赠》）

献裴度一首作于文宗大和八年，时刘禹锡刺汝州。是年冬裴度以山南东道节度使转任东都留守，诗称美裴度为国之栋梁，对其调任东都留守表示祝贺。诗题曰"书情"，所书之情既有刘禹锡个人敬仰之"私"，亦有出于国家安危寄予裴度之"公"。此诗因颔联的"闳伟尊壮"（清刘埙《隐居通义》语）而颇得诗评家赞赏。如宋叶梦得《石林诗话》卷下曰："七言难于气象雄伟，句中有力有纡余，不失言外之意。自老杜'锦江春色来天地，玉垒浮云变古今'与'五更鼓角声悲壮，三峡星河影动摇'等句之后，常恨无继者。韩退之笔力最为雄健，然每苦意与语俱尽，……不若刘禹锡《贺裴晋公守东都》云'天子旌旗分一半，八方风雨会中央'，语远而体大也。"

酬和牛僧孺一首，作于开成四年。牛僧孺开成二年为东都留守，三年迁尚书省左仆射，赴京，有《春日闲坐》诗自长安寄刘禹锡，刘和以此诗，抒发其人走园空的寂寞之情。"阶蚁偶语""莺不惜声"等，借以形容池台寂寞、荒无人迹，意在言外。

伤白居易哭幼儿一篇作于大和五年。白居易老来得子，爱如掌珠，不幸早夭，刘禹锡寄此篇慰藉之。此种事最难措词，故此诗多用典，借典故抒发情意。然起句"吟君苦调我沾缨，能使无情尽有情"和末句"从此期君比琼树，一枝吹折一枝生"却是用心之笔。清人鲍倚云《退余丛话》有云："七律……今人多着意额联，能讲究起句及结句者甚少。……刘梦得于此处倍研练，能操笔，最可法。"此首起句、结句即是很"讲究"的例证。"一枝吹折一枝生"是口头语，又是神来之笔。

三是咏老境、咏秋景的佳作多。大和六年，刘禹锡在洛阳作诗留别白居易赴苏州刺史任，诗中有"在人虽晚达，于树似冬青"句。白居易和诗说"不见山苗与林叶，迎春先绿亦先枯"，感伤、颓废的情绪颇多。刘禹锡再有《乐天寄重和晚达冬青一篇因成再答》诗，劝白居易以达观之态度应对人生，诗云：

> 风云变化饶年少，光景蹉跎属老夫。秋隼得时陵汗漫，寒龟饮气受泥涂。东隅有失谁能免，北叟之言岂便诬？振臂犹堪呼一掷，争知掌下不成卢！

世事变化，当然是年轻人占先；光阴虚度，感慨一事无成，这种情绪自然属于老人。在刘禹锡看来皆属正常，无论年轻年老，要紧的是要抓住机会，机会好了，如秋隼得天时之利可高飞凌空；机会不好，也可以如寒龟，借助行气导引延年长寿。此诗固然是劝慰、开导白居易的，但也可以视作刘禹锡的生活态度。又如《酬乐天咏老见示》一诗，既有"经事还谙事，阅人如阅川"的经验老成，又有"莫道桑榆晚，为霞尚满天"的豪情放达。"为霞满天"当然不是指政治上有大作为，而主要是指诗歌文章创作，同时也包括老而不衰、乐观积极的生活态度。故明胡震亨评论此诗说："刘禹锡播迁一生，晚年洛下闲废，与绿野、香山诸老优游诗酒间，而精华不衰，一时以诗豪见推，公亦自有句云：'莫道桑榆晚，为

霞尚满天。'公自贞元登第,……同人凋落且尽,而灵光岿然独存。造物者亦有以偿其所不足矣。"(《唐音癸签》卷二五)

刘禹锡有名的几篇写秋景的诗,皆作于晚年。如七律《始闻秋风》:

> 昔看黄菊与君别,今听玄蝉我却回。五夜飕飗枕前觉,一年颜状镜中来。马思边草拳毛动,雕眄青云睡眼开。天地肃清堪四望,为君扶病上高台。

七绝《秋词二首》:

> 自古逢秋悲寂寥,我言秋日胜春朝。晴空一鹤排云上,便引诗情到碧霄。

> 山明水净夜来霜,数树深红出浅黄。试上高楼清入骨,岂如春色嗾人狂。

皆有因秋风而起振作之意,清绝幽远,苍劲有力。《始闻秋风》一首"马思边草拳毛动"二句,尤为警丽,可以与其七十岁时(会昌元年秋)所作《秋声赋》互相发明:

> 嗟乎!骥伏枥而已老,鹰在鞲而有情。聆朔风而心动,盼天籁而神惊。力将痵兮足受继,犹奋迅于秋声。

刘禹锡辞世后,与之同龄的白居易在《哭刘尚书梦得二首》其一中说"四海齐名刘与白,百年交分两绸缪"(《白居易集》卷三六)。后辈诗人温庭筠有《秘书刘尚书挽歌词二首》哭之,其二云:"麈尾近良玉,鹤裘吹素丝。坏陵殷浩谪,春墅谢安棋。京口贵公子,襄阳诸女儿。折花兼踏月,多唱柳(刘)郎词。"极写两人"投分之深"(清王鸣盛《蛾术编·说集》卷三),且言刘禹锡诗歌传唱之广。公平地说,中唐诗坛,前期以韩愈、孟郊为代表,中期以元稹、白居易与刘禹锡、柳宗元为代表,后期以刘禹锡、白居易为代表。刘禹锡的诗歌,不论当时还是后世都有较大影响。晚唐最著名的诗人杜牧、李商隐,宋代最杰出的诗人苏轼、陆游等都曾倾心学习刘禹锡的诗。元代批评家方回说刘禹锡"诗格高,在元、白之上,长庆以后诗人皆不能及"(《瀛奎律髓》卷一四),是比较中肯的评价。

刘禹锡在世时曾自编文集为四十卷,后又删选四分之一为《刘氏集略》十卷,此二集最晚至宋初已散佚。北宋宋祁、欧阳修所编《新唐书·艺文志》虽亦著录刘禹锡文集四十卷,但非刘禹锡晚年自编文集,可能是经其后人重新编集者。此四十卷文集至北宋亦亡佚十卷,后经宋敏求多方搜罗,编成《外集》十卷,补成四十卷,共有文约二百二十余篇,诗约八百题。此四十卷文集有宋刻本三种,其一为南宋浙刻本《刘宾客文集》,承德避暑山庄有藏本,民国时期徐森玉曾据以影印刊行。中华书局点校本《刘禹锡集》(《刘禹锡集》整理组点校,卞孝萱校订)即以此为底本、参校其他版本而成。本集选刘禹锡诗二百七十一题,三百四十一首,文字以中华书局点校本为准,也参考他本,择善而从;诗作编年、注解参考了卞孝萱《刘禹锡年谱》、瞿蜕园《刘禹锡集笺证》及陶敏、陶红雨《刘禹锡全集编年校注》等,但与之亦有异同。所选容或不当,注释与评析亦或有不妥之处,敬祈方家指正。

贞元、永贞时期

华山歌

洪炉作高山[1]，元气鼓其橐[2]。俄然神功就[3]，峻拔在寥廓[4]。灵踪露指爪[5]，杀气见棱角[6]。凡木不敢生，神仙聿来托[7]。天资帝王宅[8]，以我为关钥[9]。能令下国人[10]，一见换神骨。高山固无限，如此方为岳。丈夫无特达[11]，虽贵犹碌碌。

〔1〕洪炉：冶炼金属的大炉，此指自然、造化。

〔2〕橐（tuó）：即橐龠，古代一种鼓风器。

〔3〕俄然：顷刻间。

〔4〕寥廓：天空。

〔5〕"灵踪"句：《史记·封禅书》张守节《正义》引《括地志》云："华、岳本一山，当河水过而行，河神巨灵手荡脚踏，开而为两，今脚迹在东首阳下，手掌在华山，今呼为仙掌，河流于二山之间也。"灵踪，巨灵神的遗迹。指爪，即华山仙掌峰。《华岳志》载："（华山）东峰曰仙人掌，峰侧石上有痕，自下望之，宛然一掌，五指具备。"

〔6〕杀气：肃杀之气。棱角：指山峰。华山有五峰，东曰朝阳峰，南曰落雁峰，西曰莲花峰，北曰云台峰，中曰玉女峰。

〔7〕聿:语助词,于是、遂。

〔8〕帝王宅:京师。此指长安。

〔9〕关钥:门闩、门锁。

〔10〕下国人:京师以外的人,此刘禹锡自指。

〔11〕特达:特出的才能与功业。

唐德宗贞元八年(792)秋冬间,刘禹锡二十一岁,自扬州往长安应进士试,途经华山,作此诗。刘禹锡诗歌,向以此首为编年之始。诗人通过赞美华山,表达了对未来前程的向往和建功立业的抱负。后人评论此诗,或谓其"浩气宏词"(吴震方《放胆诗》),或谓其"躁露不含蓄"(贺裳《载酒园诗话》又编),皆道出了刘禹锡性格的一个侧面。

省试风光草际浮〔1〕

熙熙春景霁〔2〕,草绿春光丽。的历乱相鲜〔3〕,葳蕤互亏蔽〔4〕。乍疑芊绵里〔5〕,稍动丰茸际。影碎翻崇兰〔6〕,香浮转丛蕙。含烟绚碧彩,带露如珠缀。幸因采撷日〔7〕,况此临芳岁。

〔1〕省试:即尚书省礼部进士试。风光草际浮:为本年进士试"杂文"科的诗歌试题。"风光草际浮"为南朝齐谢朓《和徐都曹出新亭渚》中的一句。以《文选》中诗某一句为诗题,赋题中之意,为中唐以后进士试惯例。徐松《登科记考》录入张复元等五人《风光草际浮》诗,各以"光""浮""风"等字为韵,刘禹锡诗则以"际"字为韵,是仄韵排律。

〔2〕熙熙:光亮明丽、繁盛和乐。

〔3〕的历:光亮鲜明,尤指光珠闪耀。虞世南《咏萤》:"的历流光小,飘飘弱翅轻。"

〔4〕葳蕤:草木茂盛貌。亏蔽:遮蔽。

〔5〕疑:通"凝"。芊绵:草木丰茂。

〔6〕崇兰:丛生的兰草。

〔7〕采撷:采摘。此处比喻朝廷延揽人材。

贞元九年(793)于长安参加进士试时作。此为标准的试帖诗。试帖诗不宜写真性情,只要把"风光草际浮"的含义用五言排律的形式表现出来即可,要写得春意融融,春光流溢,还要间接反映出平和安谧的"盛世"气象来。刘禹锡此诗大致符合这个要求,最后两句颂时、颂圣,迎合了考试的要求。

春有情篇

为问游春侣,春情何处寻?花含欲语意,草有斗生心〔1〕。雨频催发色,云轻不作阴。纵令无月夜,芳兴暗中深〔2〕。

〔1〕斗生:意谓争斗着生长。

〔2〕芳兴:寻芳探胜之兴。

此篇与前篇或为同时之作。诗意不止于游春,还混杂着年轻诗人追求功名以及获得爱情的心思。用词尖新,如"斗生心""催发色"等,有齐梁诗的风韵。

答张侍御贾喜再登科后自洛赴上都赠别〔1〕

又被时人写姓名〔2〕,春风引路入京城。知君忆得前身事〔3〕,分付莺花与后生〔4〕。

〔1〕张侍御贾:即张贾,贞元二年进士,其时或以监察御史分司东都。再登科:唐代进士及第并不能立即授予官职,还必须再参加吏部考试,考中则为"再登科"。

〔2〕写姓名:指姓名被载入《登科记》。封演《封氏闻见录》卷三:"当代以进士登科为登龙门,解褐多拜清紧……好事者纪其姓名。"

〔3〕"忆得"句:或指张贾有预见,已经预知作者要再登科。

〔4〕莺花:即莺啼花开之意,泛指春日景色。

贞元十年(794),刘禹锡吏部试再登科,自洛阳赴长安时,张贾有诗相贺(今不存),刘禹锡答以此诗。刘禹锡曾言自己三登科第,"谬以薄伎,三登文科"(《苏州谢上表》)。贞元九年进士第为一登文科;十年再登文科,可能是由吏部主持的博学宏词科,然而徐松《登科记考》阙载;贞元十一年三登文科,授校书郎,《登科记考》亦阙载。刘禹锡科考顺利,故此时诗作大多积极昂扬。诗中刘禹锡把自己的考中归功于能预知将来的张侍御,是表达自己的知遇之恩,也是自谦。

马嵬行〔1〕

绿野扶风道,黄尘马嵬驿。路边杨贵人,坟高三四尺。乃问里中儿〔2〕,皆言幸蜀时,军家诛佞幸,天子舍妖姬。群吏伏门屏,贵人牵帝衣。低回转美目,风日为无晖。贵人饮金屑〔3〕,倏忽蒵英暮〔4〕。平生服杏丹〔5〕,颜色真如故。属车尘已远〔6〕,里巷来窥觑。共爱宿妆妍〔7〕,君王画眉处〔8〕。履綦无复有,履组光未灭〔9〕。不见岩畔人〔10〕,空见陵波袜〔11〕。邮童爱踪迹〔12〕,私手解鬃结〔13〕。传看千万眼,缕绝香不歇。指环照骨明〔14〕,首饰敌连城。将入咸阳市〔15〕,犹得贾胡惊〔16〕。

〔1〕马嵬:马嵬驿,唐时驿站,在今陕西省兴平市西北二十里,其地在汉代属右扶风,故首句言"绿野扶风道"。安史之乱爆发后,唐玄宗西逃,至马嵬驿,士兵哗变,杀死杨国忠,玄宗为安抚军心,又缢死杨贵妃。《旧唐书·杨贵妃传》:"(安禄山叛,)潼关失守,从幸至马嵬。禁军大将陈玄礼密启太子诛国忠父子,既而四军不散……曰'贼本尚在'。盖指贵妃也。……帝不获已,与妃诏,遂缢死于佛室,时年三十八。"

〔2〕里中儿:当地的男子。以下八句写"里中儿"述说马嵬兵变时玄宗处死贵妃的情景。

〔3〕金屑:即黄金之末,吞金可致人死。或代指金屑酒,为古代帝王赐死之酒。诗谓贵妃服金屑或金屑酒死,与史载贵妃缢死马嵬有异。陈寅恪《元白诗笺证稿·长恨歌》之《校补记》云:"寅恪所见记载,几皆言

贵妃缢死马嵬,独梦得此诗谓其吞金自尽。疑刘诗'贵人饮金屑'之语,乃得自'里中儿',故有此异说耳……检沈涛《瑟榭丛谈》下云:'杨贵妃缢死马嵬,传记无异说。刘梦得诗'贵人饮金屑',乃用《晋书·贾后传》……故事,以喻当日贵妃赐死情事耳。或遂疑贵妃实服金屑,误矣。'寅恪以为沈说固可通,但吾国昔时贵显者,致死之方法多种兼用,吞金不过其一。杨妃缢死前,或曾吞金,是以里中儿传得此说,亦未可知。"

〔4〕蕣英:即木槿花。木槿朝开暮落,此指贵妃倏然而逝。

〔5〕杏丹:古代方士所制的一种成药,以杏仁为主要原料,据说服之能令人颜色美好。

〔6〕属车:皇帝侍从的车乘。此代指玄宗车驾。

〔7〕宿妆:旧妆、残妆。

〔8〕画眉:《汉书·张敞传》载张敞为其妻画眉,此指玄宗与贵妃生前恩爱。

〔9〕履綦、履组:鞋带和鞋面饰物。

〔10〕岩畔人:曹植《洛神赋》:"于是精移神骇,忽焉思散。俯则未察,仰以殊观。睹一丽人,于岩之畔。"此指杨贵妃。

〔11〕陵波袜:化用曹植《洛神赋》"凌波微步,罗袜生尘"之句。陵,通"凌"。

〔12〕邮童:即邮子,古代在驿站间传递公文、书信的人。

〔13〕"私手"句:私下解开贵妃袜子上盘结的丝带。鏧(pán)结,袋囊扎口,此指鞋袜系带。

〔14〕照骨明:指环晶莹透彻。《西京杂记》卷一:"戚姬以百炼金为彄环,照见指骨。"

〔15〕咸阳市:咸阳城内市场。秦都咸阳在长安西,唐诗中咸阳、咸京常代指长安。

〔16〕贾胡:胡商。唐时长安市上多西域胡商,善识珍宝奇玩。

贞元九至十一年间,刘禹锡游历于长安、洛阳,此诗当作于此时。马嵬兵变、杨妃之死,唐代诗人歌咏者甚多,但如刘禹锡这样写杨妃死后暴尸街衢、任人窥觎,贵妃鞋袜亦被里巷常人"亵玩"掌中的诗却是不多见的。

白鹭儿

白鹭儿,最高格[1]。毛衣新成雪不敌,众禽喧呼独凝寂。孤眠芊芊草[2],久立潺潺石。前山正无云,飞去入遥碧[3]。

〔1〕格:品格,格调。
〔2〕芊芊:草叶丰茂。
〔3〕遥碧:高空、碧空。

贞元十一年(795)刘禹锡初入仕,为太子校书,或作于此时。诗以洁身自好的白鹭自喻,自视甚高。

浑侍中宅牡丹[1]

径尺千余朵[2],人间有此花。今朝见颜色,更不向诸家[3]。

〔1〕浑侍中:谓浑瑊,皋兰(在今宁夏中宁东北)人,属铁勒族浑部,

年十余即随父征战,从郭子仪平定安禄山之乱,击退吐蕃、回纥侵扰,拜左金吾卫大将军。德宗兴元元年(784)以平朱泚之叛加侍中,赐大宁里甲第。至贞元十二年(796)加检校司徒、兼中书令。

〔2〕径尺:谓花朵直径一尺。此是夸大之辞。

〔3〕诸家:别人家。谓看过浑宅牡丹,其他人家牡丹已不足观。

诗题称浑瑊"侍中"而不称"令公",应是作于刘禹锡进士初及第后、贞元十二年浑瑊兼中书令之前。此诗很随意的几句,既奉承了高官,也表达了诗人对牡丹的喜爱。浑宅牡丹在长安颇有名,后白居易作《看浑家牡丹花戏赠李二十》有云:"香胜烧兰红胜霞,城中最数令公家。"可见浑宅牡丹之盛。

请告东归发霸桥却寄诸僚友〔1〕

征途出霸涘,回首伤如何〔2〕。故人云雨散,满目山川多〔3〕。行车无停轨〔4〕,流景同迅波〔5〕。前欢渐成昔,感叹益劳歌〔6〕。

〔1〕请告:请假、告假。贞元十二年,刘禹锡父刘绪"遇疾不讳"(《子刘子自传》),卒于扬州,刘禹锡请假赴扬州奔丧。

〔2〕"征途"二句:化用王粲《七哀诗》"南登霸陵岸,回首望长安"及谢朓《晚登三山还望京邑》"灞涘望长安"句意。涘(sì),水边。

〔3〕"故人"二句:化用谢朓《和刘中书绘入琵琶峡望积布矶》"山川隔旧赏,朋僚多雨散",及李峤《汾阴行》"山川满目泪沾衣"句意。

〔4〕轨:车子。陆机《饮马长城窟行》:"戎车无停轨。"

〔5〕流景:时光。景,日光。迅波:急流。

〔6〕劳歌:伤逝之歌,或惜别之歌。《晋书·礼志中》:"新礼以为挽歌出汉武帝役人之劳歌,声哀切,遂以为送终之礼。"储光羲《太学贻张筠》:"空此远相望,劳歌还自伤。"

贞元十二年(796)往扬州奔父丧、离开长安时所作。灞水及灞桥是唐时送别的场所,东行或东南行之人常在此与友人告别。多情自古伤离别,此诗之"伤"除了诗人与同僚友人的别情,更兼诗人的丧父之痛。

谢柳子厚寄叠石砚[1]

常时同砚席[2],寄砚感离群[3]。清越敲寒玉[4],参差叠碧云。烟岚余斐亹[5],水墨两氛氲[6]。好与陶贞白,松窗写紫文[7]。

〔1〕柳子厚:柳宗元(773—819),字子厚,河东(今山西运城)人,与刘禹锡同年登进士。叠石砚:雕成云山状的砚台。

〔2〕同砚席:同学。刘、柳进士同年,可称为同学。

〔3〕离群:此指丁忧居家。《礼记·檀弓上》:"吾离群而索居,亦已久矣。"郑玄注:"群,谓同门朋友也。"

〔4〕清越:声音清脆激越,此指砚材之佳。

〔5〕斐亹(wěi):文采绚丽。《文选·孙绰〈游天台山赋〉》:"彤云斐亹以翼棂,皦日炯晃于绮疏。"李善注:"斐亹,文貌。"

〔6〕氤氲：水雾浓郁，此指砚中存水聚墨甚多。

〔7〕"好与"二句：用陶弘景事写丁忧家居生活。陶贞白，即陶弘景，南朝齐时隐士，自号"华阳隐居"，好道术，工书法。梁武帝时隐于茅山，礼聘不出，然朝廷每有大事，辄就咨询，号为"山中宰相"，卒谥"贞白先生"。紫文，道书。道家书常以紫笔缮写。《南史·陶弘景传》："特爱松风，庭院皆植松，每闻其响，欣然为乐。"

刘禹锡之父葬于荥阳祖茔。贞元十二年至十五年（799），刘禹锡丁忧在荥阳，得柳宗元寄赠石砚。其时柳宗元为集贤殿书院正字，在长安。刘、柳一生至交，此是反映他们交谊最早的一首诗。

扬州春夜李端公益张侍御登段侍御平仲密县李少府畅秘书张正字复元同会于水馆对酒联句追刻烛击铜钵故事迟辄举觥以饮之逮夜艾群公沾醉纷然就枕余偶独醒因题诗于段君枕上以志其事〔1〕

寂寂独看金烬落〔2〕，纷纷只见玉山颓〔3〕。自羞不是高阳侣，一夜星星骑马回〔4〕。

〔1〕李端公益：即中唐诗人李益。端公为侍御史的别称。时李益为幽州节度从事，侍御史为其所加的官衔。张侍御登：张登，中唐诗人，时为殿中侍御史。段侍御平仲：段平仲，贞元十四年曾任监察御史，其后奉使赈灾，因奏对失旨，坐废。李少府畅（chàng）：李畅，时为密县尉。少府

为县尉别称。秘书张正字复元:张复元,与刘禹锡进士同年,时为秘书正字。水馆:临水的馆舍或驿站。刻烛击铜钵:《南史·王僧孺传》:"竟陵王(萧)子良尝夜集学士,刻烛为诗,四韵则刻一寸,以此为率。(萧)文琰曰:'顿烧一寸烛,而成四韵诗,何难之有?'乃与(丘)令楷、江洪等共打铜钵立韵,响灭则诗成,皆可观览。"夜艾:夜深。

〔2〕烬:灯花。

〔3〕玉山颓:形容人醉倒。《世说新语·容止》:"嵇叔夜(康)之为人也,岩岩若孤松之独立;其醉也,傀俄若玉山之将崩。"

〔4〕"自羞"二句:此化用晋山简事。《晋书·山简传》载,山简镇襄阳,"优游卒岁,唯酒是耽。诸习氏,荆土豪族,有佳园池,简每出嬉游,多之池上,置酒辄醉,名之曰高阳池。时有童儿歌曰:'山公出何许,往至高阳池。日夕倒载归,酩酊无所知。时时能骑马,倒著白接䍦。举鞭向葛疆,何如并州儿?'"事又见《世说新语·任诞》刘孝标注《襄阳记》。高阳侣,指酒徒。《史记·郦食其列传》载,高阳(今河南省杞县高阳镇)人郦食其往见刘邦,自称"高阳酒徒"。星星:义同醒醒。

贞元十六年(801)刘禹锡服除,应淮南节度使(治扬州)杜佑之聘,为节度使府掌书记,诗当作于此时。联句罚酒,众人皆醉我独醒,可见诗人才思敏捷及自负之情。

淮阴行五首并引

古有《长干行》〔1〕,言三江之事〔2〕,悉矣。余尝阻风淮阴〔3〕,作《淮阴行》,以裨乐府〔4〕。

其一

簌簌淮阴市[5],竹楼缘岸上。好日起樯竿[6],乌飞惊五两[7]。

〔1〕《长干行》:一名《长干曲》,属乐府"杂曲歌辞",多写男女情爱之事。长干,金陵(今江苏南京)里巷名,位于秦淮河南岸,吏民杂居,号长干。

〔2〕三江:泛指今长江下游一带水系,此指扬州。《尚书·禹贡》:"(扬州)三江既入,震泽底定。"

〔3〕淮阴:今江苏淮安,唐时属楚州。

〔4〕裨:增益。

〔5〕簌簌:攒聚繁密貌。

〔6〕樯竿:船桅杆。

〔7〕五两:古代的测风器,用鸡毛五两或八两,系于高竿顶上,藉以观测风向、风力,多用于军中或行船。王维《送宇文太守赴宣城》:"何处寄相思,南风吹五两。"

其二

今日转船头,金乌指西北[1]。烟波与春草[2],千里同一色。

〔1〕"金乌"句:谓东南风起。金乌,鸟形风向标。

〔2〕"烟波"句:用江淹《别赋》"春草碧色,春水渌波,送君南浦,伤

12

如之何"句意。

其三

船头大铜镮[1],摩挲光陈陈[2]。早早使风来[3],沙头一
眼认。

〔1〕镮:同"环"。
〔2〕陈陈:即阵阵,犹振振,盛多也。
〔3〕使风:借助风力行船。

其四

何物令侬羡[1]?羡郎船尾燕。衔泥趁樯竿,宿食长
相见[2]。

〔1〕侬:我。江南民歌中多为女子自称。
〔2〕"衔泥"二句:船尾之燕双双对对,无论衔泥、食宿皆在一起。
此是女子自恨不能随郎同船前往的话。趁,追逐,绕飞。

其五

隔浦望行船,头昂尾幰幰[1]。无奈晚来时,清淮春浪软。

〔1〕幰(xiǎn):车、船上的帷幔。

这组诗作于贞元十七年（801）前后，其时刘禹锡为淮南节度使（治扬州）掌书记。这是刘禹锡早期有意模仿民歌创作的新乐府，后来的《踏歌行》《竹枝词》《杨柳枝》《浪淘沙》均与此一脉相承。

题招隐寺[1]

隐士遗尘在[2]，高僧精舍开[3]。地形临渚断，江势触山回。楚野花多思[4]，南禽声例哀[5]。殷勤最高顶[6]，闲即望乡来。

〔1〕招隐寺：在润州丹徒（今属江苏，丹徒与扬州一江之隔）招隐山上。

〔2〕隐士：指南朝宋隐士戴颙。戴颙字仲若，谯郡（今安徽亳州）人，隐于招隐山，《宋书》有传。遗尘：遗迹。

〔3〕精舍：道士、僧人修炼居住之所。

〔4〕楚野：润州古属楚地。思（sì）：哀愁。

〔5〕"南禽"句：南方之鸟（如鹧鸪之类）多鸣声哀楚。

〔6〕殷勤：急切。曹操《请追赠郭嘉封邑表》："贤君殷勤于清良，圣祖敦笃于明勋。"此处又可释为反复、频繁。《后汉书·陈蕃传》："天之于汉，恳恳无已，故殷勤示变，以悟陛下。"

约作于贞元十七年（801），时刘禹锡在淮南幕府，诗写其思乡之情。"地形"二句颇见锤炼功夫，北宋宋祁《再游海云寺》"天形欹野尽，江势让山回"即由此化出。

柳 絮

飘飏南陌起东邻，漠漠蒙蒙暗度春。花巷暖随轻舞蝶，玉楼晴拂艳妆人。萦回谢女题诗笔[1]，点缀陶公漉酒巾[2]。何处好风偏似雪？隋河堤上古江津[3]。

〔1〕谢女题诗：用东晋谢道韫咏雪事。《世说新语·言语》："谢太傅（安）寒雪日内集，与儿女讲论文义。俄而雪骤，公欣然曰：'白雪纷纷何所似？'兄子胡儿曰：'撒盐空中差可拟。'兄女（道韫）曰：'未若柳絮因风起。'公大笑乐。"

〔2〕陶公漉酒巾：用东晋陶潜饮酒事。《宋书·陶潜传》："潜少有高趣，尝著《五柳先生传》以自况，……郡将候潜，值其酒熟，（潜）取头上葛巾漉酒毕，还复着之。"

〔3〕隋河：此指邗沟，大运河淮安至扬州一段。因是隋炀帝时开掘，故称隋河，河堤称隋堤，堤上植柳甚多。古江津：即扬子津，为古运河入长江处。

约作于贞元十七年（801），时刘禹锡在扬州淮南幕府。全诗写柳絮，因柳絮飘飞不定联想到花巷玉楼、艳妆舞蝶之类暗示冶游的丽藻；又牵连出与柳絮有关的两个典故，纪昀对此有所批评，认为"谢女有咏絮事，陶公漉酒与絮似远"（《瀛奎律髓汇评》卷二十七）。

洛中送杨处厚入关便游蜀谒韦令公[1]

洛阳秋日正凄凄,君去西秦更向西。旧学三冬今转富[2],曾伤六翮养初齐[3]。王城晓入窥丹凤[4],蜀路晴来见碧鸡[5]。早识卧龙应有分[6],不妨从此蹑丹梯[7]。

〔1〕杨处厚:贞元、元和间人,元和时曾任邛州大邑尉。关:指潼关,为由洛入京必经之处。韦令公:韦皋,字城武,京兆(今陕西西安)人,时官剑南西川节度使。中唐以后,节度使多加中书令,故多尊称令公。

〔2〕三冬:三个冬季,即三年。《汉书·东方朔传》:"年十三,学书三冬,文史足用。"

〔3〕"曾伤"句:谓杨处厚曾科场失意,如今游蜀正可发挥才能。《世说新语·言语》:"支公(遁,字道林)好鹤,往剡东岇山。有人遗其双鹤,少时翅长欲飞。支意惜之,乃铩其翮。鹤轩翥,不复能飞,乃反顾翅,垂头视之,如有懊丧意。林曰:'既有陵霄之姿,何肯为人作耳目近玩?'养令翮成,置使飞去。"六翮,鸟之翼羽。

〔4〕王城、丹凤:均指长安。唐长安大明宫含元殿之南有丹凤门。

〔5〕碧鸡:此指成都,成都有碧鸡坊。《汉书·郊祀志下》:"或言益州有金马、碧鸡之神,可醮祭而致,于是遣谏大夫王褒使持节而求之。"益州即成都。

〔6〕卧龙:杰出人材,此指韦皋。

〔7〕丹梯:喻仕进之路。

贞元十八年(802),刘禹锡改京兆府渭南县(今属陕西)主簿,乃自扬州奉母先归洛阳,是年秋于洛阳送杨处厚经长安入蜀,因作此诗。"借事"写景、写情,以古喻今,是刘禹锡应酬诗的特点,也是其七律的特点,此诗可作一典型看。

和武中丞秋日寄怀简诸僚故[1]

退朝还公府[2],骑吹息繁音[3]。吏散秋廷寂[4],乌啼烟树深。威生奉白简[5],道胜外华簪[6]。风物清远目,功名怀寸阴[7]。云衢念前侣[8],彩翰写冲襟[9]。凉菊照幽院,败荷攒碧浔[10]。感时江海思[11],报国松筠心[12]。空愧寿陵步,芳尘何处寻[13]?

〔1〕武中丞:为武元衡,字伯苍,缑氏(今河南偃师)人,德宗建中四年(783)进士,贞元中历任华原令、比部员外郎、左司郎中等,二十年,擢为御史中丞(御史台副长官)。

〔2〕公府:公署,此指御史台。

〔3〕骑吹:吹奏乐器的仪仗人员。

〔4〕吏:此指御史台其他下属官员。

〔5〕白简:古代弹劾奏章以白纸为重,故称"白简"。《晋书·傅玄传》:"玄天性峻急,不能有所容,每有奏劾,或值日暮,捧白简整簪带,竦踊不寐,坐而待旦。于是贵游慑伏,台阁生风。"

〔6〕外华簪:置高官厚禄于度外。华簪,华美的簪,代指高官厚禄。

〔7〕"风物"二句:谓武元衡志存王事,珍惜寸阴。功名,指朝廷之事。

〔8〕云衢:云路,比喻仕途顺达。前侣:往昔的朋友,武元衡诗中有"物情牵�促,友道旷招寻"之句。

〔9〕彩翰:彩笔。此指武元衡诗。冲襟:冲淡、淡泊的胸怀。

〔10〕攒:聚集、簇聚。碧浔:清澈的池水边。

〔11〕江海思:隐逸之思。武元衡诗中有"尘埃缁素襟""池鱼沧海心"之句。

〔12〕松筠心:坚贞之志。筠,竹子。

〔13〕"空愧"二句:谓才学疏浅,意欲酬和大人的诗作,却惭愧不能领会大人诗作的用意。《庄子·秋水》载有"邯郸学步"事:寿陵子羡慕邯郸人走路之态,未能学到,反而把自己原先的步伐也忘记了,只好爬着回来。寿陵,战国时燕国城邑。

贞元二十年(804)秋作于长安,时刘禹锡为监察御史。武元衡因公务迟归,很晚还在公署,写诗寄怀,刘禹锡作为年轻的御史台官员,和诗与武元衡诗同体同韵,是比较得体的。

逢王二十学士入翰林因以诗赠〔1〕

厩马翩翩禁外逢〔2〕,星槎上汉杳难从〔3〕。定知欲报淮南诏,促召王褒入九重〔4〕。

〔1〕原题下有注:"时贞元二十年王以蓝田尉充学士。"王二十:为王涯,字广津,太原(今属山西)人,贞元八年(792)进士,又登博学宏词科,授蓝田尉,贞元二十年召充翰林学士,拜右拾遗。

〔2〕厩马:御厩中的马匹,此代指王涯。李肇《翰林志》载,学士入院时,"飞龙司借马一匹"。唐时御马右膊印飞字,左颈印龙形,因以飞龙司称后宫养马之所。禁外:宫禁之外。

〔3〕星槎上汉:张华《博物志》卷三载,旧说天河与海相通,汉世有人居海渚者,年年八月见浮槎去来,遂乘之并遇见牛郎织女。槎(chá),木筏。

〔4〕"定知"二句:用汉武帝、淮南王刘安及王褒事写王涯入朝为翰林学士。《汉书·淮南王传》:"淮南王安为人好书……时武帝方好艺文,以安属为诸父……甚尊重之。每为报书及赐,常召司马相如等视草乃遣。"王褒,西汉著名辞赋家,有《圣主得贤臣颂》《洞箫赋》等作品,此喻指王涯。九重,九天,古人常以代指朝廷。曹植《当墙欲高行》:"愿欲披心自说陈,君门以九重,道远河无津。"

贞元二十年(804)作于长安。时刘禹锡为监察御史(正八品上),王涯为蓝田尉(正九品下),而王乃以蓝田尉入为翰林学士,故刘诗以"天上人"称誉王,是恭维,也是羡慕。宋胡仔《苕溪渔隐丛话》前集卷四〇引《西斋话纪》对此诗用王褒典有批评:"古人作诗……引用故事,多以事浅语熟,更不思究,率尔用之,往往有误。……《路逢王二十入翰林》诗云……王褒自是宣帝时人。"

蒲桃歌

野田生蒲桃[1],缠绕一枝蒿。移来碧墀下[2],张王日日高[3]。分歧浩繁缛,修蔓蟠诘曲。扬翘向庭柯,意思如有属〔4〕。为之立长架,布濩当轩绿〔5〕。米液溉其根,理疏看渗漉〔6〕。繁葩组绶结,悬实珠玑蹙〔7〕。马乳带轻霜,龙鳞跃初旭〔8〕。有客汾阴至〔9〕,临堂瞠双目。自言我晋人,种此如种玉〔10〕。酿之成美酒,令人饮不足。为君持一斗,往取凉州牧〔11〕。

〔1〕蒲桃:即葡萄,汉武帝时由西域传入中原。

〔2〕碧墀(chí):石阶。

〔3〕张王:茂盛。王,通"旺"。

〔4〕"分歧"以下四句:言葡萄枝芽分蘖,须藤缠绕弯曲,朝向庭中树木生长,似乎意有所属。

〔5〕布濩(huò):遍布、布散。

〔6〕"米液"二句:言为葡萄浇淘米水,水液渗透到松软的泥土中。

〔7〕"繁葩"二句:言葡萄花开繁盛,缀满藤蔓,果实密集,如珠宝堆积。

〔8〕"马乳"二句:状葡萄之形似清霜覆盖的马乳,层层累累又似龙鳞,在晨曦中闪耀光亮。

〔9〕汾阴:汉县名,故址在今山西万荣西南,唐时属太原府。《新唐书·地理志》"太原府":"土贡……蒲桃酒。"

〔10〕种玉:《搜神记》卷十一:"(杨)公汲水作义浆于阪头,行者皆饮之。三年,有一人就饮,以一斗石子与之,使至高平好地有石处种之,云:'玉当生其中。'杨公未娶,又语云:'汝后当得好妇。'语毕不见。乃种其石,数岁,时时往视,见玉子生石上,人莫知也。有徐氏者,右北平著姓,女甚有行,时人求,多不许。公乃试求徐氏。徐氏笑以为狂,因戏曰:'得白璧一双来,当听为婚。'公至所种玉田中,得白璧五双,以聘。徐氏大惊,遂以女妻公。"后因以"种玉"喻得好姻缘。此处

指神仙之事。

〔11〕"为君"二句:用东汉宦官张让事写官场腐败。《后汉书·张让传》李贤注引《三辅决录》:"(孟)佗字伯郎,以葡萄酒一斗遗让,让即拜佗为凉州刺史。"

贞元末作于长安,时刘禹锡为监察御史。此诗自"有客汾阴至"处分为两截,前半写葡萄自栽种、成长至开花结实,实是讥刺小人之攀附权贵,后半突然转入官员贿赂宦官、以斗酒换取凉州刺史之事,写宦官专权、卖官鬻爵,此皆德宗后期吏治腐败之反映。

送王师鲁协律赴湖南使幕〔1〕

翩翩马上郎,驱传渡三湘〔2〕。橘树沙洲暗〔3〕,松醪酒肆香〔4〕。素风传竹帛〔5〕,高价聘琳琅〔6〕。楚水多兰若,何人事搴芳〔7〕?

〔1〕原题下有注:"即永穆公之孙。"王师鲁:元和十五年曾为岭南节度使孔戣幕判官,其他不详。"永穆公之孙",或以为"永穆公"为"永穆公主"之误。永穆公主为玄宗女,下嫁王繇,见《新唐书·诸帝公主传》及《王镈传》。协律:即协律郎,太常寺官职名,大约是王师鲁在湖南幕的兼衔。

〔2〕驱传:乘坐驿车。三湘:湖南湘潭、湘乡、湘阴合称三湘,此处泛指湖南湘江流域及洞庭湖地区。

〔3〕沙洲:即橘子洲,在长沙湘江中,多产美橘,故名。

〔4〕松醪:用松肪和松花酿造的酒。戎昱《送张秀才之长沙》:"松醪能醉客,慎勿滞湘潭。"

〔5〕素风:清白的家风。竹帛:史册。汉代以前史事常书于竹帛。

〔6〕高价:身份、地位或官品高。《后汉书·边让传》:"阶级名位亦宜超然,若复随辈而进,非所以章瑰伟之高价,昭知人之绝明也。"琳琅:美玉,此指王师鲁才能出众。

〔7〕"楚水"二句:用《楚辞·九歌·湘夫人》"搴汀洲兮杜若,将以遗兮远者"句意,暗指王师鲁是像屈原那样品行高洁的人。兰若,兰草与杜若,均为香草。搴,采摘。

此诗约作于贞元末年。首联以叙事点题,颔联遥想前途景致,颈联赞王师鲁才能高超,并言其将有所作为,末联以屈子品行勉励王师鲁,收束得含蓄,是送别诗正体。

摩镜篇

流尘翳明镜,岁久看如漆〔1〕。门前负局生〔2〕,为我一磨拂。苹开绿池满,晕尽金波溢〔3〕。白日照空心,圆光走幽室。山神妖气沮,野魅真形出〔4〕。却思未磨时,瓦砾来唐突〔5〕。

〔1〕"流尘"二句:言铜镜日久生锈,不复光明。翳,遮蔽、掩盖。

〔2〕负局生:背负磨镜箱的磨镜人。《列仙传》:"负局先生者,不知何许人也,语似燕、代间人,常负磨镜局徇吴市中。"

〔3〕"苹开"二句:形容镜子经打磨后光辉明亮如水如月。苹、晕,

22

皆指铜锈。苹,同"萍"。

〔4〕"山神"二句:谓明镜照耀妖物,使显出原形。晋葛洪《抱朴子·登涉》载,古代入山修炼者,多背悬明镜,谓可以祛山精鬼魅。

〔5〕唐突:冲撞、冒犯。

诗人大约因为曾遭沮抑,而现在终于出头,于是借物以快其志。似是贞元末所作,权且编系于此。全诗寓意丰满,比喻精妙,不言镜之明亮而镜之明亮倍出。

八月十五夜玩月

天将今夜月,一遍洗寰瀛〔1〕。暑退九霄净,秋澄万景清。星辰让光彩,风露发晶英。能变人间世,儵然是玉京〔2〕。

〔1〕寰瀛:寰海、普天下。
〔2〕儵然:迅疾貌。玉京:道教称天帝所居之处,此指仙都、天界。

此诗作年不可确知。以其心情之怡然快乐,或是贞元末所作,姑编于此。首联气势壮大,一个"洗"字写出天地澄明,故清人冯舒谓其"压倒一世"(《瀛奎律髓汇评》卷二二引)。颈联中"让"字,写出当仁不让的自负之情。

春日退朝

紫陌夜来雨,南山朝下看^{〔1〕}。戟枝迎日动^{〔2〕},阁影助松寒。
瑞气卷绡縠^{〔3〕},游光泛波澜。御沟新柳色^{〔4〕},处处拂归鞍。

〔1〕"紫陌"二句:言退朝时由宫殿俯瞰终南山,以见宫殿之高。唐自玄宗朝之后,帝王早朝例在大明宫含元殿。《唐语林》卷八:"含元殿凿龙首冈以为址……高五十余尺……倚栏下视,南山如在掌中。"紫陌,京师大道。

〔2〕戟枝:戟上横出之刃。戟,兵器,似戈,后以木为之,成为一种仪仗。唐时宫殿、宗庙及官署门前列戟以示尊贵。此指早朝时列戟以为仪仗。

〔3〕绡縠(hú):轻纱。此指宫殿如被轻纱丝帐一样的祥瑞雾气所笼罩。

〔4〕御沟:流经皇宫内外的水道。

当作于贞元二十一年(805)顺宗即位初,时刘禹锡任监察御史,官品虽低(八品),但属"人君耳目"的中枢之官,故有资格参与早朝,这对进入官场不久的诗人来说,是荣耀之事。贞元二十一年正月,德宗驾崩,太子李诵即位,是为顺宗。顺宗即位,王叔文、王伾等用事,而刘禹锡与二王关系密切,其被升迁重用指日可待。这一切带给诗人的好情绪,都体现在诗中了。又,唐时早朝大约相当现今早晨六时至九时许,诗中所写景象无不与初春物候和退朝时间相吻合,可见诗人写景叙事之妥帖。

阙下口号呈柳仪曹[1]

彩仗神旗猎晓风，鸡人一唱鼓蓬蓬[2]。铜壶漏水何时歇[3]？如此相催即老翁。

〔1〕阙下：指大明宫含元殿前翔鸾、栖凤双阙。口号：即口占，标题用语，表示随口吟成，未加思索。柳仪曹：即柳宗元。仪曹是礼部员外郎的别称。王叔文等执政，刘、柳俱得擢升。

〔2〕"彩仗"二句：写早朝时御前仪仗旗帜迎风招展，鸡人报时，鼓声嘭嘭作响。鸡人，周官名，宫廷报晓的人。《周礼·春官·鸡人》："鸡人掌共鸡牲，辨其物。大祭祀，夜呼旦以叫百官。"汉代宫中不蓄鸡，以宿卫之士着绛帻（红头巾），扮鸡人，传鸡唱，以警百官，详见《汉官仪》。王维《和贾至舍人早朝大明宫之作》："绛帻鸡人报晓筹，尚衣方进翠云裘。"蓬蓬，即嘭嘭，击鼓报晓声。

〔3〕铜壶漏水：即漏壶，亦称漏刻，古代计时器。以铜壶储水，水中浮标杆，水顺壶漏流下，以标杆所指刻度显示时间。

贞元二十一年（805）作于长安，时刘禹锡由监察御史迁屯田员外郎、判度支盐铁案，又兼崇陵使判官。在愈来愈急迫的鼓声中，时间和生命似乎在被催促着向前，是作者事务繁忙、不得息止的写照，抱怨之中也不无夸耀。

墙阴歌

白日左右浮天潢,朝晡影入东西墙[1]。昔为儿童在阴戏,当时意小觉日长[2]。东邻侯家吹笙簧,随阴促促移象床[3]。西邻田舍乏糟糠[4],就影汲汲舂黄粱[5]。因思九州四海外,家家只占墙阴内。莫言墙阴数尺间,老却主人如等闲。君看眼前光景促,中心莫学太行山[6]。

〔1〕"白日"二句:写太阳东升西落。左右,两旁。天潢,即天河。朝晡,早晨与傍晚。

〔2〕意小:思想幼稚。

〔3〕促促:匆匆。象床:装饰着象牙的床,言其华贵。

〔4〕田舍:农家。糟糠:酒滓、谷皮等粗劣食物。此指贫贱者所食。

〔5〕汲汲:匆忙。

〔6〕"中心"句:曹操《苦寒行》:"北上太行山,艰哉何巍巍!羊肠坂诘屈,车轮为之摧。"此处反用其意,谓做人莫学太行山羊肠坂之诘屈艰难,应当平夷坦荡。

此诗感叹时光如梭,与前一首意绪相似,或为同时之作。因墙阴而起兴,感叹时光短促及人事匆忙,用意出乎寻常,取譬亦颇深曲。结句或有讥刺权贵莫要恣意作威作福之意。

桃 源 行

渔舟何招招[1]，浮在武陵水。拖纶掷饵信流去[2]，误入桃源行数里。清源寻尽花绵绵，蹋花觅径至洞前。洞门苍黑烟雾生，暗行数步逢虚明。俗人毛骨惊仙子[3]，争来致辞何至此。须臾皆破冰雪颜[4]，笑言委曲问人间[5]。因嗟隐身来种玉[6]，不知人世如风烛[7]。筵羞石髓劝客餐[8]，灯爇松脂留客宿[9]。鸡声犬声遥相闻，晓光葱茏开五云[10]。渔人振衣起出户，满庭无路花纷纷。翻然恐迷乡县处[11]，一息不肯桃源住。桃花满溪水似镜，尘心如垢洗不去。仙家一出寻无踪，至今水流山重重。

〔1〕招招：招呼貌。《诗·邶风·匏有苦叶》："招招舟子，人涉卬否。"毛传："招招，号召之貌。"

〔2〕拖纶掷饵：谓打鱼。纶，渔网。

〔3〕俗人毛骨：谓凡人骨相（指渔人），与"仙子"（指桃源中人）相对而言。

〔4〕冰雪颜：清新脱俗的面孔。《庄子·逍遥游》："藐姑射之山，有神人居焉，肌肤若冰雪，淖约若处子。"

〔5〕委曲：事情的原委。

〔6〕种玉：用干宝《搜神记》事代指神仙之事，详见《蒲桃歌》注〔10〕。

〔7〕风烛：风中之烛，此言变故甚大。

〔8〕筵羞石髓：谓以石髓为餐。羞，同"馐"，美味的食品。石髓，即

27

石钟乳,仙家所服用。《晋书·嵇康传》:"康尝采药游山泽……遇王烈,共入山。烈尝得石髓如饴,即自服半,余半与康,皆凝而为石。"

〔9〕灯蒻(ruò)松脂:以松脂点燃为灯烛。蒻,点燃。

〔10〕五云:五色祥云。

〔11〕翻然:忽然醒悟。

从诗的风格看,似是刘禹锡早期作品,姑编于此。此诗内容本于陶渊明《桃花源记》,桃源主题的诗后世诗人一再重写,唐代王维、韩愈,宋代王安石、李纲都有同题之作,可以与此对读。

萋兮吟〔1〕

天涯浮云生〔2〕,争蔽日月光。穷巷秋风起〔3〕,先摧兰蕙芳〔4〕。万货列旗亭〔5〕,恣心注明珰〔6〕。名高毁所集,言巧智难防。勿谓行大道,斯须成太行〔7〕。莫吟萋兮什〔8〕,徒使君子伤。

〔1〕萋兮:语出《诗·小雅·巷伯》:"萋兮斐兮,成是贝锦;彼谮人者,亦已大甚。"《诗序》以为《巷伯》是"寺人伤于谗,故作是诗也"。

〔2〕浮云:喻小人。陆贾《新语·慎微》:"邪臣之蔽贤,犹浮云之障日月也。"

〔3〕穷巷:冷僻简陋的小巷。

〔4〕兰蕙:喻君子。此或指王伾、王叔文。

〔5〕旗亭:酒楼。此指集市、市廛。

28

〔6〕恣心:贪鄙之心。明珰:明珠。

〔7〕太行:太行山,古人诗文常以太行山路崎岖喻世路艰险。曹操《苦寒行》:"北上太行山,艰哉何巍巍!"刘孝标《广绝交论》:"世路险巇,一至于此。太行、孟门,岂云崭绝!"

〔8〕萋兮什:《巷伯》之类的诗。什,篇什。

贞元二十一年(805)八月,顺宗内禅,宪宗即位,改元永贞。宪宗即位之初,即贬右散骑常侍王伾为开州司马,贬户部侍郎、度支盐铁转运使王叔文为渝州司户。此诗或为伤"二王"之贬而作。史载王伾"阘茸,专以纳贿为事,作大柜贮金帛,夫妇寝其上"(《资治通鉴·唐纪五十二》)。"万货列旗亭"二句,当是王伾贪贿财产被抄没时纪实之句。刘禹锡于王伾素无爱憎,于王叔文则特为爱敬,其《子刘子自传》尝云:"叔文北海人,自言猛之后,有乃祖风……叔文实工言治道,能以口辩移人。既得用,自春至秋,其所施为,人不以为当非。"故此篇可视为刘禹锡专为王叔文而作。王叔文出身微贱,执政时又过分张扬,"名高毁集",其贬涉及皇权争夺。在这种局面下,替王叔文叫屈鸣冤,是需要勇气的。

途次敷水驿睹华州舅氏
昔日行县题诗处潸然有感〔1〕

昔日股肱守,朱轮兹地游〔2〕。繁华日已谢,章句此空留〔3〕。蔓草佳城闭〔4〕,故林棠树秋〔5〕。今来重垂泪,不忍过西州〔6〕。

〔1〕敷水驿:在今陕西华阴敷水镇,自长安往洛阳必经。舅氏:指卢征,为刘禹锡堂舅,贞元八年拜同州刺史,不久转华州刺史,十六年卒于官,两《唐书》有传。行县:谓刺史巡行所至之县。卢征题诗今已不存。

〔2〕"昔日"二句:言卢征为华州刺史,曾来此处游赏。股肱守,皇帝倚重的股肱之臣。朱轮,高官所乘车。汉制太守二千石以上可以乘朱轮。

〔3〕章句:文章、诗词。此指舅氏所题诗。

〔4〕佳城:坟墓。《西京杂记》卷四:"滕公驾至东都门,马鸣骓不肯前,以足跑地久之。滕公使士卒掘马所跑地,入三尺所,得石椁。滕公以烛照之,有铭焉……曰:'佳城郁郁,三千年见白日,吁嗟滕公居此室。'滕公曰:'嗟乎,天也! 吾死其即安此乎?'死遂葬焉。"

〔5〕棠树:棠梨,一名杜梨。《史记·燕召公世家》:"周武王之灭纣,封召公于北燕。……召公巡行乡邑,有棠树,决狱政事其下。自侯伯至庶人各得其所,无失职者。召公卒,而民人思召公之政,怀棠树,不敢伐,歌咏之,作《甘棠》之诗。"此以召公拟舅氏,言其为官廉正。

〔6〕西州:古城名,东晋置,为扬州刺史治所。《晋书·谢安传》:"羊昙者,太山人,知名士也,为安所爱重。安薨后,辍乐弥年,行不由西州路。尝因石头大醉,扶路唱乐,不觉至州门。左右白曰:'此西州门。'昙悲感不已,以马策扣扉,诵曹子建诗曰:'生存华屋处,零落归山丘。'恸哭而去。"谢安为羊昙舅氏。刘禹锡以此写其对舅氏卢征的感念。

永贞元年(805)九月作。《旧唐书·卢征传》载卢征为华州刺史时,常大力搜刮,"每有所进献,辄加常数,人不堪命"。刘诗两处用典,不但来头显得太大,与舅氏政绩也有出入。不过卢征是刘禹锡已故至亲,诗多溢美也就不足为怪了。

秋晚题湖城池上亭[1]

秋次池上馆,林塘照南荣[2]。尘衣纷未解[3],幽思浩已盈。风莲坠故萼,露菊含晚英。恨为一夕客,愁听晨鸡鸣。

〔1〕湖城:即湖城驿,在唐虢州湖城县(今河南灵宝市)。

〔2〕南荣:房屋南檐。荣,屋檐两头翘起的部分。司马相如《上林赋》:"偓佺之伦,暴于南荣。"

〔3〕尘衣:沾满灰尘的衣衫,形容旅途劳顿。

永贞元年(805)九月,刘禹锡取道洛阳赴贬所,出潼关行至湖城驿时作此篇。唐制"左降官量情状稍重者,日驰十驿以上赴任"(《唐会要》卷四十一"左降官及流人"),沿途不得逗留,故诗人尘衣未解而幽思已盈,晨鸡未鸣而愁肠已起。

赴连州途经洛阳诸公置酒相送
张员外贾以诗见赠率尔酬之[1]

谪在三湘最远州[2],边鸿不到水南流[3]。如今暂寄尊前笑,明日辞君步步愁。

〔1〕张贾:详见《答张侍御贾喜再登科后自洛赴上都赠别》注〔1〕。

时张贾以监察御史分司东都。此前曾为礼部员外郎，此称其前职。率尔：不假思索。

〔2〕最远州：指连州。唐时连州在湖南观察使辖区最南端。

〔3〕边鸿：大雁。传说大雁南飞，止于衡山，而连州尚在衡山之南，故云。此又以鸿雁不到代表书信难以投递。水南流：岭南以北，水皆东流，入东海，岭南以南水皆南流，入南海，故云。

永贞元年（805）九月赴贬所途经洛阳时作。首句可按字面意思解，也可按贾谊贬长沙典故解。末二句以口语道出别情，一笑一愁，倍增感伤。

秋江早发

轻阴迎晓日，霞霁秋江明。草树含远思，襟怀有余清。凝睇万象起，朗吟孤愤平〔1〕。渚鸿未矫翼，而我已遄征〔2〕。因思市朝人，方听晨鸡鸣〔3〕。昏昏恋衾枕，安见元气英〔4〕？纳爽耳目变，玩奇筋骨轻〔5〕。沧州有奇趣〔6〕，浩荡吾将行。

〔1〕孤愤：因孤高嫉俗而产生的愤慨之情。《韩非子》有《孤愤》篇，《史记·老子韩非列传》曰"（韩非）悲廉直不容于邪枉之臣，观往者得失之变"，故作《孤愤》等篇。司马贞《索隐》："孤愤，愤孤直不容于时也。"

〔2〕"渚鸿"二句：言鸿雁未飞而己已出发。矫翼，振翅起飞。遄征，此指赴连州贬途。

〔3〕"因思"二句：言常人方闻鸡鸣，还未起床。

〔4〕元气英：自然界万物之精华。

〔5〕"纳爽"二句:言清爽的空气和江面奇景使人身体通泰。

〔6〕沧州:又作沧洲,水滨或水中岛屿,常代指隐居之所。南朝齐谢朓《之宣城郡出新林浦向板桥》:"既欢怀禄情,复协沧洲趣。"

似是永贞元年(805)秋赴连州途中作。"草树"以下四句,情绪烦闷,但清晨江面的奇景使诗人陡然振奋起来,自认比争名逐利之徒要清高得多,权且把贬所视作隐者的沧州也不妨,可见美妙的自然景观对失意之人有抚慰作用。

顺阳歌〔1〕

朝辞官军驿〔2〕,前望顺阳路。野水啮荒坟〔3〕,秋虫镂官树〔4〕。曾闻天宝末,胡马西南骛。城守鲁将军,拔城从此去〔5〕。

〔1〕顺阳歌:刘禹锡自创新乐府题。顺阳,汉县名,唐时为穰县,为邓州治所,即今河南邓州市。

〔2〕官军驿:驿站名,当在邓州。

〔3〕啮:咬。此指侵蚀、冲毁。

〔4〕官树:官道两旁树木。

〔5〕鲁将军:鲁炅,范阳人,安史乱前在陇右节度使哥舒翰部,以功授右领军大将军,两《唐书》有传。《旧唐书·鲁炅传》载,天宝十五载,鲁炅为上洛太守,充南阳节度使,屯兵叶县北、滍水南,为安史乱军所败,鲁炅突围,保南阳郡,为乱军所围一年,救兵不至,昼夜苦战,米粮尽绝,

至人相食。至德二年五月十五日,鲁炅率众持满傅矢突围而出南阳,投襄阳。拔城,弃城。

永贞元年(805)九十月间赴连州途中作。"野水"二句,写尽乱后荒芜景象。"城守"二句,平平道来,然褒贬之意尽在其中,颇似乐府民谣。

宜城歌[1]

野水绕空城[2],行尘起孤驿。荒台侧生树,石碣阳镌额[3]。靡靡渡行人[4],温风吹宿麦[5]。

〔1〕宜城歌:刘禹锡自创的新乐府名。宜城,原为楚鄢城,秦昭王二十八年(前279),秦将白起伐楚,筑渠引水灌鄢城,城破,遂取鄢。至汉惠帝三年改名宜城。唐德宗时,北迁宜城,原宜城改为驿,即宜城驿,亦即刘禹锡所经之处。

〔2〕野水:不知名的水流。宜城西有汉江,东有蛮河。此处或指秋潦后纵横乱流的小水。

〔3〕石碣:树立在墓或庙前的石碑。《韩昌黎集·遗文》有《记宜城驿》,云:"此驿置在古宜城内,驿东北有井,传是昭王井……东北数十步有楚昭王庙。"石碣或在古庙处。阳镌额:碑的正面顶端有刻字。

〔4〕靡靡:行动迟缓。《诗·王风·黍离》:"行迈靡靡,中心摇摇。"

〔5〕宿麦:经冬的小麦。

永贞元年(805)九月赴连州途中作。景况荒凉与前首同。荒凉的景象既是纪实,也叠加了历史记忆,更是诗人荒凉心境的外化。

纪 南 歌[1]

风烟纪南城,尘土荆门路[2]。天寒多猎骑,走上樊姬墓[3]。

〔1〕纪南歌:刘禹锡自创的新乐府题。纪南,古城名,即楚都郢,在
今湖北省荆州市荆州区,春秋时楚文王定都于此,昭王时迁走,惠王初又
迁回,后为秦将白起所破,地入秦。因地在纪山之南,故称纪郢;又因地
处楚国南境,亦称南郢。故城称纪南城。

〔2〕荆门:县名,唐德宗贞元二十一年立,属南郡江陵府,今属湖北
荆门市。

〔3〕樊姬:楚庄王之姬。《列女传》卷二:"樊姬,楚庄王之夫人也。
庄王即位,好狩猎,樊姬谏,不止,乃不食禽兽之肉。王改过,勤于政事。"
樊姬墓在郢西北。

此是永贞元年(805)十月赴连州时由荆门至纪南途中所作。张九
龄诗《郢城西北有大古冢数十观其封域多是楚时诸王而年代久远不可
复识唯直西有樊妃冢因后人为植松柏故行路尽知之》云:"楚子初逞
志,樊妃尝献箴。能令更择士,非直罢从禽。旧国皆湮灭,先王亦莫寻。
唯传贤媛陇,犹结后人心。"盛唐人尚能因尊敬樊姬为人而敬其坟墓,
到了中唐,狩猎者竟然骑马登上了樊姬坟墓。刘禹锡或因此而感慨。

韩十八侍御见示岳阳楼别窦司直诗
因令属和重以自述故足成六十二韵[1]

楚望何苍然，层澜七百里。孤城寄远目[2]，一写无穷已[3]。
荡漾浮天盖，回环宣地理。积涨在三秋，混成非一水[4]。冬
游见清浅，春望多洲沚。云锦远沙明，风烟青草靡[5]。火星
忽南见[6]，月魄方东迤[7]。雪波西山来，隐若长城起。独
专朝宗路[8]，驶悍不可止。支川让其威，蓄缩至南委[9]。
熊武走蛮落[10]，熊、武，二溪名。潇湘来奥鄙[11]。炎蒸动泉
源，积潦搜山趾[12]。归往无旦夕，包含通远迩。

行当白露时[13]，眇视秋光里[14]。曙色未昭晰，露华遥斐
亹。浩尔神骨清，如观混元始[15]。戕风忽震荡[16]，惊浪迷
津涘[17]。怒激鼓铿訇[18]，蹙成山岿嵼[19]。鹍鹏疑变
化[20]，罔象何恢诡[21]。嘘吸写楼台[22]，腾骧露鬐尾[23]。
景移群动息[24]，波静繁音弭[25]。明月出中央，青天绝纤
滓。素光淡无际，绿静平如砥。空影度鹕鸿，秋声思芦
苇[26]。鲛人弄机杼[27]，贝阙骈红紫[28]。珠蛤吐玲
珑[29]，文鳐翔旖旎[30]。

水乡吴蜀限[31]，地势东南庳[32]。翼轸粲垂精[33]，衡巫屹
环峙[34]。名雄七泽薮[35]，国辨三苗氏[36]。唐羿断修
蛇[37]，荆王殪青兕[38]。秦狩迹犹在[39]，虞巡路从此[40]。
轩后奏宫商[41]，骚人咏兰芷[42]。茅岭潜相应[43]，橘洲傍

可指[44]。郭璞验幽经[45],罗含著前纪[46]。

观津戚里族[47],按道侯家子[48]。联袂登高楼,临轩笑相视。假守亦高卧[49],窦时权领郡事。墨曹正垂耳[50]。韩亦量移江陵法曹。契阔话凉温[51],壶觞慰迁徙[52]。地偏山水秀,客重杯盘侈[53]。红袖花欲然[54],银灯昼相似[55]。兴酣更抵掌,乐极同启齿[56]。笔锋不能休,藻思一何绮。

伊予负微尚[57],夙昔惭知己。出入金马门[58],交结青云士。袭芳践兰室[59],学古游槐市[60]。策慕宋前军[61],文师汉中垒[62]。陋容昧俯仰,孤志无依倚。卫足不如葵[63],漏川空叹蚁[64]。幸逢万物泰,独处穷途否[65]。铩翮重叠伤,兢魂再三褫[66]。蘧瑗亦屡化,左丘犹有耻[67]。桃源访仙官,薜服祠山鬼[68]。

故人南台旧[69],一别如弦矢。今朝会荆蛮,斗酒相宴喜。为余出新什,笑抃随伸纸[70]。晔若观五彩,欢然臻四美[71]。委曲风涛事,分明穷达旨[72]。洪韵发华钟,凄音激清徵[73]。羊璿要平声共和,江淹多杂拟[74]。徒欲仰高山,焉能追逸轨[75]?湘州路四达[76],巴陵城百雉[77]。何必颜光禄,留诗张内史[78]?

〔1〕韩十八侍御:韩愈。韩愈曾任监察御史,故称其为侍御。窦司直:窦庠,字胄卿。韩皋出镇武昌,辟庠为幕府。司直,即大理司直,为窦庠兼衔。其时窦庠权领岳州刺史。

〔2〕孤城:此指岳阳城。

〔3〕写:同"泻"。

〔4〕"混成"句:指洞庭湖水由众多江河汇聚而成。

〔5〕青草:指青草湖,一名巴丘湖,在洞庭湖东南,湖中青草丰茂,故称。

〔6〕火星:即大火星,每年夏历六月黄昏出现于正南方,方向最正而位置最高,至七月偏西而下行,即《诗·豳风·七月》所谓"七月流火"。

〔7〕月魄:月初生或圆而始缺时不明亮的部分。此泛指月亮。东迤:斜挂于东方。

〔8〕朝宗:东流入海。《尚书·禹贡》:"江汉朝宗于海。"孔颖达疏:"朝宗是人事之名,水无性识,非有此义。以海水大而江汉小,以小就大,似诸侯归于天子,假人事而言也。"

〔9〕"支川"二句:意谓江水支流皆随顺其威风而流入洞庭。蓄缩,畏缩,退缩。

〔10〕熊武:即熊溪、武溪,皆武陵五溪之一。蛮落:蛮荒之地。

〔11〕潇湘:即潇水、湘水,皆汇入洞庭。奥鄙:边远荒僻之地。

〔12〕"炎蒸"二句:意谓洞庭湖当盛暑之时足以动摇所有支流的泉源,而当三秋湖水积涨之时又足以撼动群山之根。山趾,山脚。

〔13〕白露:江南白露降下已到十月,此处"白露"非实写节气。

〔14〕眇视:远视。

〔15〕混元始:天地初开。

〔16〕戕风:恶风。

〔17〕津涘(sì):水岸,渡口。

〔18〕铿訇(hōng):水激荡声。

〔19〕峐砳:山高貌。此指水浪。

〔20〕鹍鹏:即鲲鹏。《庄子·逍遥游》:"鲲之大,不知其几千里也。化而为鸟,其名为鹏。鹏之背,不知其几千里也。怒而飞,其翼若垂天

之云。"

〔21〕罔象：水怪，或谓木石之怪。《国语·鲁语下》："水之怪曰龙、罔象。"韦昭注："或曰罔象食人，一名沐肿。"恢诡：怪异。

〔22〕楼台：此指海市蜃楼。古人以为海市蜃楼是水中蛟、蜃等生物呼吸吐气而成。

〔23〕腾骧：腾跃。鬐尾：此指水中蛟、蜃等生物的鬐鬣和尾。

〔24〕景移，指光线因太阳落下而消退。群动：各种生物。

〔25〕繁音：各种声响。殚：停息。

〔26〕"秋声"句：用《诗·秦风·蒹葭》"蒹葭苍苍，白露为霜。所谓伊人，在水一方"句意。此谓因秋声而起怀人之思。

〔27〕鲛人：传说中居于水中的人。张华《博物志》卷九："南海外有鲛人，水居如鱼，不废织绩，其眼能泣珠。从水出，寓人家，积日卖绢。将去，从主人索一器，泣而成珠满盘，以与主人。"

〔28〕贝阙：水中宫殿。

〔29〕珠蛤：可以孕珠的甲贝之类。

〔30〕文鳐：传说中一种能飞的鱼。旖旎：从风飞翔貌。

〔31〕吴蜀限：三国时吴、蜀以洞庭为界限。

〔32〕庳：低下。

〔33〕翼轸：星宿名。洞庭湖在荆州，翼、轸二星为其分野。王勃《滕王阁序》："星分翼轸，地接衡庐。"垂精：垂下光芒。

〔34〕衡巫：衡山和巫山。衡山在洞庭之南，巫山在洞庭之西。

〔35〕七泽薮：古代传说中的七个大泽。司马相如《子虚赋》："臣闻楚有七泽，尝见其一……名曰云梦。云梦者，方九百里。"薮，湖泽。

〔36〕三苗氏：古国名。《史记·五帝本纪》："三苗在江淮、荆州，数为乱。"张守节《正义》引吴起曰："三苗之国，左洞庭而右彭蠡。"

〔37〕"唐羿"句：用后羿斩蛇事。唐，唐尧，即帝尧。《淮南子·本

经》:"逮至尧之时,十日并出……封豨、修蛇皆为民害。尧乃使羿……断修蛇于洞庭。"高诱注:"修蛇,大蛇。"

〔38〕"荆王"句:用楚王射杀犀牛事。《战国策·楚策一》:"楚王游于云梦,结驷千乘,旌旗蔽日。野火之起也若云霓,兕虎嗥之声若雷霆。有狂兕牂车依轮而至。王亲引弓而射,一发而殪。"荆王,楚王。殪(yì),死。青兕(sì),犀牛之类。

〔39〕"秦狩"句:用秦始皇出巡至洞庭君山事。狩,帝王出巡。《史记·秦始皇本纪》:"始皇……之衡山,南郡,浮江,至湘山祠,逢大风,几不得渡。上问博士曰:'湘君何神?'博士对曰:'闻之,尧女,舜之妻,而葬此。'于是始皇大怒,使刑徒三千人皆伐湘山树,赭其山。"湘山即君山,在洞庭中。

〔40〕"虞巡"句:谓虞舜南巡至于此。《史记·五帝本纪》:"舜……践帝位三十九年,南巡狩,崩于苍梧之野,葬于江南九疑,是为零陵。"

〔41〕"轩后"句:用黄帝奏乐于洞庭事。《庄子·天运》:"帝张咸池之乐于洞庭之野。"轩后,黄帝轩辕氏。

〔42〕"骚人"句:指屈原及其作品。屈原被放于沅湘,赋《离骚》《九章》等,好以兰芷等香草喻君子。

〔43〕茅岭:即茅山,在今江苏句容南,相传茅岭与君山相通。《水经注·湘水》:"湖中有君山……山有石穴,潜通吴之包山。"包山一作"苞山",又名"洞庭山",即今江苏太湖中洞庭西山。

〔44〕橘洲:又名橘子洲,在今湖南长沙西湘江中。

〔45〕"郭璞"句:晋代郭璞曾经注《山海经》,其中《海内东经》有关于洞庭湖的记载。

〔46〕罗含:晋人,字君章。罗含著有《湘中山水记》,即所谓"前纪"。

〔47〕"观津"句:指窦庠。观津,汉县名,故址在今河北武邑东南,

为窦姓郡望。戚里，西汉长安里名，为帝王外戚聚居之地。《史记·万石张叔列传》："于是高祖召其姊为美人，以（石）奋为中涓，受书谒，徙其家长安中戚里。"司马贞《索隐》引颜师古曰："于上有姻戚者则皆居之，故名其里为戚里。"汉文帝皇后为窦氏，故以之代指窦庠。

〔48〕"按道"句：此谓韩愈。汉韩悦封按道侯，故以之代韩愈。

〔49〕"假守"句：谓窦庠。假守，临时代理的刺史。高卧，谓岳州政事清闲，窦庠高卧以治之。

〔50〕"墨曹"句：谓韩愈。韩愈时受命为江陵府法曹参军。墨曹，法曹别称。垂耳，不得志貌。韩愈自阳山令量移为江陵法曹参军，未能回归长安，郁郁不得志，故云。

〔51〕契阔：分离与聚合。

〔52〕迁徙：指韩愈与己。

〔53〕客重：犹言贵客、嘉宾。杯盘侈：谓酒肴丰盛。

〔54〕红袖：侑酒的歌女。然，同"燃"。此言歌女貌美如花。

〔55〕银灯：古代照明用具。一般铜制，上有盘，中有柱，下有底，或有三足及柄，盘所以盛膏油。

〔56〕"乐极"句：指韩、窦岳阳楼一同作诗。

〔57〕伊：发语词。微尚：谦辞，微志。

〔58〕金马门：西汉长安宫门，学士待诏之处。此指唐长安宫门。

〔59〕袭芳：意谓受到友朋感染。兰室，芝兰之室。《说苑·杂言》："（孔子）又曰：'与善人居，如入兰芷之室，久而不闻其香，即与之化矣。'"

〔60〕槐市：汉长安读书人聚会、贸易之所，以其多槐而得名。后泛指学宫、学舍。

〔61〕"策慕"句：谓其决谋策划仰慕南朝宋刘穆之。据《宋书·刘穆之传》，刘穆之字道和，东莞莒县（今属山东）人，自幼喜读《尚书》《左

传〉,博览多通。桓玄篡晋,穆之随同刘裕起兵,为府主簿,平定建康,又随刘裕北伐前燕,为前将军,出谋划策,甚为刘裕倚重,累迁至尚书左仆射。刘裕西讨司马休之,穆之留守建康,内总朝政,外供军旅,决断如流。

〔62〕"文师"句:谓其为学为文师法汉刘向。据《汉书·刘向传》,刘向字子政,西汉楚元王四世孙。宣帝时初为郎,旋升谏议大夫,治《春秋穀梁传》,讲论"五经"于石渠阁。成帝时任光禄大夫、中垒校尉。著有《别录》《新序》《说苑》《列女传》等。

〔63〕"卫足"句:言疏于自保。《左传·成公十七年》:"仲尼曰:'鲍庄子之知不如葵,葵犹能卫其足。'"杜预注:"葵倾叶向日,以蔽其根。"后因以比喻自全或自卫。

〔64〕"漏川"句:化用《韩非子·喻老》"千丈之堤,以蝼蚁之穴溃"句意,喻指王、韦党人之败。

〔65〕"幸逢"二句:谓宪宗即位万物皆泰而唯独自己遭遇不幸。泰、否,《周易》卦名。《周易·泰卦·彖辞》:"则是天地交而万物通也。……君子道长,小人道消也。"《周易·否卦·彖辞》:"则是天地不交而万物不通也。……小人道长,君子道消也。"

〔66〕"铩翮"二句:谓其连遭两次贬谪,惊魂未定。宪宗即位,先贬刘禹锡为连州刺史,中途再贬为朗州司马。铩翮,剪除鸟羽,比喻遭到残害。褫(chǐ),夺去。

〔67〕"蘧瑗"二句:言自己拙于随时变化,耻于见风使舵。蘧瑗,字伯玉,春秋卫大夫。《庄子·则阳》:"蘧伯玉行年六十而六十化。"左丘,即左丘明,春秋时鲁国史官。《论语·公冶长》:"子曰:'巧言令色足恭,左丘明耻之,丘亦耻之;匿怨而友其人,左丘明耻之,丘亦耻之。'"

〔68〕"桃源"二句:谓其将赴贬地朗州。桃源,即桃花源,在朗州(武陵)。仙官,原指道士,此指桃花源中避秦乱而居于山中之人。薜服、山鬼,化用屈原《山鬼》"若有人兮山之阿,披薜荔兮带女萝"意。薜

荔,香草名,缘木而生。山鬼,山神、山精之类。

〔69〕南台:唐时称御史台为南台。贞元末,刘禹锡与韩愈同官监察御史。

〔70〕笑抃(biàn):欢笑。

〔71〕四美:良辰、美景、赏心、乐事。谢灵运《拟魏太子邺中集诗序》:"天下良辰、美景、赏心、乐事,四者难并。"

〔72〕"委曲"二句:指韩愈诗对洞庭湖风涛有细备描写,对个人身世遭遇有详尽叙述。委曲,委婉细致。

〔73〕"洪韵"二句:形容韩诗音韵洪亮、伤感动人。

〔74〕"羊璠"二句:意谓自己想要像善于和诗的羊璠之、江淹一样来和韩愈的诗作。羊璠,南朝宋诗人羊璠之,字曜璠,泰山(今山东费县)人。谢灵运自建康返永嘉,与谢惠连、何长瑜、荀雍、羊璠之等共游处,以文章赏会,时号"四友"。谢灵运有《登临海峤初发彊中作与从弟惠连见羊何共和之》诗,羊即羊璠之。江淹,南朝宋、齐、梁间诗人,善于模拟,以《杂体诗三十首》最有名。

〔75〕"徒欲"二句:谓韩愈诗格调高超,难以追攀。高山,用《诗·小雅·车辖》"高山仰止,景行行之"句意。逸轨,高超的轨范。晋潘岳《秋兴赋》:"仰群俊之逸轨兮,攀云汉以游骋。"

〔76〕湘州:东晋置,州治临湘,即今湖南长沙。

〔77〕巴陵:即岳州。百雉:古代城墙长三丈、高一丈谓之一雉。百雉之城为大城。

〔78〕"何必"二句:以颜延之自比,以张邵拟窦庠,意谓自己的诗不值得留给窦庠。颜光禄,即南朝宋颜延之,字延年,琅玡临沂(今属山东)人,文章之美为当时之冠。张内史,指张邵,延之同时人,官湘州刺史。内史,官职名。西汉初,诸侯王国置内史,掌民政。此以内史代指刺史。宋文帝元嘉三年,颜延之自始安回京路过巴陵,曾作《始安郡还都与

张湘州登巴陵城楼作》诗。

永贞元年(805)秋,韩愈受诏自阳山赴任江陵法曹参军,刘禹锡贬赴朗州,二人先后行至江陵,得到窦庠的盛情接待。韩有《岳阳楼别窦司直》诗,庠有和诗,刘禹锡亦以此诗相和。贞元、永贞之际,政局动荡,刘禹锡、柳宗元与韩愈立场不同,他们的交谊一度出现裂痕,产生过较大的嫌怨,彼此之间也有一些误会。贞元十九年末,京师大旱,韩愈上疏言事被贬阳山令,即认为与刘、柳泄密有关。在《赴江陵途中寄赠王二十补阙李十一拾遗李二十六员外翰林三学士》诗中,韩愈曾怀疑说"同官尽才俊,偏善柳与刘。或虑语言泄,传之落冤仇"。在《岳阳楼别窦司直》中又说"爱才不择行,触事得谗谤",无乃是质问。刘禹锡和诗前半写景,后半叙事,全步韩诗章法,但是对韩愈的质问,并未正面答复。清人何焯《义门读书记》评云:"退之出官,颇疑刘、柳泄其情与韦、王,乃此诗即以示刘,令其属和,毋乃强直而疏浅乎!或者窦庠语次,深明刘、柳不然,劝其因唱和以两释疑猜,而刘亦忍诟以自明也。"韩愈确实"强直而疏浅",但刘禹锡既未"自明",则也说不上"忍诟"。不论是有难言之隐,还是无隐情而不愿辩白,刘禹锡的态度都显得倔强。

君山怀古[1]

属车八十一,此地阻长风[2]。千载威灵尽,赭山寒水中[3]。

〔1〕君山:在岳阳洞庭湖中。《水经注·湘水》:"湖中有君山……湘君之所游处,故曰君山。"

〔2〕"属车"二句:据《史记·秦始皇本纪》,秦始皇南巡,于君山阻

风。属车,秦汉以后,帝王出行侍从之车八十一乘。《文选》张衡《东京赋》:"属车九九,乘轩并毂。"薛综注:"副车曰属。"

〔3〕赭山:没有树木的山。《史记·秦始皇本纪》:"'始皇'浮江,至湘山祠,逢大风,几不得渡。……于是始皇大怒,使刑徒三千人皆伐湘山树,赭其山。"

永贞元年(805)冬贬赴朗州行至岳阳时作。秦始皇早已不复存在,但他所造的"孽"——被伐光树木的君山却还留在世间。诗咏古事,但暗含讽喻。

元和时期

聚蚊谣

沉沉夏夜兰堂开[1]，飞蚊伺暗声如雷。嘈然欻起初骇
听[2]，殷殷若自南山来[3]。喧腾鼓舞喜昏黑，昧者不分聪
者惑[4]。露花滴沥月上天，利觜迎人着不得[5]。我躯七尺
尔如芒[6]，我孤尔众能我伤。天生有时不可遏，为尔设幄潜
匡床[7]。清商一来秋日晓[8]，羞尔微形饲丹鸟[9]。

〔1〕兰堂:芳洁高雅的厅堂。

〔2〕欻(xū)起:惊起、骤然而起。

〔3〕"殷殷"句:化用《诗·召南·殷其雷》"殷其雷,在南山之阳"
句意。殷殷,雷声,此指聚蚊之声。

〔4〕昧者:昏昧不明的人。聪者:听觉灵敏的人。

〔5〕"利觜"句:形容常人惧怕蚊子附体。觜,同"嘴"。

〔6〕芒:微芒、微小。

〔7〕匡床:方正的床。

〔8〕清商:指秋风。商为五音之一,古以五音与四时相配,商音配
秋。晋潘岳《悼亡诗》:"清商应秋至,溽暑随节阑。"

〔9〕丹鸟:萤火虫的异名。《大戴礼·小夏正》:"八月,丹鸟羞白

鸟。丹鸟者,谓丹良也。白鸟,谓蚊蚋也。"羞,以……为食物。

宪宗元和元年(806)作于朗州(今湖南常德)司马任上。唐宪宗对"二王、八司马"的惩罚非常严厉:王叔文赐死,八司马远窜且永不许量移。这与宪宗的报复心理有关,也与朝中一批制造谣言的群小有关。因为政治形势异常严酷,不能明言,故诗以寓言手法言之。虽是寓言,但诗人的立场和爱憎又毫无掩饰,足见刘禹锡倔强的个性。贬朗州期间,刘禹锡此类诗作甚多,以此首及以下数首为代表。

百舌吟〔1〕

晓星寥落春云低,初闻百舌间关啼〔2〕。花树满空迷处所,摇动繁英坠红雨。笙簧百啭音韵多,黄鹂吞声燕无语〔3〕。东方朝日迟迟升,迎风弄景如自矜。数声不尽又飞去,何许相逢绿杨路。绵蛮宛转似娱人〔4〕,一心百舌何纷纷。酡颜侠少停歌听〔5〕,坠珥妖姬和睡闻。可怜光景何时尽,谁能低回避鹰隼?廷尉张罗自不关〔6〕,潘郎挟弹无情损〔7〕。天生羽族尔何微,舌端万变乘春辉。南方朱鸟一朝见〔8〕,索漠无言蒿下飞〔9〕。

〔1〕百舌:鸟名,其声多变化。《淮南子·说山》:"人有多言者,犹百舌之声。"高诱注:"百舌,鸟名,能易其舌效百鸟之声,故曰百舌也。以喻人虽多言无益于事也。"
〔2〕间关:鸟鸣声。

〔3〕吞声:不敢出声。

〔4〕绵蛮:鸟鸣声。

〔5〕酡颜:醉颜。酡,因醉酒而脸红。

〔6〕"廷尉"句:《史记·汲郑列传》载翟公始为廷尉时,宾客盈门,及废,门可罗雀。此化用其意,谓廷尉张罗捕鸟,自然不会收网。廷尉,秦汉时官职名,掌刑罚、纠察百官。罗,罗网。

〔7〕"潘郎"句:《晋书·潘岳传》:"岳美姿仪……少时常挟弹出洛阳道。"此化用其意,谓少年郎挟弹亦会危及百舌鸟。

〔8〕朱鸟:即朱雀,星宿名,二十八宿中南方七宿的总称。七宿相连呈鸟形,朱色象火,南方属火,故名。此指夏天。见,同"现"。

〔9〕索寞:神色沮丧。蒿下飞:不能高翔,只能飞于蓬蒿之间。

与前首为同时之作。贞元、永贞之际,刘禹锡因为锋芒太露,政敌最多。所谓政敌,有正面的、公开的,也有侧面的、隐蔽的,还可能有曾经是友人、时局一变又化友为敌的。韩愈《柳子厚墓志铭》有一段话,说到人与人之相交,可作为参考:"呜呼!士穷乃见节义。今夫平居里巷相慕悦,酒食游戏相征逐,诩诩强笑语以相取下,握手出肝肺相示,指天日涕泣,誓生死不相背负,真若可信;一旦临小利害,仅如毛发比,反眼若不相识。落陷阱,不一引手救,反挤之,又下石焉者,皆是也。"这些昔日"诩诩强笑语"、今日"反眼若不相识"甚至落井下石的人,在刘禹锡笔下,即是巧舌如簧、百啭音韵的百舌鸟。比之对"聚蚊"的憎恶,诗人对"百舌"的态度更多嘲讽和蔑视。

飞鸢操〔1〕

鸢飞杳杳青云里,鸢鸣萧萧风四起。旗尾飘扬势渐高,箭头砉划声相似〔2〕。长空悠悠霁日悬，六翮不动凝风烟。游鹍翔雁出其下〔3〕，庆云清景相回旋〔4〕。忽闻饥乌一噪聚，瞥下云中争腐鼠。腾音砺吻相喧呼，仰天大吓疑鹓雏〔5〕。畏人避犬投高处，俯啄无声犹屡顾。青鸟自爱玉山禾，仙禽徒贵华亭露〔6〕。朴樕危巢向暮时，毰毸饱腹蹲枯枝〔7〕。游童挟弹一麾肘，臆碎羽分人不悲。天生众禽各有类，威凤文章在仁义。鹰隼仪形蝼蚁心，虽能戾天何足贵！

〔1〕飞鸢：猛禽，似鹰而略小，此喻权势者。操，琴曲谓操。

〔2〕"旗尾"二句：谓鸢飞迅疾，发出利箭破空之声。旗尾，鸢尾分叉如旗帜的尾端。砉（huā）划，飞箭破空之声。

〔3〕鹍（kūn）：大鸟，形似鹤。或谓鸡，《尔雅·释畜》："鸡三尺曰鹍。"郭璞注："阳沟巨鹍，古之名鸡。"

〔4〕庆云：祥云，古人以为吉兆。

〔5〕"仰天"句：《庄子·秋水》："惠子相梁，庄子往见之。或谓惠子曰：'庄子来，欲代子相。'于是惠子恐，搜于国中三日三夜。庄子往见之，曰：'南方有鸟，其名鹓雏……发于南海，而飞于北海。非梧桐不止，非练实不食，非醴泉不饮。于是鸱得腐鼠，鹓雏过之，仰而视之曰："吓!"今子欲以子之梁国吓我耶？'"

〔6〕"青鸟"二句：言仙鸟高洁，只食玉山之禾，饮华亭之露。青鸟，神鸟，为西王母取食传信。玉山禾，神话传说中昆仑山所生之禾。华亭，在今江苏松江，因其地有华亭鹤而得名。《世说新语·尤悔》载，晋陆机、陆云兄弟常于华亭闻鹤唳。

〔7〕"朴樕"二句：状飞鸢日暮食饱、停于小树枯枝。朴樕（sù），小树。毰毸（péi sāi），毛羽张开。

与前篇为同时之作。诗写飞鸢,先扬后抑。据"鹰隼仪形蝼蚁心",飞鸢所喻必为一面身居高位威重其表、一面忘身徇利丑态百出者,故有学者以为是武元衡。贞元末,武元衡与王叔文集团不睦,与刘禹锡亦有隙;宪宗元和二年,武元衡为门下侍郎同中书门下平章事,居于高位。谓刘禹锡因"武元衡任御史中丞时之夙怨"而发为此诗(见瞿蜕园《刘禹锡集笺证》卷二一),亦是可能。

秋萤引

汉陵秦苑遥苍苍,陈根腐叶秋萤光[1]。夜空寂寥金气净[2],千门九陌飞悠扬。纷纶晖映互明灭,金炉星喷灯花发。露华洗濯清风吹,攒昂不定招摇垂。高丽罘罳过蛛网[3],斜历璇题舞罗幌[4]。曝衣楼上拂香裙[5],承露台前转仙掌[6]。槐市诸生夜对书,北窗分明辨鲁鱼[7]。行子东山起征思[8],中郎骑省悲秋气[9]。铜雀人归自入帘,长门帐开来照泪[10]。谁言向晦常自明?童儿走步娇女争。天生有光非自炫,远近低昂暗中见。撮蚊袄鸟亦夜飞[11],翅如车轮人不见[12]。

〔1〕"陈根"句:古人认为萤火虫为腐草所化,故云。《礼记·月令》:"季夏之月,……腐草为萤。"

〔2〕金气:秋气。秋于五行属金。

〔3〕丽:附丽、附着。罘罳(fú sī):设在屋檐或窗上以防鸟雀的金属网或丝网。

〔4〕璇题:玉饰的椽头。罗幌:轻罗做成的帐子。

〔5〕曝衣楼:旧时七月七日有曝衣习俗。崔寔《四民月令》:"七月七日,……暴(同曝)经书及衣服。"汉唐时,宫中犹盛曝衣。沈佺期《曝衣篇》:"宫中扰扰曝衣楼,天上娥娥红粉席。"

〔6〕承露台:《三辅黄图》卷三载,汉武帝迷信神仙,在建章宫筑神明台,立铜仙人舒掌捧铜盘承接甘露,冀饮以延年。

〔7〕辨鲁鱼:辨别文字正误。古籍中鲁、鱼、亥、豕篆文形似,以致引起误写错读,后常以"鲁鱼亥豕"泛指书籍传写刊印中的文字错误。

〔8〕"行子"句:《诗经·豳风》有《东山》篇写行子思乡,云:"我徂东山,慆慆不归。……町疃鹿场,熠耀宵行。"毛传:"熠耀,燐也。燐,萤火也。"后多以"熠耀"借指萤火虫。

〔9〕"中郎"句:晋潘岳《秋兴赋序》:"晋十有四年,余春秋三十有二,始见二毛,以太尉掾兼虎贲中郎将,寓直于散骑之省。"《赋》中"熠耀粲于阶闼"写萤火虫。

〔10〕"铜雀"二句:用曹操筑铜雀台储妻妾婢女事、汉武帝陈皇后长门宫事写萤火虫。汉末建安十五年冬曹操建铜雀台,故址在今河北临漳西南古邺城西北隅,与金虎、冰井合称三台。《乐府诗集》引《邺都故事》:"魏武帝遗命诸子曰:'吾死之后,葬于邺之西岗上,与西门豹祠相近,无藏金玉珠宝。余香可分诸夫人,不命祭吾。妾与伎人,皆著铜雀台,台上施六尺床,下缍帐,朝晡上酒脯糒糗之属。每月朝十五,辄向帐前作伎,汝等时登台,望吾西陵墓田。'"司马相如《长门赋序》云:"孝武皇帝陈皇后,时得幸,颇妒。别在长门宫,愁闷悲思。"

〔11〕撮蚊袄鸟:夜里捕食蚊虫的怪鸟。

〔12〕翅如车轮:《列子·汤问》记纪昌学射于飞卫,"飞卫曰:'未也,必学视而后可。视小如大,视微如著,而后告我。'昌以氂悬虱于牖,南面而望之。旬日之间,浸大也。三年之后,如车轮焉。以睹余物,皆丘

山也。"

与前首同时之作。秋萤喻指有才而不自炫者，应是刘禹锡自喻。明代周珽《唐诗选脉会通评林》评论此诗云："说得秋萤大有身份，其光明所烛，无所不到，无人不见。微物且然，况盛德之士，宁晦不自炫、竟沉于泯灭哉！末二句，见得恶劣小人虽大张其声势，终不若君子形著明动，有自然之辉也。"《聚蚊》《百舌》《飞鸢》《秋萤》四篇结尾皆以"天生"收束全篇，当为同时之作。

阳山庙观赛神[1]

汉家都尉旧征蛮[2]，血食如今配此山[3]。曲盖幽深苍桧下[4]，洞箫愁绝翠屏间[5]。荆巫脉脉传神语[6]，野老婆娑启醉颜[7]。日落风生庙门外，几人连踏竹歌还[8]？

〔1〕原题下有注："梁松南征至此，遂为其神，在朗州。"阳山：一名梁山，在朗州西。阳山庙，为东汉梁松之庙。梁松字伯孙，少为郎，娶光武帝女为妻，博通经书，明帝时官至太仆，后因私自请托郡县被免官，又因飞书诽谤下狱死。《后汉书》有传。赛神，设祭酬神。

〔2〕都尉：指梁松。梁松并未官都尉，魏晋以后以驸马为驸马都尉，唐仍之，故称梁松为（驸马）都尉。征蛮：梁松未参与征蛮之事。据《后汉书·马援传》，援讨武陵蛮失利，帝乃使松乘驿责问，因代监军。

〔3〕血食：鬼神享受祭品。古代习以杀牲取血以祭，故称。今传史籍未见有梁松死于武陵的记载。

〔4〕曲盖:曲柄伞盖,为赛神时仪仗。

〔5〕翠屏:群山青翠如屏。

〔6〕荆巫:楚地巫女。

〔7〕婆娑:醉步蹒跚。

〔8〕竹歌:即民歌《竹枝词》。

元和间作于朗州。诗写荆南的民间祭祀及赛神活动,屈原《九歌》场面如在眼前。

咏古二首有所寄

其一

车音想辚辚,不见綦下尘〔1〕。可怜平阳第,歌舞娇青春〔2〕。
金屋容色在,文园词赋新〔3〕。一时复得幸,应知失意人。

〔1〕綦(qí):鞋带,此指鞋。

〔2〕"可怜"二句:写汉武帝幸卫子夫事。汉武帝皇后卫子夫,原为武帝姊平阳公主讴(唱歌)者。武帝过公主第,所侍美女,帝皆不悦。及讴者进,武帝独悦子夫,幸之,公主遂送子夫入宫。元朔元年生男,遂立为皇后。事见《汉书·孝武卫皇后传》。

〔3〕"金屋"二句:写汉武帝皇后陈阿娇失宠因司马相如赋复得幸事。汉武帝少时欲得陈阿娇为妻,说:"若得阿娇作妇,当作金屋贮之。"（《太平御览》卷八八引《汉武故事》）。及陈阿娇为皇后,被武帝别置长

门宫,愁闷悲思,以百金请司马相如作《长门赋》,武帝因以复幸陈皇后。文园,汉文帝陵园,此指司马相如,相如曾为文园令。

其二

寂寥照镜台[1],遗基古南阳。真人昔来游,翠凤相随翔。目成在桑野,志遂贮椒房[2]。岂无三千女?初心不可忘。

〔1〕照镜台:当指汉光武帝皇后阴丽华遗迹。阴丽华为汉南阳郡新野(今属河南南阳)人。
〔2〕"真人"以下四句:咏汉光武帝及皇后阴丽华之事。刘秀微时,游南阳,闻阴丽华美,心悦之。后至长安,见执金吾车骑甚盛,因叹曰:"仕宦当作执金吾,娶妻当得阴丽华。"更始元年,纳丽华于宛县当成里。建武元年,刘秀即位,是为光武帝,以阴丽华为贵人,十七年,立阴丽华为皇后。事见《后汉书·光烈阴皇后纪》。真人,指光武帝。翠凤,指阴丽华。目成,以目相视,情感交通。椒房,宫殿名,以椒涂壁,取其芬芳,故名,为皇后所居。

约作于元和遭贬时期。"有所寄",乃有所寄托,非寄赠之谓。前一首求助、讽刺之意兼而有之,后一首借古喻今,亦是寄希望于朝中在位某人施援于己。

卧病闻常山旋师策勋宥过
王泽大洽因寄李六侍御[1]

寂寂重寂寂,病夫卧秋斋。夜虫思幽壁,槁叶鸣空阶。南国异气候,火旻尚昏霾[2]。瘴烟跕飞羽,沴气伤百骸[3]。昨闻凯歌旋,饮至酒如淮[4]。无战陋丹水,垂仁轻藁街[5]。清庙既策勋,圆丘俟燔柴[6]。车书一以混,幽远靡不怀[7]。逐客憔悴久,故乡云雨乖。禽鱼各有化,余欲问齐谐[8]。

〔1〕常山旋师:元和四年初,成德军(治恒州,即常山郡,元和十五年又改镇州,即今河北正定)节度使王士真死,其子王承宗自称留后。秋,朝廷以王承宗为成德军节度使,又以其势大,乃割成德所辖德、棣二州另为一镇,命德州刺史薛昌朝为节度使。王承宗不奉命,朝廷乃命神策左军中尉吐突承璀为招讨使讨之。昭义节度使卢从史与王承宗通牒,制才下,王承宗虏薛昌朝归镇州。吐突承璀用计诱执卢从史送京师,王承宗自陈为卢从史所离间,遂乘此罢兵。五年七月,诏复王承宗官爵,德、棣二州仍归成德,待之如初。诸道并以罢兵加赏,幽州节度使刘济加中书令,魏博节度使田济安加司徒,淄青节度使李师道加仆射,诸道行营将士,共赐物二十八万。"王泽大洽"即谓此,详见《旧唐书・宪宗纪》。李六侍御:指李景俭,字宽中,唐宗室,贞元十五年进士,博闻强记,自负王霸之略。先为东都留守从事,元和元年为晋绛观察从事。二年,御史中丞窦群引为监察御史,三年,窦群以罪左迁,李景俭坐贬江陵府户曹参军。

〔2〕火旻:秋日天空。火,大火星。

〔3〕"瘴烟"二句:写朗州天气阴湿、气候恶劣。跕(dié),坠落。《后汉书・马援传》:"(援)从容谓官属曰:'……当吾在浪泊、西里间,虏未灭之时,下潦上雾,毒气重蒸,仰视飞鸢跕跕堕水中。'"沴(lì)气,灾害不祥之气,此言朗州。庾信《哀江南赋》:"沴气朝浮,妖精夜陨。"

〔4〕"昨闻"二句:言听到朝廷捷报,狂饮庆贺。饮至,古代诸侯会盟战伐完毕,祭告宗庙并饮酒庆祝的典礼,后代指出征奏凯、宴饮庆功之

55

礼。酒如淮，极言饮酒之多，语出《左传·隐公五年》"归而饮至"，又《昭公十二年》"有酒如淮"。

〔5〕"无战"二句：意谓常山一役，未经战斗而取胜，足以超越古圣贤；朝廷仁义之师，从此可以蔑视叛逆藩镇。《吕氏春秋·恃君览》："尧战于丹水之浦，以服南蛮。"藁街，汉长安街名，为属国使节馆舍所在地，此指河北藩镇。唐时河东、河北及山东节镇，多由蕃将担任节度使。

〔6〕"清庙"二句：言朝廷于宗庙策赏功勋，于圆丘告天成功。圆丘，天坛，古时帝王祭天之所。

〔7〕"车书"二句：言天下统一，皇帝恩惠普及天下，无处不到。

〔8〕禽鱼：《庄子·逍遥游》有北溟之鱼（鲲）化为鹏鸟之说，此谓立功将士皆受恩赏。齐谐：人名或书名。《庄子·逍遥游》："齐谐者，志怪者也。"成玄英疏："姓齐名谐，人姓名也。亦言书名也，齐国有此俳谐之书也。"

元和五年（810）秋作于朗州。李景俭与王叔文善，王叔文用事时，李景俭居丧东都，未与朝事。李景俭又极自负，贬在江陵，与刘禹锡同声气，故刘禹锡寄诗与之。元和元年八月，宪宗有诏云，刘禹锡等八人，"纵逢恩赦，不在量移之限"（《旧唐书·宪宗纪》）。刘禹锡指望常山庆功赦还，是心怀奢望。

酬元九院长自江陵见寄〔1〕

无事寻花至仙境〔2〕，等闲栽树比封君〔3〕。金门通籍真多士〔4〕，黄纸除书每日闻〔5〕。

〔1〕元九:即元稹。院长:唐时两院御史相呼院长。元和四年,元稹以监察御史分务东台,"河南尹房式为不法事,稹欲追摄,擅令停务。既飞表闻奏,罚式一月俸,仍召稹还京。宿敷水驿,内官刘士元后至争厅,士元怒排其户,稹袜而走厅后,士元追之,后以箠击稹伤面。执政以稹少年后辈,务作威福,贬为江陵府士曹参军"(《旧唐书·元稹传》)。元稹贬江陵,有诗寄刘禹锡,刘禹锡酬以此诗。元稹所寄诗今不存。

〔2〕"无事"句:用晋陶渊明《桃花源记》渔人误入桃花源事写其贬官朗州。唐朗州即晋武陵郡。

〔3〕"等闲"句:《史记·货殖列传》:"蜀、汉、江陵千树橘,……此其人皆与千户侯等。"又《三国志·吴书·孙休传》"丹阳太守李衡"裴松之注引习凿齿《襄阳记》:"(李衡)于武陵龙阳泛洲上作宅,种甘橘千株。临死,敕儿曰:'汝母恶我治家,故穷如是。然吾州里有千头木奴,不责汝衣食,岁上一匹绢,亦可足用耳。'……吴末,衡甘橘成,岁得绢数千匹,家道殷足。"封君,受封邑者,后以之比太守,此指元稹。

〔4〕金门:即金马门,汉代长安宫门。此指唐长安宫门。通籍:列名于门籍。指在朝为官。门籍,一种书有当事人姓名、相貌特征的木牌,悬于宫门,官员入宫时,验证相符,乃得入。多士:众多人才。

〔5〕黄纸除书:授官诏书。据《唐会要》卷五四,唐开元三年(715),始用黄麻纸写诏。至上元三年(762),诏制敕并用黄麻纸。

元和五年(810)作于朗州。元稹贬江陵士曹,刘禹锡始与其有交往。从刘、元交往诗看,应是元稹先有诗寄刘,刘乃有酬答之诗,即此首。元稹以己之被贬而抱同情于刘禹锡,刘禹锡因元稹之耿直不屈而赏识其人格。二人处于同一境地,于是有了共同语言。

赠元九侍御文石枕以诗奖之[1]

文章似锦气如虹[2],宜荐华簪绿殿中[3]。纵使凉飙生旦夕,犹堪拂拭愈头风[4]。

〔1〕文石枕:以有纹理的石头做成的枕头。奖:称许、赞美。

〔2〕文章:纹理。

〔3〕荐:衬、垫。华簪:华贵的冠簪,此指头项。绿殿:即绿屋,房屋因夏天绿树映衬,故称。

〔4〕头风:头痛病。《三国志·魏书·陈琳传》裴松之注引《典略》:"琳作诸书及檄,草成呈太祖。太祖先苦头风,是日疾发,卧读琳所作,翕然而起曰:'此愈我病。'"

与前篇同时所作。刘禹锡酬元稹以前诗,元有答诗;刘又赠元文石枕并此诗。诗题曰"奖",夸赞石枕,亦是夸赞元稹诗文及人品。

酬元九侍御赠壁州鞭长句[1]

碧玉孤根生在林,美人相赠比双金[2]。初开郢客缄封后[3],想见巴山冰雪深。多节本怀端直性,露青犹有岁寒心。何时策马同归去,关树扶疏敲镫吟。

〔1〕壁州:即今四川通江,唐时属山南西道,以所产竹根马鞭著名。《新唐书·地理志》:"(壁州)土贡绸、绵、马策。"唐朱庆余《送壁州刘使君》云:"江分入峡路,山见采鞭人。"可见壁州竹鞭为唐人所贵重。长句:除七言绝句以外的七言诗,此指七律。

〔2〕双金:即双南金。南方出产的铜谓之南金,后以借指贵重之物。

〔3〕郢客:指元稹。江陵即战国时楚国的郢都。

与前首同时之作。刘禹锡赠元稹文石枕并《赠元九侍御文石枕以诗奖之》诗,元稹回赠以壁州鞭及诗,刘禹锡再答以此诗。诗写竹鞭,实是赞美元稹的品格,同时抒写了两人的友谊,可以看出刘禹锡七律技法渐趋成熟。

翰林白二十二学士见寄诗一百篇因以答贶〔1〕

吟君遗我百篇诗,使我独坐形神驰。玉琴清夜人不语,琪树春朝风正吹。郢人斤斫无痕迹〔2〕,仙人衣裳弃刀尺〔3〕。世人方内欲相寻,行尽四维无处觅〔4〕。

〔1〕白二十二学士:白居易。元和二年白居易任翰林学士,至六年丁母丧退居渭南下邽,复出后历仕左拾遗、京兆府户曹参军等职,仍兼翰林学士。贶:赠送,此指诗文。

〔2〕"郢人"句:用《庄子》事,谓白诗为大匠之作。《庄子·徐无鬼》:"郢人垩漫其鼻端,若蝇翼,使匠石斫之。匠人运斤成风,听而斫之,尽垩而鼻不伤。郢人立不失容。"

〔3〕"仙人"句:"天衣无缝"意,形容白诗浑然天成,不待剪裁而成。

〔4〕四维:地之东南、西南、东北、西北四隅,此指世间、人间。

元和五年(810)作于朗州。刘、白此前似无交往。元、白交好,元稹在江陵与刘禹锡有诗歌往还,因而带动白居易寄诗给刘禹锡,刘、白唱和始于此。白居易一次寄诗多达百篇,刘禹锡只能总一酬答。

伤秦姝行并引

河南房开士[1],前为虞部郎中[2]。为余话曰:"我得善筝人于长安怀远里[3]。"其后,开士为赤县[4],牧容州[5],求国工而诲之[6],艺工而夭。今年,开士遗予新诗,有悼佳人之目。顾予知所自也。惜其有良技,获所从而不得久,乃为伤词,以贻开士。

长安二月花满城,插花女儿弹银筝。南宫仙郎下朝晚[7],曲头驻马闻新声[8]。马蹄逶迟心荡漾,高楼已远犹频望。此时意重千金轻,鸟传消息绀轮迎[9]。芳筵银烛一相见,浅笑低鬟初目成[10]。蜀弦铮拟指如玉,皇帝弟子韦家曲[11]。青牛文梓赤金簧,玫瑰宝柱秋雁行[12]。敛蛾收袂凝清光,抽弦缓调怨且长。八鸾锵锵渡银汉,九雏威凤鸣朝阳。曲终韵尽意不足,余思悄绝愁空堂[13]。从郎镇南别城阙,楼船理曲潇湘月。冯夷蹁跹舞渌波[14],鲛人出听停绡梭。北池含烟瑶草短,万松亭下清风满。北池、万松皆容州胜概。秦声一曲此时闻,岭泉鸣咽南云断[15]。来自长陵小市东[16],葬华零落瘴江风[17]。侍儿掩泣收银甲[18],鹦鹉不言愁玉笼。博山炉中香自灭[19],镜奁尘暗同心结。从此东山非昔游,长嗟人与弦俱绝[20]。

〔1〕房开士:指房启,字开士,河南(今河南洛阳)人,其祖房琯相玄宗、肃宗。房启以祖荫补凤翔参军事,累调万年令。贞元末,房启附于王叔文,除容管经略使,改桂管观察使,迁太仆少卿,未至,以事贬虔州刺史,卒于官,两《唐书》有传。

〔2〕虞部郎中:虞部属尚书省工部。据韩愈《房启墓碣铭》,启为虞部员外郎,此处云郎中,或有误。

〔3〕怀远里:唐长安坊名,在朱雀大街西第四坊。

〔4〕为赤县:指房启为万年县令。唐县有赤、畿、紧、望、上、中、下七等之差。京都所治县为赤。

〔5〕牧容州:指房启为容管经略使。容管治容州(今广西北流)。

〔6〕国工:国手。

〔7〕南宫仙郎:指房启。南宫,即尚书省。仙郎为唐人对尚书省各部郎中、员外郎的惯称。

〔8〕曲头:街坊僻静处。

〔9〕鸟:指青鸟。传说西王母有青鸟,可传递消息。绀轮:挂有天青色帷幔的车辆。

〔10〕目成:眉目传情。

〔11〕皇帝弟子:即"国工"。唐时设教坊,为政府管领的音乐、歌舞机关,其中有专门向演员乐工传授技艺者,通称为"善才"。韦家曲:韦青传授的曲子。韦青,京兆杜陵人,善歌,玄宗时官至金吾将军,见唐段安节《乐府杂录》。

61

〔12〕"青牛"二句:写筝之形制。青牛文梓,制作乐器的良材美木。《太平御览》卷四四引《录异传》:"秦文公时,雍南山有大梓树,文公伐之……中有一青牛出,走入沣水中。"赤金簧,赤金做成的发声器。玫瑰宝柱,美玉做的弦柱。秋雁行,筝之两旁弦柱如秋雁两行。

〔13〕"敛蛾"以下六句:写秦姝弹筝。八鸾,即鸾铃,悬于车旁,此形容筝声。九雏威凤,亦写筝音,乐府《凤将雏》:"凤凰鸣啾啾,一母将九雏。"

〔14〕冯夷:水神。《楚辞·远游》:"使湘灵鼓瑟兮,令海若舞冯夷。"

〔15〕呜咽:以水声形容音乐,此化用《陇头歌辞》:"陇头流水,鸣声呜咽。"南云断:《列子·汤问》载,秦青"扶节悲歌,声震林木,响遏行云"。此用其意。

〔16〕长陵:汉高祖墓,在咸阳(今属陕西)东三十里,此指长安。

〔17〕蕣华零落:指秦姝早死。蕣华,即木槿花,朝开暮落。

〔18〕银甲:银制的假指甲,套于指上弹奏筝、琴等乐器。

〔19〕"博山"句:《杨叛儿》:"欢作沉水香,侬作博山炉。"

〔20〕"从此"二句:意谓秦姝已亡,无人弹筝,房启此后游赏无美人相从。《晋书·谢安传》:"安虽放情丘壑,然每游赏,必以妓女从。"《晋书·嵇康传》:"康将刑东市,……索琴弹之,曰:'《广陵散》于今绝矣。'"

诗写房启与秦姝的爱情,感伤秦姝的早逝。秦姝死于容州,而房启于贞元末任容管经略使,凡九年,则此诗之作,当在元和四五年间,时刘禹锡在朗州。如此长篇的七言歌行,在刘禹锡诗中并不多见,其抒情兼叙事的形式,与白居易《长恨歌》《琵琶行》大体相近,但规模比不上白诗,抒情叙事也不如白诗尽兴。

吕八见寄郡内书怀因而戏和[1]

文苑振金声[2]，循良冠百城[3]。不知今史氏，何处列君名[4]？

〔1〕吕八：即吕温，字和叔，河东（今山西永济）人。贞元十四年登进士第，又登宏辞科，授集贤殿校书郎，与刘禹锡、柳宗元善。十九年擢为左拾遗，二十年，随工部侍郎张荐出使吐蕃，为副使，被拘，留吐蕃经年，永贞元年十月始还京，故不预党人。元和初任户部司封员外郎、刑部郎中，因与宰相李逢吉有隙，三年，贬均州刺史，未至，再贬道州刺史。五年转衡州刺史，次年八月卒。

〔2〕金声：金石之声，此喻文采出众、文名远播。《旧唐书·吕温传》称其"天才俊拔，文采赡逸，为时流柳宗元、刘禹锡所称"。

〔3〕循良：为官廉政而有政绩。

〔4〕"不知"二句：古代文人列入《文苑传》，而良吏则入《循吏传》，今吕温文采、政事皆出众，史官将不知如何安排。

元和五年（810）作于朗州。吕温为衡州刺史，作《郡内书怀》，尝以汉循吏朱邑自勉。刘禹锡和诗出自一片至诚，虽曰"戏"，实则感叹吕温一贬再贬、虽有盛名却不为朝廷所用。

哭吕衡州[1]

一夜霜风凋玉芝，苍生望绝士林悲。空怀济世安人略，不见

63

男婚女嫁时。遗草一函归太史，旅坟三尺近要离[2]。朔方徙岁行当满，欲为君刊第二碑[3]。

〔1〕原题下有注："时予方谪居。"

〔2〕"遗草"二句：谓吕温遗留的文稿有待史官编辑整理，而其灵柩权厝于江陵。柳宗元《唐故衡州刺史东平吕君诔》："维唐元和六年八月日，衡州刺史东平吕君卒，爰用十月二十四日，藁葬于江陵之野。"旅坟，客死他乡者之坟。要离，春秋时吴国刺客。为公子光刺杀庆忌，庆忌既死，要离行至江陵，自断手足，伏剑自杀。事见《吴越春秋》卷四及《史记·鲁仲连邹阳列传》。

〔3〕"朔方"二句：谓己贬还之后会为吕温刊刻第二通碑。朔方徙岁，东汉灵帝时，蔡邕数上疏言朝政阙失，宦者疾之，下洛阳狱。有诏减死一等，与家属髡钳（剃去头发，铁圈束颈）徙朔方五原。会明年大赦，乃宥还本郡。刘禹锡等"八司马"贬远州司马时，有"纵逢恩赦，不在量移之限"的诏令，或者当时有召刘禹锡回朝的传闻。第二碑，吕温权葬江陵，江陵墓碑是第一通碑；吕温祖茔在洛阳，将来归祔祖茔，必再树墓碑，故云。

元和六年（811）作于朗州。吕温于元和六年八月卒于衡州刺史任上。吕温具真才实学，当时享有盛名，刘禹锡曾说他"名声四驰，速如羽檄"（《唐故衡州刺史吕君集纪》），柳宗元、元稹皆有类似的评价；刘、柳与吕温相善，为知己之交，故此诗既惋惜英才凋零，又伤感挚友早逝，极为沉痛悲怆。又，柳宗元作《同刘二十八哭吕衡州兼寄李元二侍郎》，元稹亦有《哭吕衡州六首》，可与此诗同读。

遥伤丘中丞并引[1]

河南丘绛有词藻,与予同升进士科,从事邺下,不幸遇害,故为伤词。

邺下杀才子[2],苍茫冤气凝。枯杨映漳水[3],野火上西陵[4]。马鬣今无所[5],龙门昔共登。何人为吊客,唯是有青蝇[6]。

〔1〕丘中丞:即丘绛。丘绛与刘禹锡、柳宗元贞元九年同榜登进士第,故诗中有"龙门昔共登"句。中丞,丘绛所兼宪衔。丘绛时为魏博节度使从事,为魏博节度使田季安活埋而死。《旧唐书·田季安传》:"季安性忍酷,无所畏惧。有进士丘绛者,尝为田绪从事,及季安为帅,绛与同职侯臧不协,相持争权。季安怒,斥绛为下县尉,使人召还,先掘坎于路左,既至坎所,活排而瘗之,其凶暴如此。"

〔2〕邺下:即邺都,古都邑名,汉为魏郡治所,三国魏时为五都之一。在唐为相州邺县(故址在今河南安阳北)。此处代指魏博节度使。唐时魏博节度使领魏、博、相等六州,治魏州(今河北大名)。

〔3〕漳水:水名,近邺县。

〔4〕西陵:指曹操墓。《元和郡县志》卷一六"相州邺县":"魏武帝西陵在县西三十里。"

〔5〕马鬣:坟墓封土的一种形状,此指坟墓。

〔6〕"何人"二句:《三国志·吴书·虞翻传》裴松之注引《虞翻别

传》:"翻放弃南方,云'自恨疏节,骨体不媚,犯上获罪,当长没海隅,生无可与语,死以青蝇为吊客,使天下一人知己者,足以不恨'。"后因以"青蝇"为生时罕有知己、死无吊客之典。

约作于元和五六年间,在朗州。藩镇跋扈,无法无天,由田季安杀丘绛可见一斑。文人的性命在手握兵权的枭雄看来,不过如蝼蚁一般。三国时,曹操杀杨修,又借黄祖之手杀祢衡。诗中多次提及与曹操有关的邺下、西陵,似有深意。

送僧元暠南游并引[1]

予策名二十年[2],百虑而无一得,然后知世所谓道,无非畏途,唯出世间法,可尽心耳[3]。繇是在席砚者多旁行四句之书[4],备将迎者皆赤髭白足之侣[5]。深入智地[6],静通还源[7],客尘观尽[8],妙气来宅[9],内视胸中,犹煎炼然[10]。开士元暠[11],姓陶氏,本丹阳名家[12],世有人爵[13],不藉其资。于毗尼禅那极细密之义[14],于初中后日习总持之门[15],妙音奋迅,愿力昭答[16]。雅闻予事佛而佞[17],亟来相从。或问师隳形之自[18],对曰:"少失怙恃[19],推棘心以求上乘[20],积四十年有赢,老将至而不懈。始悲浚泉之有冽,今痛防墓之未迁[21]。涂刍莫备,薪火恐灭[22],诸相皆离,此心长悬[23]。虽万姓归佛,尽为释种[24],如河入海,无复水名。然具一切智者岂遗百行,求无量义者宁容断思[25]?今闻南诸侯雅多大士[26],思扣以苦调而希其末光[27]。无容止前,有足悲者。"予闻是说已,力不足而悲有余,因为诗以送之,庶乎践霜露者聆之有恻[28]。

宝书翻译学初成[29],振锡如飞白足轻[30]。彭泽因家凡几世,灵山预会是前生[31]。传灯已寤无为理,濡露犹怀罔极情[32]。从此多逢大居士,何人不愿解珠璎[33]?

〔1〕元嵩:僧人,俗姓陶,彭泽人。

〔2〕策名:出仕。此指进士及第。

〔3〕"唯出世间法"二句:谓唯佛法可以尽心力去学习。出世间法,佛法。

〔4〕席砚:坐席与砚台,指读书写字。旁行四句之书:佛家之书。旁行,即横写,佛经用梵文横写。四句之书,佛经中的唱颂词偈,一般每四句为一偈。

〔5〕赤髭白足:指僧侣。据南朝梁慧皎《高僧传·译经中》,南朝梁时僧人耶舍为人赤髭,善解《毗婆沙经》,时人号为赤髭毗婆沙。又,后秦僧鸠摩罗什弟子昙始,足白于面,虽跣涉泥淖而未尝污湿,时号白足和尚。

〔6〕智地:佛教指实证真理的境界。

〔7〕还源:由迷误而返归醒悟。

〔8〕客尘:俗世的种种烦恼。

〔9〕妙气来宅:神妙清爽之气充溢心胸。宅,居所,此指心胸。

〔10〕煎炼:形容修炼过程的艰难。

〔11〕开士:菩萨。此处是对僧人的尊称。

〔12〕丹阳:唐润州属县,今属江苏。

〔13〕人爵:官爵。

〔14〕毗尼:梵语音译,即佛律之意。禅那:梵语音译,简称为禅。

〔15〕初中:初步掌握佛法要义。总持:梵语陀罗尼之意译,意谓持善不失,持恶不生,具备众德。

〔16〕妙音奋迅,愿力昭答:高深的佛理在心中涌动,善良的愿望得到上天的答示。妙音,佛法义理。善愿,善念功德之力。

〔17〕事佛而佞:此指沉迷于佛教。佞,迷惑、迷恋。

〔18〕隳形:毁坏身体,此指佛徒剃发受戒。

〔19〕怙恃:依靠、依仗,此指父母养育。《诗·小雅·蓼莪》:"无父何怙,无母何恃?"

〔20〕棘心:棘木之心,喻人子思亲之心。《诗·邶风·凯风》:"凯风自南,吹彼棘心。"朱熹《集传》:"棘,小木,丛生,多刺难长,而心又其稚弱,而未成者也。……以凯风比母,棘心比子之幼时。"上乘:此指佛教。佛教称大乘教为上乘、小乘教为下乘。

〔21〕"始悲"二句:谓自幼丧父,不能侍养寡母,而母亡又未能与父合葬。浚,古地名,在今河南濮阳南。《诗·邶风·凯风》:"爰有寒泉,在浚之下。有子七人,母氏劳苦。"朱熹《诗集传》:"浚,卫邑。诸子自责,言寒泉在浚之下,犹能有所滋益于浚,而有子七人,反不能事母,而使母至于劳苦乎?"防墓,防山之墓,孔子父母合葬之墓。《史记·孔子世家》载,孔子之父叔梁纥,娶颜氏征在。孔子生而叔梁纥死,葬于防山,母征在年幼而寡,以嫌不得送葬,故不知葬处。孔子母死,不确知其父葬处,谨慎起见,葬其母于五父之衢。陬人挽父之母告知孔子其父葬处,孔子乃合葬父母于防山。

〔22〕"涂刍"二句：谓忧虑自己不及厚葬父母而死亡。涂刍，祭奠时所用泥车及草扎人马等。

〔23〕"诸相"二句：虽勘破一切世情，但合葬父母的心愿难以释怀。诸相，佛教语，指一切事物外观的形态。

〔24〕释种：释家信徒。佛祖为释迦牟尼，故称佛徒为释种。

〔25〕"具一切智者"二句：犹言了悟佛法大义的人也是不能断绝亲情孝义的。一切智，最高的智慧。百行，百种行事之道，即士大夫传统行为，此指孝行。无量义，无量寿佛所倡西方净土之教义。

〔26〕南诸侯：指南方州郡长官。大士：菩萨，此指尊敬佛教、热心佛事者。

〔27〕苦调：苦情。末光：同情或赏赐。

〔28〕"践霜露者"句：希望感念亲恩的人都能动恻隐之心。《礼记·祭义》："秋，霜露既降，君子履之，必有凄怆之心，非其寒之谓也。春，雨露既濡，君子履之，必有怵惕之心，如将见之。"郑玄注："非其寒之谓，谓凄怆及怵惕皆为感时念亲也。"

〔29〕宝书：指佛经。

〔30〕振锡：佛徒行走时振动其锡杖。锡杖，即禅杖，杖头有一铁卷，中间用木，下安铁纂，振时发声。

〔31〕"彭泽"二句：写元暠身世。彭泽，地名，今属江西，晋陶潜曾为彭泽令，元暠俗姓陶，故云。灵山，即灵鹫山，在印度，传说为佛祖说法处。

〔32〕"传灯"二句：谓元暠虽为佛徒但不忘父母养育之恩。传灯，传授佛法。无为理，佛理。罔极情，无穷的父母养育之恩。《诗·小雅·蓼莪》："父兮生我，母兮鞠我，拊我畜我，长我育我。……欲报之德，昊天罔极。"

〔33〕珠璎：佛徒所佩珍珠璎珞等，此指施舍的财货。

据柳宗元《送元暠师序》，元暠在朗州与刘禹锡相处一年有余，离别之际，刘禹锡为此诗送他，其时当在元和七年（812）前后。此诗夸赞元暠虽出家而不忘父母之恩，引中兼叙诗人靠近佛法的经历，是研究刘禹锡与佛教关系的重要材料。元暠离开朗州后至永州见柳宗元，柳宗元在《送元暠师序》中批评当时僧人丢弃孝道、割舍亲情的行为，称赞元暠因"先人之葬未返其土"而四处求人施舍，乃是真正懂得佛理之人，与刘禹锡此诗意同。刘、柳二人融合儒佛的态度与韩愈反佛之不同于此可见。

寄杨八拾遗[1]

闻君前日独庭争[2]，汉帝偏知白马生[3]。忽领簿书游太学[4]，宁劳侍从厌承明[5]？洛阳本自宜才子[6]，海内而今有直声。为谢同寮老博士[7]，范云来岁即公卿[8]。

〔1〕原题下有注："时出为国子主簿分司东都，韩十八员外亦转国子博士，同在洛阳。"杨八拾遗：为杨归厚。《新唐书·李吉甫传》："左拾遗杨归厚尝请对，日已昳，帝令它日见，固请不肯退。既见，极论中人许遂振之奸，又历诋辅相，……帝怒其轻肆，欲远斥之。"其后经丞相李绛、李吉甫为言，帝意始释，贬国子主簿分司东都，时在元和七年（812）十二月。韩十八员外：为韩愈。韩愈元和六年以事自职方员外郎贬国子博士。

〔2〕庭争：在朝堂与帝相争，指杨归厚论宦官许遂振之奸事。

〔3〕白马生:据《后汉书·张湛传》,张湛字子孝,扶风平陵(今陕西咸阳)人,光武帝时历官左冯翊、光禄卿、大司徒,好直谏。光武临朝,或有惰容,湛辄陈谏其失。常乘白马,帝每见湛,辄言:"白马生且复谏矣。"此喻杨归厚。

〔4〕簿书:官署中的文书簿册。杨归厚时为国子主簿,"掌印勾检监事,凡六学生有不率师教者,则举而免之"(《唐六典·国子监》),多文书簿册之事。太学:国子监下设六学之一,此代指国子监。

〔5〕"宁劳"句:谓杨归厚贬离京城。《汉书·严助传》:"君厌承明之庐,劳侍从之事。"承明,汉长安承明殿旁屋为侍臣值宿所居称承明庐,此指长安。

〔6〕"洛阳"句:意谓洛阳适宜才子生活。洛阳才子,汉贾谊为洛阳人,被称洛阳才子,杨归厚分司东都洛阳,故以此称之。

〔7〕同寮老博士:指韩愈。韩愈贞元间尝为监察御史,与刘禹锡为同僚。寮,同僚。韩愈元和初曾为博士,今再为博士,故称老博士。

〔8〕"范云"句:用南朝范云事喻韩愈不久将升任公卿。范云,南朝齐、梁间人,齐东昏侯时为博士,梁时为黄门侍郎(《梁书·范云传》)。

元和八年(813)间作于朗州。杨归厚以揭发宦官奸事触怒皇帝贬洛阳,刘禹锡寄诗问候,表彰其直道以行,又托杨转达他对韩愈的问候。题下注谓韩愈"同在洛阳",然元和六年韩愈贬国子博士,两《唐书》本传俱未言分司东都。韩集中亦未见韩愈酬答刘禹锡的诗,或者因为韩愈不在洛阳,杨归厚难以将刘禹锡好意转达。

酬窦员外使君寒食日
途次松滋渡先寄示四韵〔1〕

楚乡寒食橘花时,野渡临风驻彩旗〔2〕。草色连云人去往,水文如縠燕差池〔3〕。朱轮尚忆群飞雉，青绶初县左顾龟〔4〕。非是溢城鱼司马，水曹何事与新诗〔5〕？时自水部郎出牧。

〔1〕窦员外：窦常，字中行，扶风平陵（故址在今陕西咸阳西）人，代宗大历十四年（779）进士第，长期在节镇幕府任职，元和六年征为侍御史，转水部员外郎，七年冬出刺朗州，八年春赴任，至松滋渡（在今湖北松滋西北，临长江），有诗《之任武陵寒食日途次松滋渡先寄刘员外禹锡》，刘禹锡酬以此诗。

〔2〕彩旗：窦常的刺史仪仗。

〔3〕縠（hú）：绉纱。差池：参差不齐，此状鸟之飞翔高低迟速不一。

〔4〕"朱轮"二句：用晋萧芝、孔愉事写窦常仁善。《艺文类聚》卷九十引晋萧广济《孝子传》："萧芝至孝，除尚书郎，有雉数十头，饮啄宿止。当上直，送至岐路；下直入门，飞鸣车侧。"《晋书·孔愉传》："愉尝行经余不亭，见笼龟于路者，愉买而放之溪中，龟中流左顾者数四。及是铸侯印，而印龟左顾，三铸如初。印工以告，愉乃悟，遂佩焉。"青绶，指窦常的刺史印绶。汉时郡守银印青绶。县，同"悬"。

〔5〕"非是"二句：何逊《日夕望江山赠鱼司马》："溢城带溢水，溢水萦如带。"此以何逊拟窦常，以鱼司马拟己。溢城，地名，故址在今江西九江。鱼司马，事迹不详。水曹，指窦常水部之职。

元和八年（813）春作于朗州。窦常自员外郎（从六品上）迁升朗州刺史（四品），将为刘禹锡直接上司，且年辈又长于刘，但因为刘禹锡与其四弟窦庠有旧，故窦常未至朗州，先有诗寄刘，既示友好，亦是礼数。其诗首四句云："杏花榆荚晓风前，云际离离上峡船。江转数程淹驿路，楚曾三户少人烟。"写得风光满眼。刘诗首四句与窦诗相匹，后四句用典恭维，礼数亦很周到。

酬窦员外郡斋宴客偶命柘枝因
见寄兼呈张十一院长元九侍御[1]

分忧余刃又从公[2],白羽胡床啸咏中[3]。彩笔谕戎矜倚马,华堂留客看惊鸿[4]。渚宫油幕方高步,澧浦甘棠有几丛[5]?若问骚人何处所[6],门临寒水落江枫。[7]

〔1〕原题下有注:"员外时兼节度判官佐平蛮之略,张初罢郡,元方从事。"柘枝:指柘枝舞,由西域传入的健舞,唐时颇流行,白居易《柘枝妓》、卢肇《湖南观双柘枝舞赋》皆状其舞容,可参看。张十一院长:指张署,河间(今属河北)人,贞元二年(786)进士第,贞元十九年为监察御史,与韩愈、刘禹锡、柳宗元为同僚。元和六年出任虔州刺史,七八年间改澧州刺史。刘禹锡为此诗时,张署已罢刺史职。元九侍御:即元稹,时为江陵府士曹参军,从事于荆南节度使幕府。

〔2〕从公:谓窦常以朗州刺史兼荆南节度使判官讨溆州蛮。元和八年,窦常为朗州刺史后不久,"有溆州蛮首张伯靖者,杀长吏,据辰、锦等州,连九洞以自固"(《旧唐书·严绶传》),朝廷因命荆南节度使(治江陵)严绶出兵讨之,命窦常以朗州刺史兼荆南节度判官共讨溆蛮。公,指严绶。时严绶检校司空,司空为三公。

〔3〕白羽:羽扇。胡床:可以折叠的椅子。据胡床而啸吟,挥白羽指挥军队,状儒将风流。《世说新语·容止》:"庾太尉(亮)在武昌,秋夜气佳景清,使吏殷浩、王胡之之徒登南楼理咏,音调始遒,闻函道中屐声甚厉,定是庾公。俄而率左右十许人步来,诸贤欲起避之,公徐云:'诸君少

住,老子于此处兴复不浅.'因便据胡床与诸人咏谑,竟坐甚得任乐。"
《类说》卷四九引殷芸《小说》:"武侯与宣王治兵,将战,宣王戎服莅事,使人密觇武侯,乃乘素舆葛巾,持白羽扇指麾,三军随其进止。"

〔4〕"彩笔"二句:前句写窦常之公务,后句写窦常之消闲。彩笔谕戎,用晋袁虎事形容窦常文笔敏捷。《世说新语·文学》:"桓宣武北征,袁虎时从,被责免官。会须露布文,唤袁倚马前令作。手不辍笔,俄得七纸,殊可观。"惊鸿,语出曹植《洛神赋》"翩若惊鸿",形容舞态。

〔5〕"渚宫"二句:前句写元稹,后句写张署。渚宫,战国时楚别宫,在江陵。油幕,指荆南节度使幕府。元稹时在严绶幕中,故云。澧浦,即澧州。甘棠,用《诗·召南·甘棠》燕召伯事,写张署任职澧州时有政绩,遗爱当地。韩愈《唐故河南令张君墓志铭》谓张署治澧颇有政绩,因得罪上司罢郡。澧州属荆南,张署罢郡后,或赴荆南待新命,在与宴的客人中。

〔6〕骚人:遭贬离忧之人,刘禹锡自指。

〔7〕《楚辞·招魂》:"湛湛江水兮上有枫。"

元和八年(813)秋作于朗州。窦常在荆南署衙宴客,有舞女跳柘枝舞,窦常作诗寄刘禹锡(今不存),刘禹锡酬以此诗。首二联颂美窦常;颈联两句分别夸赞元稹之文才、张署之政绩;结句"门临寒水落江枫",气象萧索,抒发自己谪居忧闷之情。

汉寿城春望^[1]

汉寿城边野草春,荒祠古墓对荆榛。田中牧竖烧刍狗^[2],陌上行人看石麟。华表半空经霹雳^[3],碑文才见满埃尘^[4]。

不知何日东瀛变〔5〕,此地还成要路津。

〔1〕原题下有注:"古荆州刺史治亭,其下有子胥庙兼楚王古坟。"汉寿:汉县名,东汉时为荆州刺史治所,故址在今湖南常德东北。子胥:即春秋时伍子胥。伍子胥原为楚将,楚平王听信谗言,杀其父兄,伍子胥逃吴,助吴伐楚。

〔2〕牧竖:牧童。刍狗:草扎的狗马之类,用作祭品。

〔3〕华表:石柱,树在宫殿、陵墓前。

〔4〕才见:隐约可见。

〔5〕东瀛变:沧海桑田之变。东瀛,东海。《神仙传》:"麻姑自说云:'接待以来,已见东海三为桑田。'"

元和间作于朗州。昔日繁华的交通要冲,如今变为荆榛古墓,诗人感慨万端。前三联写古城荒凉,"野草春"三字是总写,荒祠、古墓、刍狗、石麟、断石、残碑是分写,末联作一转折:世事变迁,焉知多少年后汉寿城不会再现繁华呢!此诗已现刘禹锡后来怀古诗(如《金陵五题》《西塞山怀古》等)章法之雏形。

秋日送客至潜水驿〔1〕

候吏立沙际〔2〕,田家连竹溪。枫林社日鼓〔3〕,茅屋午时鸡。雀噪晚禾地,蝶飞秋草畦。驿楼宫树近〔4〕,疲马再三嘶。

〔1〕潜水驿:在朗州东北十五里。

〔2〕候吏:驿馆迎候之吏。

〔3〕社日:祭祀土神之日,一般在立春或立秋后第五个戊日。

〔4〕宫树:驿馆前的树。

元和间作于朗州司马任上。全诗写送客沿途风景,"神祠社日鼓,茅屋午时鸡"一联是传诵的名句。据胡仔《苕溪渔隐丛话》前集卷二十所引《雪浪斋日记》载,王安石曾手书此联赠人,当时人误以为是盛唐山水诗名家储光羲的诗。

八月十五日夜桃源玩月〔1〕

尘中见月心亦闲,况是清秋仙府间〔2〕。凝光悠悠寒露坠,此时立在最高山。碧虚无云风不起,山上长松山下水。群动翛然一顾中〔3〕,天高地平千万里。少君引我升玉坛〔4〕,礼空遥请真仙官〔5〕。云轩欲下星斗动〔6〕,天乐一声肌骨寒。金霞昕昕渐东上,轮欹影促犹频望〔7〕。绝景良时难再并,他年此日应惆怅。

〔1〕桃源:唐时属朗州武陵,即今湖南桃源县,境内有桃源山、桃源洞,相传即陶渊明《桃花源记》所记。

〔2〕仙府:指道观,即桃川宫,一名桃源观。

〔3〕群动翛然:万物静寂无声。翛然,自然安顺貌。

〔4〕少君:汉武帝时有方士李少君,以辟谷、长生之术说武帝,后世遂将道士通称为"少君"。玉坛:道士作法的台坛。

〔5〕礼空:向空中行礼。

〔6〕云軿(píng):仙人所乘的云车。

〔7〕轮欹影促:月轮西斜,月光渐暗。

　　元和间作于朗州司马任上。唐人写八月十五夜观月的诗很多,但像刘禹锡这样细致而有层次写观月的诗并不多见。诗将月出写得如此郑重,似虚似实,似幻似真,除李贺《梦天》之外,恐亦少有。然李贺诗是记梦,此诗则是写实。

泰娘歌并引

　　泰娘本韦尚书家主讴者[1]。初,尚书为吴郡[2],得之,命乐工诲之琵琶,使之歌且舞。无几何,尽得其术。居一二岁,携之以归京师。京师多新声善工[3],于是又捐去故技,以新声度曲。而泰娘名字往往见称于贵游之间。元和初,尚书薨于东京,泰娘出居民间。久之,为蕲州刺史张愻所得。其后愻坐事谪居武陵郡。愻卒,泰娘无所归,地荒且远,无有能知其容与艺者,故日抱乐器而哭,其音燋杀以悲[4]。雒客闻之[5],为歌其事,以足于乐府云。

泰娘家本阊门西[6],门前绿水环金堤。有时妆成好天气,走上皋桥折花戏[7]。风流太守韦尚书,路傍忽见停旌旌[8]。

77

斗量明珠鸟传意,绀軿迎入专城居〔9〕。长鬟如云衣似雾,锦茵罗荐承轻步〔10〕。舞学惊鸿水榭春〔11〕,歌传上客兰堂暮〔12〕。从郎西入帝城中,贵游簪组香帘栊。低鬟缓视抱明月,纤指破拨生胡风〔13〕。繁华一旦有消歇,题剑无光履声绝〔14〕。洛阳旧宅生草莱,杜陵萧萧松柏哀。妆奁虫网厚如茧,博山炉侧倾寒灰。蕲州刺史张公子,白马新到铜驼里〔15〕。自言买笑掷黄金,月堕云中从此始〔16〕。安知鹏鸟坐隅飞,寂寞旅魂招不归〔17〕。秦嘉镜有前时结,韩寿香销故箧衣〔18〕。山城少人江水碧,断雁哀猿风雨夕。朱弦已绝为知音,云鬟未秋私自惜。举目风烟非旧时,梦寻归路多参差。如何将此千行泪,更洒湘江斑竹枝〔19〕。

〔1〕韦尚书:韦夏卿,字云客,杜陵(今陕西西安)人,贞元、元和中历仕苏、常二州刺史、吏部侍郎、京兆尹、太子宾客检校工部尚书、东都留守等。

〔2〕吴郡:即苏州。

〔3〕新声:流行的新曲调。善工:歌唱名家。

〔4〕燋杀:声音急促。燋,通"噍"。

〔5〕雒客:即洛客,刘禹锡自谓。

〔6〕阊门:苏州城西门。

〔7〕皋桥:在苏州阊门内。

〔8〕隼旟(yú):画有隼鸟的旗帜,代指州郡长官。

〔9〕"斗量"二句:韦夏卿对泰娘恩爱有加,以重金迎取泰娘。斗量明珠,谓赠与之多。鸟传意,谓使者传情达意。据《汉武故事》,西王母每与汉武帝有约,使青鸟预为告知。绀軿(xiǎn),青红色的车帷。专城

居,州郡长官。古乐府《陌上桑》:"十五府小吏,二十朝大夫。三十侍中郎,四十专城居。""专城居"谓为一城之主,后专指州郡太守。

〔10〕锦茵罗荐:以锦缎、丝罗为席子和地毯。

〔11〕惊鸿:形容舞姿优美。曹植《洛神赋》:"翩若惊鸿,婉若游龙。"

〔12〕上客:贵客。

〔13〕"低鬟"二句:写泰娘弹琵琶。明月,琵琶形似明月。胡风,琵琶本西域胡乐。

〔14〕"繁华"二句:用东汉韩棱、郑崇故事写韦夏卿死。《后汉书·韩棱传》:"(棱)为尚书令,与仆射郅寿、尚书陈宠,同时俱以才能称,肃宗尝赐诸尚书剑,唯此三人特以宝剑。"《后汉书·郑崇传》:"哀帝擢(崇)为尚书仆射,数求见谏争,上初纳用之。每见曳革履,上笑曰:'我识郑尚书履声。'"韦夏卿死于宪宗元和元年(806),赠尚书左仆射。

〔15〕铜驼里:唐时洛阳城中坊名,此指韦夏卿死后泰娘在洛阳的居处。

〔16〕月堕云中:以月失光彩写泰娘境遇变坏。谢灵运《东阳溪中赠答》:"可怜谁家郎,缘流乘素舸。若问情如何,月就云中堕。"

〔17〕"安知"二句:谓张愻遭贬死于朗州。鵩鸟座隅,用贾谊《鵩鸟赋》意。《鵩鸟赋》云:"谊为长沙王傅三年,有鵩鸟飞入谊舍,止于坐隅。鵩似鸮,不祥鸟也。"张愻约于元和四年(809)迁将作少监,元和五年坐赃贬朗州长史。其死于朗州,或在元和六七年间。

〔18〕"秦嘉"二句:用秦嘉、韩寿事谓张愻死后,泰娘忧闷,无心梳妆。秦嘉,东汉人。《玉台新咏》卷一收有秦嘉《赠妇诗三首》,其序云:"秦嘉字士会,陇西人也,为郡上掾。其妻徐淑,寝疾还家,不获面别,赠诗云尔。"其三云:"何用叙我心?遗思致款诚。宝钗可耀首,明镜可鉴形。"吴兆宜注引《北堂书钞》曰:"秦嘉《与妇徐淑书》曰:'今致宝钗一

79

双,价值千金,可以耀首。'淑答曰:'未奉光仪,则宝钗不设。'又:'顷得此镜,既明且好,世所稀有,意甚爱之,故以相与。'淑答书曰:'今君征未旋,镜将何施?明镜鉴形,当俟君至。'"前时结,前时寄赠明镜时所封之结,即未启封。《晋书·贾充传》载,韩寿貌美,为司空贾充掾。充每宴宾客,其女辄于帘后窥之,见寿而悦,遂潜修音好,厚相赠与。时西域有贡奇香,一着人则经月不歇。帝甚贵之,惟赐充及大司马陈骞。充僚属与寿宴处,闻其芬馥,称之于充,充乃问女之左右,具以状对。充秘其事,以女妻寿。

〔19〕"如何"二句:用舜帝二妃事写泰娘之悲。《述异记》载,尧二女娥皇、女英为舜之妃。舜南巡,二女追之不及,相与恸哭,泪下沾竹,竹上文为之斑斑然。

元和八年(813)前后作于朗州司马任上。唐时乐妓,为官人私养者为家妓。官人蓄家妓,一为娱客,二为猎其声色,一般并无真正情爱可言。官人老或死,则乐妓散落他处。刘禹锡是韦夏卿与张愻之僚属,所以诗中称许他们与泰娘情爱深深,是泰娘的"知音"。张愻死后,泰娘流落偏远的朗州,无依无靠。诗人伤泰娘之际遇,为作此诗,亦有自伤贬谪之意。

早春对雪奉寄澧州元郎中

新赐鱼书墨未干,贤人暂屈远人安[1]。朝驱旌旆行时令,夜见星辰忆旧官[2]。梅蕊覆阶铃阁暖,雪峰当户戟枝寒[3]。宁知楚客思公子,北望长吟澧有兰[4]。

〔1〕“新赐”二句：谓收到元郎中书信，得知其自京官出任地方刺史，澧州百姓可以受其惠政，得享安宁。鱼书，书信。

〔2〕“朝驱”二句：言元郎中白日巡行乡间劝课农桑，夜晚回想京华岁月。杜甫《秋兴八首》有“每依北斗望京华”句，此用其意。

〔3〕“梅蕊”二句：前句言元氏为京官之“暖”，后句写其为澧州刺史之“寒”。铃阁，指昔日郎中办公处。古代官员办公处置铃，借铃声传呼下人。戟枝，门戟。古代官员门前按等级高低置戟，用来表示威仪。据《新唐书·百官志》，门戟之制，上州列戟十二，中州、下州各十。

〔4〕“宁知”二句：作者自言思念元郎中。楚客，刘禹锡自指。澧有兰，语出《楚辞·九歌·湘夫人》“沅有茝兮澧有兰”，此指元氏。刘禹锡在朗州，故称。元氏在澧州，澧州在朗州北，故曰“北望”。

元和八九年作于朗州。元郎中，名字不详。元氏以从五品郎官远任四品澧州刺史，官阶虽是升迁，但唐人重京官，澧州又偏远，所以刘禹锡寄诗宽慰。末联“沅有茝兮澧有兰”，有同病相怜之意，因为刘禹锡贬朗州之前的旧官也是员外郎。

秋日过鸿举法师寺院便送归江陵并引[1]

梵言沙门[2]，犹华言去欲也。能离欲则方寸地虚[3]，虚而万景入，入必有所泄，乃形乎词。词妙而深者，必依于声律。故自近古而降，释子以诗闻于世者相踵焉。因定而得境[4]，故翛然以清；由慧而遣词，故粹然以丽[5]。信禅林之翾莛而诚河之珠玑耳[6]。初，鸿举学诗于荆郢间,私试窃咏,发于余习,盖榛楛之翠羽,弋者未之眄焉〔7〕。今年至武陵,二千石始奇之〔8〕,有起予之叹〔9〕,以方袍亲绛纱者十有余旬〔10〕,由是名稍闻而艺愈变。闰八月,余步出城东门,谒仁祠〔11〕,而鸿举在焉。与之言移时,因告以将去,且曰:"贫道雅闻东诸侯之工为诗者莫若武陵〔12〕,今幸承其话言,如得法印〔13〕,宝山之下宜有所持〔14〕,岂徒衣裓之中众花而已〔15〕。"余闻是说,乃叩商而吟〔16〕,成一章,章八句。郡守以坐啸余咏,激清徵而应之〔17〕。师其行乎,足以资一时中之学矣〔18〕。

看画长廊遍,寻僧一径幽。小池兼鹤净,古木带蝉秋。客至茶烟起,禽归讲席收。浮杯明日去〔19〕,相望水悠悠。

〔1〕鸿举法师:荆、郢间僧人,事迹不详。

〔2〕沙门:梵语音译,即僧,或作桑门、娑门,意译为去欲。

〔3〕方寸地:即心。心在胸中方寸之间,故称。

〔4〕定:佛教修行有戒、定、慧"三学"。戒即禁戒,能防非止恶,降伏贪爱之心;定即禅定,能静虑澄心,降伏嗔恨之心;慧即智慧,能断愚证真,降伏愚痴之心。"三学"对治贪、嗔、痴"三毒",修习"三学"有成是很高的修养。

〔5〕粹然:温纯雅正貌。

〔6〕"信禅林"句:谓僧人之诗是佛家之精华。禅林、诚河,皆指佛门。诚,同"戒"。蘤(wěi)萼:花朵。

〔7〕"盖榛楛"二句:意谓初习之诗如小鸟,未为捕鸟者所留意。榛

楛,小灌木。

〔8〕二千石:汉代郡守俸禄为二千石,后世遂以指州刺史,此指朗州刺史窦常。

〔9〕起予之叹:称赞。《论语·八佾》:"子曰:'起予者商也!可与言诗已矣!'"商即孔子弟子子夏。子夏与孔子言诗,时有启发孔子之言,故孔子称赞他。

〔10〕以方袍亲绛纱:指鸿举法师在朗州从窦常学诗。方袍,僧人之袍。绛纱,用西汉马融设绛帐授徒事代指讲席。

〔11〕仁祠:佛寺。

〔12〕东诸侯:指东边的地方长官,或指山南东道长官。鸿举法师所在的荆、郢一带,唐时属山南东道;天宝初割朗州属山南东道,后仍属江南西道,然《旧唐书·地理志》以朗州属山南东道。武陵,即朗州,指刘禹锡。

〔13〕法印:判定佛法的标准,犹言法宝。

〔14〕宝山:珠宝之山,此指高僧所居的神山,遍布宝物。

〔15〕衣裓(gé):佛徒挂在肩上的方形口袋,用来拭手或盛放衣物。佛徒亦称盛花之器为衣裓。

〔16〕叩商:按照五律的格律写作。商,五音(宫、商、角、徵、羽)之一。

〔17〕"郡守"二句:谓郡守亦有和诗。坐啸,闲坐吟啸。清徵,清澄的徵音;亦指琴音。

〔18〕"师其行乎"二句:谓鸿举法师可以归去了,此二首五律足以使其揣摩学习。按,窦常和诗今不存。

〔19〕浮杯:谓鸿举法师即将归去。南朝梁慧皎《高僧传·神异下》载,晋宋间有僧人常乘木杯渡水。

元和九年（814）作于朗州。此是刘禹锡在鸿举和尚将要离开朗州返回江陵时送别所作。诗前的引很长，"词妙而深者，必依于声律。……因定而得境，故儵然以清；由慧而遣词，故粹然以丽"数句，既是对南朝以来僧诗艺术特点的概括，也是对写景五律艺术特点的总结。此诗有给鸿举"示范"的意味，其颔联"小池兼鹤净，古木带蝉秋"是写景的佳句。

朗州窦员外见示与澧州元郎中郡斋赠答长句二篇因而继和

鸳鹭差池出建章，彩旗朱户郁相望[1]。新恩共理犬牙地，昨日同含鸡舌香[2]。白芷江边分驿路，山桃蹊外接甘棠[3]。应怜一罢金闺籍，枉渚逢春十度伤[4]。

　〔1〕"鸳鹭"二句：写窦、元二人昔日同为尚书省官员时，朝罢归省之状。鸳鹭，鸟名，因其行列有序，常代指官员上朝序列。建章，汉长安建章宫，此处代指唐长安宫殿。彩旗、朱户，分指仪仗、官署。

　〔2〕"新恩"二句：谓窦、元二人以郎官之职受命为远州刺史。犬牙地，形容朗州、澧州领属之地与岭南诸州犬牙交错。《汉书》卷九五《西南夷南粤朝鲜传》："朕欲定地犬牙相入者，以问吏。吏曰：'高皇帝所以介长沙土也。'朕不得擅变焉。"鸡舌香，即丁香。《初学记》卷十一引应劭《汉官仪》："尚书郎含鸡舌香伏奏事。"

　〔3〕"白芷"二句：谓朗、澧州界相接，窦、元二人分治两州，皆有善政。白芷，香草名，同白茝。甘棠，用西周初召公事指官吏善政，详见本

年《酬窦员外郡斋宴客偶命柘枝因见寄兼呈张十一院长元九侍御》诗注〔5〕。

〔4〕"应怜"二句:谓己贬朗州时间已久。金闺,金马门之别称。籍,门籍,官员出入宫廷须在宫门口查验名籍。凡常参官罢官或赴外任,即去其门籍。枉渚,水名,在朗州。

元和九年(814)作于朗州。窦、元各有《郡斋赠答》七律(今不存),刘禹锡和以此篇。前三联皆应酬窦、元之赠诗,"新恩""昨日"微含同情他们任职偏远州郡的意思。末联谓己久贬,几近大声疾呼,是刘诗中少见情况。

酬窦员外旬休早凉见示〔1〕

新秋十日浣朱衣〔2〕,铃阁无声公吏归〔3〕。风韵渐高梧叶动,露光初重槿花稀〔4〕。四时冉冉催客鬓,三爵油油忘是非〔5〕。更报明朝池上酌,人知太守字玄晖〔6〕。

〔1〕原题下有注:"奉书报,诘朝有宴。"旬休:唐制,官员每旬休假一日。诘朝:早上。

〔2〕浣朱衣:指沐浴。朱衣,官服。

〔3〕铃阁:官署。详见《早春对雪奉寄澧州元郎中》诗注。

〔4〕槿花:木槿花。落叶灌木,夏、秋间开花,朝开夕落。

〔5〕三爵:三杯。《礼记·玉藻》:"三爵而油油以退。"爵,酒器。油油,恭谨貌。此处指悠然的样子。

〔6〕玄晖:南朝齐诗人谢朓,字玄晖。此以谢朓拟窦常。

元和九年(814)秋作于朗州。适逢秋凉休假,刺史窦常有宴相招,是很惬意的事,所以诗写得优游闲适,然"四时""三爵"两句仍暗含久贬不归的不平之意。

窦朗州见示与澧州元郎中早秋赠答命同作

邻境诸侯同舍郎,芷江兰浦限无梁〔1〕。秋风门外旌旗动,晓露庭中橘柚香。玉簟微凉宜白昼〔2〕,金笳入暮应清商〔3〕。骚人昨夜闻鹧鸪〔4〕,不叹流年惜众芳。

〔1〕"邻境"二句:前句言窦、元二人曾同在朝中为郎官,后句言二人今为临境地方长官。朗、澧二州相邻,州界相接。芷江、兰浦分指朗、澧二州。梁,河堤、堤堰,此指州郡界限。

〔2〕玉簟:竹席。

〔3〕金笳:管乐器名。古时边城驻军于日出没时奏响,用以报时。清商:即商声,古五音之一,因其曲调悲凉凄清,故称。

〔4〕骚人:指窦、元二人。鹧鸪:鸟名,又作鹈鴂,即杜鹃。古人以为鹧鸪鸣而春花落,故末句有"惜众芳"之语。

与前篇同时所作。窦、元《早秋赠答》诗已佚。闻鹧鸪、惜众芳,应是窦、元《早秋赠答》诗中所语及的。诗人以为众芳芜没固然可惜,然光阴流逝更应感叹才是,与其《朗州窦员外见示与澧州元郎中郡斋赠答长句二篇因而继和》"枉渚逢春十度伤"之义相似。

经伏波神祠[1]

蒙蒙篁竹下[2],有路上壶头[3]。汉垒麏鼯斗[4],蛮溪雾雨愁[5]。怀人敬遗像,阅世指东流[6]。自负霸王略,安知恩泽侯[7]?乡园辞石柱,筋力尽炎洲[8]。一以功名累,翻思马少游[9]。

〔1〕伏波神祠:为东汉马援祠。东汉光武帝时,马援拜伏波将军。

〔2〕蒙蒙:茂盛的样子。篁竹:竹林。

〔3〕壶头:山名。《水经注·沅水》:"壶头山,山高一百里,广圆三百里,山下水际有新息侯马援征五溪蛮停军处。壶头径曲多险,其中纡折千滩。"《后汉书·马援传》李贤注:"壶头,山名也,在今辰州沅陵东。《武陵记》曰:'此山头与东海方壶山相似,神仙多所游集,因名壶头山'也。"

〔4〕麏鼯(jūn wú):獐及鼯鼠,又作麇鼯。

〔5〕蛮溪:武陵郡五溪(雄溪、蒲溪、酉溪、沅溪、辰溪)的统称。

〔6〕"阅世"句:晋陆机《叹逝赋》:"悲夫!川阅水以成川,水滔滔而日度;世阅人而为世,人冉冉而行暮。"此用其意。

〔7〕恩泽侯:无有功劳而仅靠帝恩封侯。《汉书》有《外戚恩泽侯表》,载外戚无功而受封为侯者。

〔8〕"乡园"二句:谓马援辞别家乡,一生功业尽在南方。石柱,指石柱桥,又称横桥,跨渭水上。据张澍所辑《三辅旧事》,石柱以南属京

兆,以北属右扶风。马援为扶风平陵(今陕西兴平)人,马援辞石柱,即辞别家乡。炎洲,指南方州郡。光武帝建武十八年(42),马援率军平定交趾征侧、征贰之乱,二十四年(48),率军出击武陵五溪蛮夷,次年病卒军中。详见《后汉书·马援传》。

〔9〕马少游:马援从弟。《后汉书·马援传》载马援语:"吾从弟少游常哀吾慷慨多大志,曰:'士生一世,但取衣食裁足,乘下泽车,御款段马,为郡掾史,守坟墓,乡里称善人,斯可矣。致求盈余,但自苦耳。'当吾在浪泊、西里间,虏未灭之时,下潦上雾,毒气重蒸,仰视飞鸢跕跕堕水中,卧念少游平生时语,何可得也!"下泽车,一种适宜在沼泽地行走的短毂轻便车。款段,马行迟缓貌。

元和间作于朗州。马援是儒将,他影响后世、鼓励儒生最有名的一句话就是"男儿要当死于边野,以马革裹尸还葬"。但是面对艰苦,想起从弟过庸常人平静生活的话,说明马援也有"示弱"的时候。诗写对马援丰功伟业的敬仰,但联想到自身贬谪中处境,诗人又不免颓然。

步出武陵东亭临江寓望〔1〕

鹰至感风候〔2〕,霜余变林麓。孤帆带日来,寒江转沙曲。戍遥旗影动,津晚橹声促。月上彩霞收,渔歌远相续。

〔1〕武陵:即朗州。江:指沅江。寓望:亦曰候馆,古代边境上所设置的以备瞭望、迎送的楼馆。
〔2〕"鹰至"句:谓秋天已至。《汉书·五行志》:"故立秋而鹰隼击。"风候,节令、时节。

元和间作于朗州司马任上。唐自安史乱后，州郡司马是闲职，"莅之者，进不课其能，退不殿其不能，才不才一也。……刺史守土臣，不可远观游；群吏执事官，不敢自暇佚。惟司马绰绰可以从容于山水诗酒间"（白居易《江州司马厅记》）。"孤帆带日来"是白日西斜，"月上彩霞收"是夜幕降临，说明诗人在武陵临江候馆凝望伫立时问之久，是其百无聊赖的写照。

团 扇 歌

团扇复团扇，奉君清暑殿。秋风入庭树，从此不相见[1]。上有乘鸾女，苍苍网虫遍[2]。明年入怀袖，别是机中练。

〔1〕"团扇"四句：化用班婕妤《怨歌行》诗意。《乐府诗集》"相和歌辞·楚调曲"录班婕妤《怨歌行》云："新裂齐纨素，鲜洁如霜雪。裁为合欢扇，团团似明月。出入君怀袖，动摇微风发。常恐秋节至，凉飙夺炎热。弃捐箧笥中，恩情中道绝。"

〔2〕"上有"两句：江淹《怨歌行》："纨素如团月，出自机中素。画作秦王女，乘鸾向烟雾。"此化用其意。乘鸾女，指扇上所画弄玉形象。《列仙传》卷上载，秦穆公时人萧史善吹箫，穆公以女弄玉妻之，萧史教弄玉作凤鸣，吹箫似凤声，居数年，有凤来至其庭。穆公为作凤台，夫妇至其上，数年不下，一旦皆随凤凰飞去。

《乐府诗集》引《乐府解题》述班婕妤身世及其写作"团扇诗"甚详，云："《婕妤怨》者，为汉成帝班婕妤作也。婕妤，徐令彪之姑，况之女。美而能文，初为帝所宠爱，后幸赵飞燕姊弟，冠于后宫。婕妤自知见薄，乃退居东宫，作赋及纨扇诗以自伤悼。"据《汉书》，班婕妤恐久见危，求供养太后于长信宫，故唐人乐府又名《长信怨》，如王昌龄有名的《长信秋词》即是。以"秋扇弃捐"作譬的诗歌，一开始就属于宫怨诗，团扇所譬喻的，多为女性。刘禹锡此诗，以秋扇见捐自喻，可能是元和中贬朗州时所作。

采菱行〔1〕

白马湖平秋日光，紫菱如锦彩鸳翔。荡舟游女满中央，采菱不顾马上郎。争多逐胜纷相向，时转兰桡破轻浪〔2〕。长鬟弱袂动参差，钗影钏文浮荡漾。笑语哇咬顾晚晖〔3〕，蓼花缘岸扣舷归。归来共到市桥步〔4〕，野蔓系船萍满衣。家家竹楼临广陌，下有连樯多估客。携觞荐芰夜经过〔5〕，醉踏大堤相应歌〔6〕。屈平祠下沅江水〔7〕，月照寒波白烟起。一曲南音此地闻，长安北望三千里。

〔1〕原题下有注："武陵俗嗜芰菱，岁秋矣，有女郎盛游于马湖，薄言采之，归以御客。古有《采菱曲》，罕传其词，故赋之以俟采诗者。"马湖：在朗州西，即白马湖，又称白蟒湖。《诗·周南·芣苢》："采采芣苢，薄言采之。"薄，急忙；一说为语助词。言，语助词，无实义。御客：招待客人。采诗：上古时期，有采诗制度，王室借以体察民情。《汉书·艺文志》："古有采诗之官，王者所以观风俗，知得失，自考正也。"

〔2〕兰桡（ráo）：船桨。

〔3〕哇咬:象声词,女孩笑语声。

〔4〕市桥步:地名。步,通"埠",水边停舟处。

〔5〕荐芰:献上芰,即以芰菱为下酒物。

〔6〕踏:即踏歌,数人联手踏地而歌。

〔7〕屈平祠:在朗州东。至明嘉靖时祠已废,唯存其址。沅江:在今贵州境内称清水江,东北流入今湖南境内,称沅江,至常德(朗州)南入洞庭湖。

　　元和间作于朗州司马任上。《乐府诗集》"清商曲辞"有《江南弄》,并引《古今乐录》谓"(梁)武帝改西曲,制……《江南弄》七曲",其一即《采菱曲》。据题后作者自注,此诗是作者着意为采菱女写的歌辞。《尔雅翼》卷六尝记载吴楚间采菱风俗:"吴楚之风俗,当菱熟时,士女相与采之,故有采菱之歌以相和,为繁华流荡之极。"但刘禹锡诗里的"士"(男性)已不再参与水中的采菱嬉戏,而成了在岸上旁观的"马上郎"。"马上郎"或者还包括那些"携壶荐芰""醉踏大堤"的估客,受了采菱女白日欢快形态的感染,他们也饮酒醉歌达旦。这既是当时民俗的反映,也为此诗平添了几分"艳"色。末两句抒发贬谪感慨,是刘禹锡朗州时期诗歌的一般特征。

踏歌词四首

其一

春江月出大堤平,堤上女郎联袂行。唱尽新词欢不见〔1〕,红霞映树鹧鸪鸣[2]。

〔1〕欢:指情人。南朝乐府民歌每以"欢"代情人。
〔2〕红霞:此指朝霞。

其二

桃蹊柳陌好经过,灯下妆成月下歌。为是襄王故宫地,至今犹自细腰多[1]。

〔1〕"为是"二句:襄王即战国楚顷襄王。朗州古属楚国;唐时朗州属荆南节度使(治江陵)管辖,江陵有楚宫。《墨子·兼爱中》:"昔者楚灵王好士细要(腰),故灵王之臣皆以一饭为节,胁息然后带,扶墙然后起。比期年,朝有黧黑之危。"又《韩非子·二柄》:"楚灵王好细腰,而国中多饿人。"皆不言襄王,此处恐有误。

其三

新词宛转递相传,振袖倾鬟风露前。月落乌啼云雨散[1],游童陌上拾花钿[2]。

〔1〕云雨:指男女欢爱。
〔2〕花钿:用金翠珠玉制成的花形首饰。

其四

日暮江头闻竹枝[1],南人行乐北人悲[2]。自从雪里唱新曲,直到三春花尽时。

〔1〕竹枝:即《竹枝词》。

〔2〕北人:刘禹锡自指。

　　元和间作于朗州。踏歌,多人联手而歌,踏地以为节。唐时朗州,即今湘西之地,多少数民族,风俗与中原有异,男女之间较少禁忌,春日更有欢会之俗。刘诗描写含蓄不露,应是净化过的。末一首,诗中有"我",是借他人歌曲抒发自己悲忧。

堤上行三首

其一

酒旗相望大堤头,堤下连樯堤上楼。日暮行人争渡急,桨声幽轧满中流。

其二

江南江北望烟波,入夜行人相应歌。桃叶传情竹枝怨[1],水流无限月明多。

〔1〕桃叶:《乐府诗集·清商曲辞》有《桃叶歌》,引《古今乐录》曰:"《桃叶歌》者,晋王子敬之所作也。桃叶,子敬妾名,缘于笃爱,所以歌之。"竹枝:即"竹枝曲",巴渝一带民歌。

其三

春堤缭绕水徘徊,酒舍旗亭次第开。日晚上楼招估客,轲峨大艑落帆来[1]。

〔1〕轲峨:高大。艑:大船。

与前首为同时之作。《乐府诗集·清商曲辞》有《大堤》《大堤曲》,《堤上行》当由此变化而来。三首写行人争渡、酒旗相望、流水徘徊等湘西景致,对夜幕掩映下的江南市镇风情有生动的描绘。刘禹锡曾说朗州"地荒且远"(《泰娘歌·引》),以此三首诗看,"远"固然,"荒"则未必。沅江上游物产丰富,朗州地处沅江北岸,又在沅江入洞庭湖口处,故是商贾云集的地方。此诗从一个侧面反映了中唐时期沅江商业的繁荣。

竞渡曲[1]

沅江五月平堤流,邑人相将浮彩舟。灵均何年歌已矣,哀谣振楫从此起。扬枹击节雷阗阗[2],乱流齐进声轰然。蛟龙得雨鬐鬣动,蟠蛛饮河形影联[3]。刺史临流褰翠帷,揭竿命爵分雄雌[4]。先鸣余勇争鼓舞,未至衔枚颜色沮[5]。百胜本自有前期,一飞由来无定所[6]。风俗如狂重此时,纵观云委江之湄[7]。彩旗夹岸照蛟室,罗袜凌波呈水嬉[8]。曲终人散空愁暮,招屈亭前水东注[9]。

〔1〕原题下有注:"竞渡始于武陵,至今举楫而相和之,其音咸呼云:'何在?'斯招屈之义,事见《图经》。"招屈:为屈原招魂。

〔2〕枹(fú):同"桴",鼓槌。阗(tián)阗:声音洪大。

〔3〕"蛟龙"两句:形容龙舟在江中飞驶。蛟龙、蟠蛛(dì dōng),指龙舟。蟠蛛原是虹的别名,传说虹能入涧饮水,故以虹拟龙舟。

〔4〕"刺史"二句:用东汉贾琮事写刺史来到现场,举旗饮酒宣布竞赛开始。《后汉书·贾琮传》载,贾琮为冀州牧,传车垂赤帷裳,琮曰:"刺史当远视广听,纠察美恶,何有反垂帷裳以自掩塞乎?"命御者褰之。揭竿,举旗。命爵,饮酒。

〔5〕"先鸣"二句:谓取得胜者欢呼、失败者沮丧。先鸣,首先鸣叫。斗鸡时得胜者先鸣,后以先鸣喻得胜者。衔枚,行军时为防止喧哗,令军士口中衔一细木棍。此形容声气沮丧。

〔6〕"百胜"二句:前句言此次胜负已成定局,后句言败者下次当一

鸣惊人。一飞,即"不飞则已,一飞冲天;不鸣则已,一鸣惊人"之意。

〔7〕云委:如云之委积,形容观者如堵。

〔8〕"彩旗"二句:写竞渡结束后女伎表演水戏。鲛室:鲛人所居处。鲛人,神话传说中人鱼,人形,水居。罗袜凌波,用曹植《洛神赋》"凌波微步,罗袜生尘"句意。

〔9〕招屈亭:在朗州,当因五月竞渡招屈原魂所建之亭馆。刘禹锡在朗州,居所与招屈亭相邻,其大和间诗《酬朗州崔员外与任十四兄侍御同过鄙人旧居见怀之什时守吴郡》有"昔日居邻招屈亭"之句。

元和间作于朗州。《乐府诗集》卷九四"新乐府辞"收入此诗,云:"《荆楚岁时记》云:'旧传屈原死于汨罗,时人伤之,竞以舟楫拯焉,因以成俗。'……《竞渡曲》盖起于此。"诗写朗州五月竞渡习俗,情景如画。《全唐诗》另有张建封《竞渡歌》(一作薛逢诗)亦写沅湘一带竞渡习俗,与刘诗相似,可以互参。

蛮子歌

蛮语钩辀音[1],蛮衣斑斓布。熏狸掘沙鼠,时节祠盘瓠[2]。忽逢乘马客,恍若惊麏顾。腰斧上高山,意行无旧路[3]。

〔1〕钩辀:鸟叫声。此处形容朗州蛮语音古怪难懂。

〔2〕"熏狸"二句:写蛮人的狩猎、祭祀风俗。狸,山猫。沙鼠,一种野鼠。盘瓠,古代传说为高辛氏所蓄犬,其毛五色。《后汉书·南蛮传》载,犬戎侵暴,帝募能得犬戎吴将军头者,妻以少女。后盘瓠衔其头来,帝即以女配之。盘瓠负女入南山石室,子孙繁衍于南方山地。南方少数

民族奉其为祖。

〔3〕意行:率意而行,不择路而行。

元和间作于朗州。《后汉书·南蛮传》关于南蛮及盘瓠之说多穿凿附会,且语含轻蔑侮辱,但记载南人习俗当不全虚,如所谓"衣裳斑兰,语言侏离,好入山壑,不乐平旷",即为刘禹锡此诗所本。然刘诗描写朗州习俗,意在刻画山民的古朴率意,毫无轻蔑之意。

视刀环歌

常恨言语浅,不如人意深。今朝两相视,脉脉万重心。

元和间作于朗州司马任上。"环"者,"还"也。《汉书·李广传》附《李陵传》:"昭帝立,大将军霍光、左将军上官桀……遣陵故人陇西任立政等三人俱至匈奴招陵。立政等至,单于置酒赐汉使者,李陵、卫律皆侍坐。立政等见陵,未得私语,即目视陵,而数数自循其刀环,握其足,阴谕之,言可还归汉也。……立政曰:'请少卿来归故乡,毋忧富贵。'陵字立政曰:'少公,归易耳,恐再辱,奈何?'"诗借李陵事以寓其思归长安之意。

秋风引

何处秋风至?萧萧送雁群。朝来入庭树,孤客最先闻。

《乐府诗集·琴曲歌辞》有《秋风》，"引"即琴曲。诗因秋风至、雁南飞而有所感，当是元和间为朗州司马时所作。"最先闻"三字是诗眼，因为"孤客"独居在外，以寂寥之心感应外界变化，故最为敏感。

喜康将军见访

谪居愁寂似幽栖，百草当门茅舍低。夜猎将军忽相访[1]，鹧鸪惊起绕篱啼。

〔1〕夜猎将军：此以李广事赞康将军。《史记·李将军列传》载，李广于蓝田南山中射猎，至夜乃归。还至霸陵亭，霸陵尉醉，呵止广。广骑曰："故李将军。"尉曰："今将军尚不得夜行，何乃故也！"又，广出猎，见草中石，以为虎而射之，中石没镞，视之石也。因复更射之，终不能复入石矣。

元和间作于朗州。康将军，名字未详。刘禹锡谪居朗州，"邻里皆迁客"（见其《武陵书怀五十韵》），诗又用李广"故李将军"典，想来康将军亦是谪居于此者。平时孤独寂寞已成习惯，突然有人夜访，故惊喜交加，然用鹧鸪啼叫衬托，是暗露贬谪之悲。

碧涧寺见元九侍御如展上人诗有三生之句因以和之[1]

廊下题诗满壁尘，塔前松树已鳞皴[2]。古来唯有王文度，重

98

见平生竺道人[3]。

〔1〕碧涧寺:在江陵松滋西六十里。元九侍御:即元稹。如展上人:据元稹《公安县远安寺水亭见展公题壁漂然泪流因书四韵》诗,或为公安县远安寺僧人。元和六年元稹贬江陵士曹参军,与如展上人及前松滋主簿韦戴同游碧涧寺,元稹与如展各有题诗,元诗有"他生莫忘灵山别,满壁人名后会稀"之句。后不一旬而如展长逝,元稹作诗伤悼,有"重吟前日他生句,岂料逾旬便隔生"之句。

〔2〕塔:此指僧人埋骨之塔。鳞皴:松树皮皱如鱼鳞之皱,此谓松树已长大。

〔3〕"古来"两句:用晋王坦之、竺法印事写元稹、如展交情。文度为王坦之字,竺道人指僧人竺法印。《晋书·王坦之传》:"初,坦之与沙门竺法师甚厚,每共论幽明报应。……后经年,师忽来云:'贫道已死,罪福皆不虚,唯当勤修道德,以升济神明耳。'言讫不见。坦之寻亦卒。"

诗当作于元和十年(815)春自朗州赴召入京途经松滋县(今属湖北)时。元稹与如展的际遇未必人人皆有,但元稹诗的确能引人共鸣。经历了朗州十年的放逐,刘禹锡的这种人生感慨确实更深沉了一些。

元和甲午岁诏书尽征江湘逐客余自武陵赴京宿于都亭有怀续来诸君子

云雨江湘起卧龙,武陵樵客蹑仙踪[1]。十年楚水枫林下[2],今夜初闻长乐钟[3]。

〔1〕“云雨”二句：谓其奉诏北还，与柳宗元、韩晔、陈谏、韩泰等同返长安。卧龙，蛰伏之龙，原指诸葛亮，此处代柳、韩、陈、韩等。武陵樵客，作者自指。仙，对友朋的尊称，旧时友朋之间互称仙侣。

〔2〕十年：作者自永贞元年被贬，至此已十年。枫林：楚地多枫林。《楚辞·招魂》：“湛湛江水兮上有枫。”

〔3〕长乐钟：长乐宫里的钟声。长乐为汉长安宫名，此代指唐长安大明宫。唐时宫内以钟声报时，声闻于外。

元和十年（815）春自朗州贬所奉诏回京至京郊驿亭时作。诗人谪居江湘十年之久，当他奉诏回京，宿于长安都亭、等候柳宗元等故旧时，万千感慨都凝于“今夜初闻长乐钟”一句。清徐增说：“人皆以梦得此句为庆幸，愚谓此正是其伤心处。十年放逐，日以文章吟咏，陶冶情性，颇相忘于朗州。一闻长乐钟，十年心头事，一齐提起，岂不是最伤心之处乎？”（《而庵说唐诗》卷一一）

伤独孤舍人并引〔1〕

贞元中，余以御史监祠事〔2〕。河南独孤生始仕，为奉礼郎〔3〕。有事宗庙郊畤〔4〕，必与之俱，由是甚熟。及余谪武陵，九年间，独孤生仕至中书舍人，视草禁中〔5〕，上方许以宰相。元和十年春，余祗召抵京师，次都亭日，舍人疾不起。余闻，因作伤词以为吊。

昔别矜年少，今悲丧国华。远来同社燕〔6〕，不见早梅花。

〔1〕独孤舍人:独孤郁,河南(今河南洛阳)人,盛唐著名古文家独孤及之子,贞元进士,历仕史馆修撰、翰林学士、驾部郎中等,元和九年十一月改官秘书监,病卒,年四十。独孤郁仕不及中书舍人,然以翰林学士加知制诰,亦可称舍人。

〔2〕御史监祠:谓己以监察御史身份监察祭祀。

〔3〕奉礼郎:官职名,属太常寺,掌朝会、祭祀等事。

〔4〕郊畤:古代祭天地神灵之处。

〔5〕视草:指翰林学士。翰林学士可以代皇帝草拟诏书,谓之视草。

〔6〕社燕:古人以为燕于二月春社(古时于立春后第五个戊日祭祀土神,以祈丰收,称作春社)时来,因谓之社燕。

元和十年(815)春自朗州召还宿于长安都亭时作。永贞元年刘禹锡远贬时三十四岁,独孤郁仅三十岁。十年远离京城,人事隔绝,最易引起感伤的就是故旧的去世。末二句用"社燕"写己之回京、用"早梅"写独孤郁之早逝,极为贴切。

征还京师见旧番官冯叔达〔1〕

前者匆匆幞被行〔2〕,十年憔悴到京城。南宫旧吏来相问〔3〕,何处淹留白发生?

〔1〕番官:尚书省掌仓库及厅事铺设的掾吏。冯叔达:事迹不详。

〔2〕幞被:以包袱裹束衣被,意谓整理行装。此指其永贞元年由屯田员外郎贬连州刺史(后再贬朗州司马)事。王隐《晋书·魏舒传》:"魏

舒为尚书郎。时欲沙汰郎官，非其才者罢之。舒曰：'吾即其人也。'幞被而出。"

〔3〕南宫：尚书省。

元和十年(815)春自朗州召还作于长安。永贞元年刘禹锡等先贬远州刺史，途中再贬司马，番官冯叔达是尚书省流外小吏，或者知道前者(贬刺史)而不知道后者(再贬州司马)，至于十年不得回京的原因，他就更不知道了，故有"何处淹留"之问。借不明就里的小吏一问，写其久谪之苦，其苦更深一层。

酬杨侍郎凭见寄二首〔1〕

其一

翔鸾阙底谢皇恩〔2〕，缨上沧浪旧水痕〔3〕。疏傅挥金忽相忆〔4〕，远擎长句与招魂〔5〕。

〔1〕杨侍郎：即杨凭。杨凭为柳宗元岳父，元和二年自左散骑常侍转刑部侍郎，后以事贬临贺尉，徙杭州长史，入为太子詹事，为恭王傅，分司东都。此称其前职。
〔2〕翔鸾阙：唐长安大明宫含元殿前有二阙：左翔鸾，右栖凤。
〔3〕"缨上"句：《楚辞·渔父》："沧浪之水清兮，可以濯吾缨。"此指身上的江湖风尘。
〔4〕疏傅：以汉疏广代指杨凭。《汉书·疏广传》载，疏广为太子太

傅,侄疏受为太子少傅,朝廷并以为荣。一日俱上书乞骸骨,上以其年老,皆许之。加赐黄金二十斤,皇太子赠以五十斤。广既归乡里,日令其家设饮食,请族人故旧宾客,与相为乐。人或劝其为子孙置产业,广曰:"此金者,圣主所以惠养老臣也,故乐与乡党宗族共飨其赐,以尽吾余日,不亦可乎?"

〔5〕长句:七言诗,此指杨凭所寄诗。招魂:招远贬人之魂。民俗有招死者之魂者,亦有招生者之魂者。《楚辞》有《招魂》,王逸"题解"曰:"《招魂》者,宋玉之所作也。……宋玉哀怜屈原忠而斥弃,愁懑山泽,魂魄放佚,阙命将落,故作《招魂》,欲以复其精神,延其年寿。"

其二

十年毛羽摧颓,一旦天书召回〔1〕。看看瓜时欲到,故侯也好归来〔2〕。

〔1〕天书:皇帝诏书。
〔2〕"看看"两句:以秦东陵侯邵平喻杨凭。《三辅黄图》卷一:"长安城东出南头第一门曰霸城门……或曰青门,门外旧出佳瓜。广陵人邵平为秦东陵侯,秦破,为布衣种瓜青门外。瓜美,故时人谓之东陵瓜。"杨凭原官侍郎,地位显赫,故用邵平"青门瓜"典故以代杨凭。

元和十年(815)召还后作于长安。闻刘、柳等召还,杨凭有诗寄赠,刘禹锡答以此诗。柳宗元也有两首诗酬杨凭寄诗,一为七言绝句,一为六言绝句,似与刘禹锡有约定。今存最早的六言诗为汉末孔融所作,唐以后人偶一为之。刘禹锡、柳宗元都仅此一首。刘、柳对新诗体的尝试,加之柳宗元诗题还有"戏赠诏追南来诸贤"字样,说明刘、柳返至长安,心情不错,对未来充满希望。

元和十年自朗州承召至京戏赠看花诸君子

紫陌红尘拂面来,无人不道看花回。玄都观里桃千树[1],尽是刘郎去后栽。

〔1〕玄都观:唐长安城著名道观,在朱雀街西崇业坊,原为北周通达观,隋时改玄都观。

元和十年(815)春,刘禹锡自朗州召还长安,与柳宗元、韩泰、陈谏、韩晔诸人同游玄都观,作此诗。诗写玄都观中千树桃花,皆"刘郎"贬出京城后所植,语气鄙夷,言外之意是对当朝新贵的不屑。据《本事诗》,刘禹锡此诗一出,为执政者不满,不数日,刘、柳等再贬远州刺史(韩泰为漳州刺史,陈谏为封州刺史,柳宗元为柳州刺史,韩晔为汀州刺史,刘禹锡先为播州刺史,旋改授连州刺史)。

荆州道怀古

南国山川旧帝畿[1],宋台梁馆尚依稀[2]。马嘶古树行人歇,麦秀空城泽雉飞。风吹落叶填宫井,火入荒陵化宝衣[3]。徒使词臣庾开府[4],咸阳终日苦思归。

〔1〕旧帝畿:前朝京都,指江陵。南朝梁湘东王萧绎平侯景之乱后即帝位,定都江陵,改元承圣,是为梁元帝。

〔2〕宋台梁馆:指宋文帝、梁元帝即位前所筑之台榭池馆。宋文帝刘义隆、梁元帝萧绎即位前皆以藩王镇荆州。

〔3〕"风吹"二句:写旷野萧条荒凉。《汉书·刘向传》载,有牧儿亡羊,羊入始皇墓,牧儿持火照,求羊,失火烧其墓藏。荒陵,指后梁宣、明二帝陵墓。西魏恭帝元年,大发兵攻梁,梁元帝降,旋被杀。魏恭帝立萧詧承梁之后,即帝位于江陵,史称后梁或西梁。詧死,谥宣皇帝。子岿继立,岿死,谥孝明皇帝。二帝陵皆在江陵。宝衣,指宣、明二帝墓中所葬。

〔4〕庾开府:指庾信。庾信原仕梁,梁元帝时为御史中丞,奉命出使西魏。及魏灭梁,遂留北朝,后仕周至骠骑大将军、开府仪同三司,世称"庾开府"。《周书·庾信传》:"信虽位望通显,常有乡关之思,乃作《哀江南赋》以寄其意云。"

元和十年(815)夏贬授连州刺史赴任途中至荆州时作。诗人朗州十年,苦苦思念的是京师长安,然而到了长安,旋即又被远贬,十年之思也是徒然的。这与庾信的故国之思,在感情和结果上都有相似之处。怀古与自叹身世自然地融合在了一起。

再授连州至衡阳酬柳柳州赠别

去国十年同赴召,渡湘千里又分歧[1]。重临事异黄丞相,三黜名惭柳士师[2]。归目并随回雁尽,愁肠正遇断猿时。桂江东过连山下[3],相望长吟有所思[4]。

〔1〕分歧:分途。柳州在衡阳西南,连州在衡阳东南,刘、柳赴贬地,至衡阳分途。

〔2〕"重临"二句:以汉黄霸、春秋柳下惠事谓己之政事、名望不及柳宗元,兼表连累柳宗元再贬之愧疚。西汉宣帝时黄霸先为颍川太守,以政绩征为京兆尹,坐事再贬为颍川太守,前后八年,郡中大治,后官至丞相。刘禹锡再贬连州,前途暗淡,故"事异"于黄霸。春秋时鲁国人柳下惠曾为士师(主察狱讼的官职),《论语·微子》:"柳下惠为士师,三黜。人曰:'子未可以去乎?'曰:'直道而事人,焉往而不三黜?'"三黜,指贞元初先贬为连州刺史,贬途中再贬为朗州司马,至此次三贬为连州刺史。

〔3〕桂江:即漓江。柳宗元赴柳州,必经漓江;漓江又绕连州而过。连山:在连州,州以山得名。

〔4〕有所思:古乐府曲名。古辞曰:"有所思,乃在大海南。"

元和十年(815)贬授连州刺史赴任途中作。永贞元年,刘禹锡因属王韦党人集团,被贬为连州刺史(后改授朗州司马),此次又贬连州刺史,故云"再授"。刘、柳二人同赴贬所,至衡阳,将分途。柳先有《衡阳与梦得分路赠别》诗,刘以此首和之。柳诗有"直以慵疏招物议,休将文字占时名"句,委婉劝诫刘禹锡不要以一时言语之快招惹非议。刘诗以"重临""三黜"两句表达了自己的歉意和惭愧。

度桂岭歌

桂阳岭[1],下下复高高。人稀鸟兽骇,地远草木豪。寄言千金子[2],知余歌者劳[3]。

〔1〕桂阳岭:即桂岭,在连州北,山上多桂,因以为名。

〔2〕千金子:富贵人家子弟。

〔3〕歌者劳:犹言因路途艰苦而为此诗。何休《春秋公羊传解诂》:"饥者歌其食,劳者歌其事。"劳,忧愁、愁苦。

元和十年(815)赴连州途中作。诗写路途之艰苦,亦是对政治前途的忧虑。诗中的"千金子"也包括刘禹锡自己在内,其实他以千金之躯来到荒远的连州,着实苦恼。

酬柳柳州家鸡之赠〔1〕

日日临池弄小雏〔2〕,还思写论付官奴〔3〕。柳家新样元和脚,且尽姜芽敛手徒〔4〕。

〔1〕家鸡:家传的书法技艺。《晋书·庾翼传》载,庾翼善书法,初不服王羲之,以家鸡比喻自己的书法,以野雉比喻王氏书法。柳宗元寄刘禹锡《殷贤戏批书后寄刘连州并示孟仑二童》中有"闻道近来诸子弟,临池寻已厌家鸡"之句。

〔2〕小雏:幼子,即柳宗元来诗之"孟仑二童"。弄小雏,逗玩小儿。刘禹锡二子,一曰咸允,字信臣;一曰同廙,字敬臣。孟、仑当是二子之小名。

〔3〕官奴:王羲之女名。褚遂良《右军书目》有"正书都五卷,第一,《乐毅论》四十四行,书付官奴"字样。此谓亦欲效王羲之书法以付子女。

〔4〕"柳家"二句：谓柳宗元书法高超，可使子弟学习，自己就不用书写了。柳家新样，赵璘《因话录》卷三："元和中，柳柳州书，后生多师效，就中尤长于章草，为时所宝。湖湘以南，童稚悉学其书，颇有能者。"元和脚，杨慎《书品》以为"盖悬针垂露之体耳"。姜芽，姜的嫩芽，喻儿童手指。敛手徒，即徒敛手、空敛手。

元和十年（815）刘禹锡初刺连州时作。刘禹锡嗜书法，文集中有《论书》一文，对书法艺术有精到见解。柳宗元亦好书艺，致刘禹锡诗有"厌家鸡"之说，是自谦；刘禹锡答诗，承认柳书为优。嗣后柳宗元又有《重赠二首》，刘禹锡皆有答诗。此是刘、柳在连州、柳州期间较为轻松的话题。

答前篇

小儿弄笔不能嗔〔1〕，浣壁书窗且赏勤〔2〕。闻彼梦熊犹未兆〔3〕，女中谁是卫夫人〔4〕？

〔1〕嗔：发怒、生气。
〔2〕浣（wò）壁：涂脏了墙壁。
〔3〕梦熊：古人以为梦见熊是生男孩的预兆。
〔4〕卫夫人：东晋女书法家。姓卫，名铄，字茂漪，汝阴太守李矩妻，世称卫夫人，也称李夫人。擅书法，隶书尤善，师锺繇，妙传其法。王羲之少时，曾从她学书。据韩愈《柳子厚墓志铭》，柳宗元元和十四年卒时，子男二人，"长曰周六，始四岁；季曰周七，子厚卒乃生"。当元和十年，柳宗元长子犹未出生，学书者为其女儿，故云"卫夫人"。

答 后 篇

昔日慵工记姓名[1]，远劳辛苦写西京[2]。近来渐有临池兴，为报元常欲抗行[3]。

[1] 慵工：懒惰。此指懒于学书。记姓名：用项羽事，谓己当初不重视习字。《史记·项羽本纪》："项籍少时，学书不成，去；学剑，又不成。项梁怒之，籍曰：'书，足以记姓名而已，剑，一人敌，不足学。学万人敌。'"

[2] "远劳"句：谓柳宗元往年尝为刘禹锡书写张衡所作《西京赋》。柳宗元《重赠》之二有"往年何事乞西宾"之句。"西宾"谓教习，大约刘禹锡以柳宗元之书为子弟习字法帖，故尝请柳宗元书《西京赋》。

[3] 元常：三国时书法家钟繇字，此代指柳宗元。抗行：并行、抗衡。

刘禹锡先有酬柳宗元"家鸡"之作，柳有《重赠二首》，刘禹锡又以《答前篇》《答后篇》两首酬答。柳宗元《重赠》之一有"刘家还有异同词"，戏言刘禹锡之子已与其父之书不同；而柳宗元当时只有女儿，故刘禹锡答以"卫夫人"。晚唐卢携《临池妙诀》云刘、柳并学书于皇甫阅，柳为"入室"，刘为"及门"。则刘、柳之书法，当时已有定评，而刘禹锡甘居柳后，故有"欲抗行"一说。嗣后，柳宗元又有《叠前》《叠后》两篇，再酬《答前》《答后》两首。

沓潮歌并引[1]

元和十年夏五月,终风驾涛[2],南海羡溢[3]。南人曰:"沓潮也,率三更岁一有之。"余为连州,客或为予言其状,因歌之,附于南越志[4]。

屯门积日无回飙[5],沧波不归成沓潮。轰如鞭石矻且摇[6],亘空欲驾鼋鼍桥[7]。惊湍蹙波悍而骄,大陵高岸失岩峣[8]。四边无阻音响调,背负元气掀重霄。介鲸得性方逍遥[9],仰鼻嘘吸扬朱翘[10]。海人狂顾迭相招,襡衣髽首声哓哓[11]。征南将军登丽谯[12],赤旗指麾不敢嚣[13]。翌日风回滲气消[14],归涛纳纳景昭昭[15]。乌泥白沙复满海,海色不动如青瑶。

〔1〕沓潮:重叠的海潮,前潮未退而后潮继至。唐刘恂《岭表录异》卷上:"沓潮者,广州去大海不远二百里,每年八月,潮水最大,秋中复多飓风,当潮水未尽退之间,飓风作而潮又至,遂至波涛溢岸,淹没人庐舍,荡失苗稼,沉溺舟船,南中谓之沓潮。"

〔2〕终风:终日不歇之风。

〔3〕羡溢:海水满溢高涨。

〔4〕南越志:泛指岭南地方志。南越,即今广东、广西一带。

〔5〕屯门:山名,在广州。回飙(biāo):暴风。

〔6〕鞭石:《艺文类聚》卷七九引晋伏琛《三齐略记》:"始皇作石桥,

110

欲过海观日出处。于时有神人,能驱石下海,城阳一山石尽起立,巍巍东倾,状似相随而去。云石去不速,神人辄鞭之,尽流血,石莫不悉赤,至今犹尔。"此处形容潮水继至如有神人驱赶。

〔7〕鼋鼍(yuán tuó)桥:由鼋鼍搭成的桥。鼋,大鳖;鼍,俗称猪婆龙,即鳄鱼。此处以鼋鼍形容潮水。

〔8〕岩峣:高峻。

〔9〕介鲸:大鲸鱼。

〔10〕朱翘:赤色鱼尾,此指鲸鱼尾。

〔11〕罽(jì)衣髽(zhuā)首:形容岭南人服饰衣着。罽衣,披的毛毯一类;髽首,以麻束发。古人常以"罽衣髽首"指代蛮夷之人。

〔12〕征南将军:此指岭南节度使、广州刺史马总。据《旧唐书·宪宗纪》,元和九至十一年马总为岭南节度使、广州刺史。丽谯:城楼。

〔13〕不敢嚣:不敢轻慢。嚣,傲慢,轻视。

〔14〕浶(lí)气:湿气、毒氛。

〔15〕纳纳:湿润、温和。昭昭:明亮。

元和十一年(816)作于连州刺史任。"引"云"元和十年夏五月",是南海沓潮发生之时。刘禹锡以本年三月改除连州刺史,约在本年六月到任,此诗之作,是其抵任后听人说起沓潮之事后追记所作,其时或已至十一年之初。刘禹锡性格中素有好奇的一面,喜场面大、气派壮的事物,听人叙说南海沓潮奇观,不觉心向往之,发挥想象力,据客人所述作为诗歌。刘集中另有《客有为余话天坛遇雨之状因以赋之》《畲田行》等诗,亦是同类之作。

答杨八敬之绝句〔1〕

饱霜孤竹声偏切〔2〕,带火焦桐韵本悲〔3〕。今日知音一留听，是君心事不平时。

〔1〕原题下有注："杨生时亦谪居。"杨敬之：字茂孝，元和初进士第，平判入等，迁右卫胄曹参军（一作左卫骑曹参军），文宗大和间仕至国子祭酒。杨敬之爱才公正，见江南举子项斯诗，大加爱赏，有"到处逢人说项斯"之句，为士林称赞。

〔2〕孤竹：独生之竹，此指竹制管乐器。《周礼·春官·大司礼》："孤竹之管……冬日至，于地上圜丘奏之。"切：悲切。

〔3〕焦桐：指琴。《后汉书·蔡邕传》："吴人有烧桐以爨者，邕闻火烈之声，知其良木，因请而裁为琴，果有美音，而其尾犹焦，故时人名曰'焦尾琴'焉。"

元和十、十一年作于连州。元和十年秋，杨敬之因事贬吉州（今江西吉安）司户参军，赠刘禹锡诗（今不存），刘答以此诗。孤竹之管与焦尾琴俱是乐器，又代指杨敬之的赠诗。同是天涯沦落人，因而亦是"知音"。"孤竹"一词有多义：孤生之竹，以喻杨敬之独立特行；又为古国名，当西周兴时，伯夷、叔齐居于此，以喻敬之节操之洁；孤竹之管又为乐器，贴合杨之赠诗。

代靖安佳人怨二首并引〔1〕

靖安，丞相武公居里名也。元和十年六月，公将朝，夜漏未尽三刻，骑出里门，遇盗，薨于墙下。初，公为郎，余为御史，繇是有旧故〔2〕。今守于远服〔3〕，贱不可以诔[4],又不得为歌诗声于楚挽[5],故代作《佳人怨》,以裨于乐府云。

其一

宝马鸣珂踏晓尘[6],鱼文匕首犯车茵[7]。适来行哭里门外[8],昨夜华堂歌舞人。

[1]靖安佳人:宰相武元衡侍妾。靖安,长安里坊名,在朱雀街东,武元衡居处。元和九年十月,淮西吴元济叛,宰相武元衡、御史中丞裴度力主讨伐,宪宗发十六道兵进讨淮西,战事难分胜负。河北诸道与淮西休戚相关,暗中相助吴元济。十年六月,淄青节度使李师道(或云是镇州节度使王承宗)遣刺客潜入长安,刺死武元衡。

[2]旧故:旧交。德宗贞元末,武元衡为左司郎中,刘禹锡为监察御史,同在朝,故云。

[3]守为远服:指为连州刺史。远服,犹荒服。古代王畿以外的地方称作服,每服五百里。《尚书·益稷》:"弼成五服。"孔安国传:"五服,侯、甸、绥、要、荒服也。服五百里。"

[4]贱不可以诔:谓其地位低贱不可以作文以哀悼死者。诔,记述亡者德行事迹以为表彰,如其人加谥,也以诔文为据。《礼记·曾子问》:"贱不诔贵,幼不诔长,礼也。"

[5]楚挽:悲伤的挽歌。《文选·谢庄〈宋孝武宣贵妃诔〉》:"锵楚挽于槐国。"李善注:"楚,辛楚也。"

[6]鸣珂:马勒上悬挂的铃铛,行则有声。

[7]鱼文匕首:匕首而有鱼纹者。古谓刀剑上有鱼纹状者佳。车

茵:车上坐垫。

〔8〕适来:刚才。

其二

秉烛朝天遂不回[1],路人弹指望高台[2]。墙东便是伤心地[3],夜夜秋萤飞去来。

〔1〕秉烛朝天:上早朝。冬天上朝,天尚未亮,故官员皆秉烛(或火把、灯笼)。

〔2〕高台:园中台榭之类,此指身居高位之武元衡。又暗用丘迟《与陈伯之书》"高台未倾,爱妾尚在"句意。

〔3〕墙东:靖安坊里门东墙,武元衡遇刺处。

元和十年(815)秋作于连州。《旧唐书·武元衡传》:"元衡宅在靖安里。十年六月三日将朝,出里东门,有暗中叱使灭烛者,导骑呵之,贼射之中肩,又有匿树阴突出者,以梃击元衡左股,其徒驭已为贼所格奔逸,贼乃持元衡马东南行十余步害之。"两首诗写武元衡被刺及佳人痛心都很传神。但王叔文执政时,刘禹锡与武元衡有嫌隙;刘禹锡坐王叔文党被贬,及元和十年召还,旋又远贬,似皆与武元衡衔旧怨有关,所以宋人葛立方、蔡居厚、朱熹、魏了翁从诗中读出"幸灾乐祸"之意是有道理的:"禹锡为《靖安佳人怨》以悼元衡之死,其实盖快之。"(《苕溪渔隐丛话》前集卷二一引《蔡宽夫诗话》)

敬酬彻公见寄二首^{〔1〕}

其一

凄凉沃州僧^{〔2〕}，憔悴柴桑宰^{〔3〕}。别来二十年，唯余两心在。

〔1〕彻公：即僧人灵澈。澈，一作彻。灵澈俗姓汤，字源澄，会稽（今浙江绍兴）人，幼出家于云门寺，大历间以能诗闻名于江南，与诗僧皎然游，多有唱和。贞元间，灵澈在长安，与刘、柳、韩泰、吕温等往还，关系密切。元和十一年卒于宣州开元寺，年七十一。有《澈上人文集》十卷，刘禹锡为之作序。

〔2〕沃州僧：指灵澈。沃州，山名，在今浙江新昌东。晋时僧人支遁（道林）等尝居于沃州山中，此借指灵澈。

〔3〕柴桑宰：刘禹锡自指。柴桑，即今江西九江。晋时人刘程之曾为柴桑令，后隐居庐山西林，自号遗民，陶渊明有《酬刘柴桑》诗。此以柴桑代连州。

其二

越江千里镜，越岭四时雪。中有逍遥人，夜观深水月。

灵澈与刘、柳交往是在贞元八九年间，"别来二十年"，恰至元和十一年,故此诗很可能作于元和十一年(816)灵澈卒前。两首五绝,上联皆对偶,下联在似对未对之间,当是作者有意为之。"水月"明净,佛徒常用其喻指佛理,又被诗人用来形容僧人品格清奇,如李白《赠宣州灵源寺仲濬公》:"观心同水月,解领得明珠。"刘诗中"水月",是一语双关。

衢州徐员外使君遗以缟纻兼竹书箱因成一篇用答佳贶[1]

烂柯山下旧仙郎[2],列宿来添婺女光[3]。远放歌声分白纻[4],知传家学与青箱[5]。水朝沧海何时去[6],兰在幽林亦自芳。闻道天台有遗爱,人将琪树比甘棠[7]。

〔1〕原题下有注:"按此郡自婺州析置,徐自台州迁。"衢州:本婺州信安县,唐武德四年,于新安县置衢州,今属浙江。徐员外:徐放,字达夫,元和末为衢州刺史。缟纻:麻织品。贶:赠与。

〔2〕烂柯山:又名石室山,在衢州。梁任昉《述异记》卷上:"信安郡石室山,晋时王质伐木,至,见童子数人,棋而歌,质因听之。童子以一物与质,如枣核,质含之,不觉饥。俄顷,童子谓曰:'何不去?'质起,视斧柯烂尽,既归,无复时人。"仙郎:指徐放。徐放原为屯田员外郎,唐人习称尚书省各部郎中、员外郎为仙郎。

〔3〕"列宿"句:谓徐放自京师南来为台、衢二州刺史。列宿,星宿,义同"仙郎"。婺女,星宿名,即女宿,二十八宿之一。《文选·左思〈吴都赋〉》:"婺女寄其曜,翼轸寓其精。"李善注:"《汉书》:'越地,婺女之

116

分野。'"

〔4〕白纻:舞曲名。此处指徐放所赠缟纻。《吕氏春秋·察贤》:
"宓子贱(孔子弟子)治单父,弹鸣琴,身不下堂而单父治。"故此处又指
徐放治台、衢二州有善政。

〔5〕青箱:书箱。旧时称能以史学传家的人家为"青箱家",此处既
切徐放所赠之书箱,又喻徐氏家学渊源。

〔6〕水朝沧海:用《尚书·禹贡》"江汉朝宗于海"句意,喻徐放久在
外不得归朝。

〔7〕"闻道"二句:用召公有遗爱于民事谓徐放在台州、衢州有善
政。天台,山名,在今浙江天台县北,此处代指台、衢二州。琪树,玉树。

元和十一二年作于连州。韩愈《衢州徐偃王庙碑》:"开元初,徐姓
二人相属为刺史……后九十年,当元和九年,而徐氏放复为刺史。放字
达夫。"韩愈碑文作于元和十年,而徐放赠刘禹锡以缟纻、竹书箱,当在
元和十一年。徐放不远千里赠刘禹锡以缟纻、竹书箱,其情感人。刘禹
锡赠诗作为回报,用"白纻""青箱"典,既切所赠之物,又美其人之政、
赞其人之学,十分巧妙。

南海马大夫远示著述兼酬拙诗辄著 微诚再有长句时蔡戎未殄故见于篇末[1]

汉家旄节付雄才,百越南滇统外台[2]。身在绛纱传六艺,腰
悬青绶亚三台[3]。连天浪静长鲸息,映日帆多宝舶来[4]。
闻道楚氛犹未灭[5],终须旌斾扫云雷[6]。

〔1〕南海马大夫：指马总，字会元，扶风（今属陕西）人，东汉马援之后。元和八至十一年为岭南节度使、广州刺史。蔡戎未殄：谓淮西吴元济叛乱尚未平息。

〔2〕"汉家"二句：以东汉马援拟马总，言其有雄才大略并为岭南节度使。旄节，古代使者所持的节，以为凭信。百越，古称居于闽（今福建）、粤（今两广）及越南一带人为百越之族，此指岭南。南溟，南海。外台，中央尚书省派驻外地的机构，此指岭南节度使府。

〔3〕"身在"二句：前句用东汉马融设绛帐授徒事写马总政绩，马融亦扶风茂陵人；后句写马总位高权重。青绶，青色绶带。三台，即三公。亚三台，即副丞相。西汉以太尉、司徒、御史大夫为三公。马总时兼御史大夫（一说为御史中丞）之职，故云。

〔4〕宝舶：载有宝物的船。广州通南海，与海外广有贸易，故云。

〔5〕楚氛：楚地恶氛，此指淮西叛军。淮西治蔡州，古属楚地。

〔6〕云雷：喻艰险环境。《周易·屯》："《象》曰：屯，刚柔始交而难生，动乎险中。"《屯》之卦象，《坎》上《震》下，《坎》之象为云，《震》之象为雷，因以云雷喻艰险环境。此指淮西。

元和十一（816）年作于连州。马总以其著述寄示刘禹锡，刘有诗致谢，马再示其著述并寄诗于刘，刘再答以此诗，对马总回朝担任平叛重任寄以厚望。《旧唐书·马总传》谓马总"公务之余，手不释卷，所著《奏议集》《年历》《通历》《子钞》等书百余卷"，则刘禹锡对马总的称许不为奉承。元和十二年马总返朝为刑部侍郎，裴度奉命宣慰淮西，以马总为副使，与刘禹锡所期盼者合。

和南海马大夫闻杨侍郎
出守郴州因有寄上之作〔1〕

忽惊金印驾朱辖,遂别鸣珂听晓猿〔2〕。碧落仙来虽暂谪,赤泉侯在是深恩〔3〕。玉环庆远瞻台坐〔4〕,铜柱勋高压海门〔5〕。一咏琼瑶百忧散〔6〕,何劳更树北堂萱〔7〕?

〔1〕杨侍郎:指杨於陵,字达夫,元和中为户部侍郎。淮西用兵,杨於陵以供需有阙贬郴州(今属湖南)刺史。广州刺史马总闻杨於陵之贬,有诗寄之,刘禹锡和以此诗。

〔2〕"忽惊"二句:谓朝廷大员贬官郴州。金印,金制印章。朱辖,指车驾。均借指高级官员。鸣珂,高官所乘马以玉为饰,行走时发出响声,此处指官员上朝。

〔3〕"碧落"二句:谓杨於陵虽遭贬谪,但其祖德尚在,朝廷必然念及于此。碧落,即天空,此处代指朝廷。赤泉侯,为《后汉书·杨震传》:"杨震字伯起,弘农华阴人也。八世祖喜,高祖时有功,封赤泉侯。"此喻杨於陵家世祖德。

〔4〕"玉环"句:用杨震事谓杨於陵可凭祖德再为高官。《后汉书·杨震传》注引《续齐谐记》:"(震父)宝年九岁时,至华阴山北,见一黄雀为鸱枭所搏,坠于树下,为蝼蚁所困。宝取之以归,置巾箱中,唯食黄花,百余日毛羽成,乃飞去。其夜有黄衣童子向宝再拜曰:'我西王母使者,君仁爱救拯,实感成济。'以白环四枚与宝:'令君子孙洁白,位登三事,当如此环矣。'"三事即三公之位。台坐,指宰相、三公之位。

119

〔5〕"铜柱"句:用东汉马援事称赞马总。马援平安南时曾在交趾立铜柱纪功。《旧唐书·马总传》:"在南海累年……于汉所立铜柱之处,以铜一千五百斤特铸二柱,刻书唐德,以继伏波之迹。"

〔6〕琼瑶:美玉。此处拟杨、马诗篇。

〔7〕萱草:俗称金针菜、黄花菜,古人谓种植此花可以忘忧,故名忘忧草。《诗·卫风·伯兮》:"焉得谖(萱)草,言树之背。"毛传:"谖草令人忘忧。背,北堂也。"

元和十一年(816)夏作于连州。诗以同情安慰杨於陵之贬为主,又要兼顾马总,很难照顾周到。"赤泉侯""玉环"说杨於陵之祖,"铜柱"说马援兼及马总本人。末联"一咏琼瑶"将杨、马二人合拢,颇见巧思。

窦夔州见寄寒食日忆故姬小红吹笙因和之〔1〕

鸾声窈眇管参差〔2〕,清韵初调众乐随。幽院妆成花下弄〔3〕,高楼月好夜深吹。忽惊暮槿飘零尽〔4〕,唯有朝云梦想期〔5〕。闻道今年寒食日,东山旧路独行迟〔6〕。

〔1〕窦夔州:指窦常,字中行,扶风(今属陕西)人,元和六年为水部员外郎,七年授朗州刺史,十年改夔州(今重庆奉节)刺史。窦常在朗州时有家妓(或官妓),甚宠之,不久卒,常有诗悼之,且寄刘禹锡,刘和以《夔州窦员外使君见示悼妓诗顾余尝识之因命同作》诗;窦再和以诗,刘又为此诗。窦常前后两诗俱已佚。

〔2〕鸾声:鸾凤和鸣之声,此处形容笙声动听。参差:笙管由长短不一的竹管组成,十三根至十九根不等,故云。

〔3〕弄:把玩。此指吹笙。

〔4〕槿:木槿。木槿花朝开暮落,此喻小红早夭。

〔5〕朝云梦想:用宋玉《高唐赋》中楚襄王梦与巫山神女相会事写窦常对小红的思念。

〔6〕"闻道"二句:亦写窦常对小红的思念。东山旧路,用东晋谢安事写窦常伤悼小红。《世说新语·识鉴》:"谢公在东山蓄妓。简文曰:'安石必出。既与人同乐,亦不得不与人同忧。'"刘孝标注引《文章志》曰:"安纵心事外,疏略常节,每蓄女妓,携持游肆也。"

元和十一年(816)作于连州。诗的大半还是在伤悼小红的盛年早夭。用木槿花落形容小红之美,兼寓她生命短促,很贴切,也很形象。末联所写应是照应窦诗,以"旧路独行"作结,含蓄不尽。

酬马大夫以愚献通草荚蒾
酒感通拔二字因而寄别之作〔1〕

泥沙难振拔,谁复问穷通〔2〕?莫讶提壶赠,家传枕曲风〔3〕。
成谣独酌后,深意片言中〔4〕。不进终无已,应须荀令公〔5〕。

〔1〕马大夫:即马总,见前《南海马大夫远示著述兼酬拙诗辄著微诚再有长句时蔡戎未珍故见于篇末》注〔1〕。通草荚蒾(bá qiā)酒:以通草、荚蒾浸泡而成的药酒,有通九窍、活血脉、利关节效用。刘禹锡以此酒赠马总,马总适自岭南节度使入朝为刑部侍郎,有感"通草荚蒾酒"有

121

"通拔"之意,寄诗于刘,刘酬以此诗。

〔2〕"泥沙"二句:谓己深陷困境,难以振拔,他人亦难施援手。

〔3〕"莫讶"二句:以刘伶事写己之好酒。三国魏刘伶《酒德颂》:"有大人先生……止则操卮执觚,动则挈榼提壶,唯酒是务……先生于是方捧罂承槽,衔杯漱醪,奋髯箕踞,枕麹藉糟,无思无虑,其乐陶陶。"刘禹锡与刘伶同姓,故云"家传"。

〔4〕"成谣"二句:宋郭茂倩《乐府诗集》卷八七"杂歌谣辞"收有陈后主等题为《独酌谣》诗六首,此指马总饮酒后所寄诗中当有祝福刘禹锡"振拔"之语。

〔5〕"不进"二句:上句言己不进则永不进,下句言马总进则当如荀彧,官至中书令。荀令,指三国魏荀彧,官至中书令。

元和十二年(817)作于连州。马总寄刘禹锡诗,感谢他赠酒,尤其感谢他"通草芰葵酒"所寓"通、拔"二字。马总诗今不存,但诗中祝愿刘禹锡早日还朝也是应有之意。刘禹锡答诗却只是淡淡地说嗜酒是他的"家传"。末二句于己颇痛切,对人则一如既往有良好祝愿。

酬马大夫登洭口见寄〔1〕

新辞将印拂朝缨〔2〕,临水登山四体轻。犹念天涯未归客,瘴云深处守孤城〔3〕。

〔1〕洭(kuāng)口:洭水(连江)与溱水(北江)的汇合处,在今广东英德市西南。

〔2〕"新辞"句:谓马总卸任节度使,入朝为刑部侍郎。将印,代指

马总原任之节度使。朝缨,朝臣的冠带,代指马总新任朝官。

〔3〕孤城:指连州。

元和十二年(817)作于连州。马总赴京,途经洭口,寄诗刘禹锡,刘答以此诗,马总诗今不存。首二句写马总之得意,末二句写己之久滞不归。"犹念"二字,感激马总个忘故人之意。

插田歌并引

连州城下,俯接村墟,适有所感,遂书其事为俚歌,以俟采诗者。

冈头花草齐,燕子东西飞。田塍望如线[1],白水光参差。农妇白纻裙[2],农父绿蓑衣。齐唱田中歌,嘤咛如竹枝[3]。但闻怨响音[4],不辨俚语词。时时一大笑,此必相嘲嗤。水平苗漠漠[5],烟火生墟落。黄犬往复还,赤鸡鸣且啄。路旁谁家郎,乌帽衫袖长[6]。自言上计吏[7],年初离帝乡。田夫语计吏,君家侬定谙[8]。一来长安道,眼大不相参[9]。计吏笑致辞,长安真大处。省门高轲峨[10],侬入无度数[11]。昨来补卫士[12],唯用筒竹布[13]。君看二三年,我作官人去[14]。

〔1〕田塍(chéng):田埂。
〔2〕白纻裙:白麻布做的裙子。

〔3〕嘤儜(níng)：曲调奇特难懂。竹枝：即《竹枝词》，巴渝一带民歌。

〔4〕怨响音：哀怨而高亢的歌声。

〔5〕苗漠漠：秧苗平整广布貌。

〔6〕乌帽：即乌纱帽。晋以前乌纱帽为官员之帽，至唐时吏民皆可戴。宋以后又为官帽。

〔7〕上计吏：地方官派往京城接洽公务的小吏。

〔8〕"君家"句：犹言你家的景况我很熟悉。

〔9〕"眼大"句：犹言目中无人。不相参，不相识、不相认。

〔10〕省门：指京城中书省、门下省、尚书省等，此处泛指京城衙门。轲峨：高大巍峨。

〔11〕无度数：许多次，无数次。

〔12〕卫士：卫戍京城或禁苑的禁军。

〔13〕筒竹布：又称筒中布、筒布，古代细布的一种，因多卷作筒形，故名。

〔14〕官人：官吏，此指卫士。

　　元和十二年(817)作于连州。全诗用通俗的语言写连州农民插秧以及劳作时唱歌自娱等情景。诗中对连州小吏与田夫对话的描写，诙谐而不乏善意的讽刺，如闻其声，如见其貌。明锺惺云："风土诗必身至其地，始知其妙，然使未至者读之，茫然不晓何语，亦是口头笔下不能运用之过。"(《唐诗归》)此诗的妙处即在于口头笔下有运用之妙。

元日感怀

振蛰春潜至〔1〕，湘南人未归。身加一日长，心觉去年非。燎火委虚烬〔2〕,儿童炫彩衣。异乡无旧识,车马到门稀。

〔1〕振蛰:冬眠之虫振翅,谓春日至。《礼记·月令·孟春之月》:"东风解冻,蛰虫始振。"

〔2〕燎火:除夕夜所燃火炬。

元和间作于连州。元日,是旧历正月初一,为传统节日中最具欢庆意义的一天。然而人过中年之后,元日却又最能触动身世之感,此诗即将元日的两种气氛掺杂在一起写。首联一句写春日来临,一句写人未归;次联一句写人增寿,一句写今是而昨非;三联一句写燎火成为灰烬,一句写儿童炫耀彩衣;末联总写两句"异乡无旧识,车马到门稀"。诗人有意如此安排,读来五味杂陈。

南中书来

君书问风俗,此地接炎州〔1〕。淫祀多青鬼〔2〕,居人少白头〔3〕。旅情偏在夜,乡思岂唯秋?每羡朝宗水〔4〕,门前尽日流。

〔1〕炎州:泛指南方炎热地方。

〔2〕淫祀:不合礼制的祭祀、妄滥之祀。青鬼:佛家语,青色的鬼,在地狱呵责罪人者。此处泛指南人滥祀之鬼。

〔3〕"居人"句:谓人大多短命而死。

〔4〕朝宗水:流注大水的小水。《尚书·禹贡》:"江汉朝宗于海。"

古代诸侯春、夏朝见天子，后泛指臣下朝见帝王。

元和间作于连州。因友人来信询问连州风俗而触发谪居感慨。唐时岭南为"百越"所居，不但地处僻远，且风俗习惯与中原迥异。"淫祀多青鬼，居人少白头"两句既写出了连州异俗，又写出了诗人内心的忧惧。贞元间，韩愈贬阳山令（阳山唐时属连州）时有《送区册序》一文，云："阳山，天下之穷处也……县郭无居民……小吏十余家，皆鸟言夷面。始至，言语不通，画地为字，然后可告以租赋，奉期约。"可与此诗对读。

观棋歌送俨师西游[1]

长沙男子东林师，闲读艺经工弈棋[2]。有时凝思如入定，暗覆一局谁能知[3]。今年访予来小桂[4]，方袍袖中贮新势[5]。山城无事秋日长，白昼懵懵眠匡床[6]。因君临局看斗智，不觉迟景沉西墙[7]。自从山人遇樵子[8]，直到开元王长史[9]。前身后身付余习[10]，百变千化无穷已。初疑磊落曙天星，次见搏击三秋兵[11]。雁行布陈众未晓，虎穴得子人皆惊[12]。行尽三湘不逢敌，终日饶人损机格[13]。自言台阁有知音[14]，悠然远起西游心。商山夏木阴寂寂[15]，好处徘徊驻飞锡[16]。忽思争道画平沙[17]，独笑无言心有适。蔼蔼京城在九天，贵游豪士足华筵。此时一行出人意，赌取声名不要钱。

〔1〕儇(xuān)师:据诗,为庐山东林寺僧人,工弈棋,余不详。儇师逗留连州后将北游(连州在长安之南,然而自长安至连州,先取东行之路,此自连往长安故曰西行)长安,刘禹锡为此诗相送。

〔2〕艺经:此指棋经。艺,棋艺。

〔3〕暗覆:棋局结束之后,对弈双方为推究棋局重新排布棋子称作覆局;强记并精于棋艺者可以默记全局,在心中覆局,称作暗覆。

〔4〕小桂:指桂阳,即连州。唐时连州治桂阳。

〔5〕新势:新的布局。

〔6〕匡床:方正的床。

〔7〕迟景:夕阳。

〔8〕山人遇樵子:《渊鉴类函》卷三二九引《文苑汇隽》:"有人驾牛采樵,入蒙秦山,见二老人弈棋,其人系牛坐斧而观。局未终,老人谓曰:'非汝久留之所。'樵起而斧柯已烂,牛已为枯矣。"

〔9〕开元王长史:谓王积薪,天宝中为右领军卫长史。王积薪博艺多能,尝以棋待诏翰林。《渊鉴类函》卷三二九引《天中记》:"翰林棋者王积薪,从明皇幸蜀,寓宿深溪之家,但有妇姑,止给水火,才瞑阖户。积薪夜闻姑谓妇曰:'良宵无以为适,与子手谈,可乎?'堂内无烛,妇姑各在东西室对谈。已而姑曰:'子已北矣,吾止胜九枰耳。'迟明,王具礼请问,出局,尽平生之好。布子未及数十,姑谓妇曰:'是子可教以常势。'因指示攻守杀夺救应防拒之法,其意甚略,曰:'此已无敌人间矣。'谢而别,回顾,失向之室矣。"

〔10〕"前身"句:谓儇师酷爱棋艺,是前世今生都无法舍弃的嗜好。

〔11〕"初疑"二句:写对弈过程中棋盘上棋子由少到多。围棋起始,棋枰落子稀少,故云"曙天星";进入中局后,棋枰落子渐多,故云"三秋兵"。

〔12〕"雁行"二句:写儇师善于布局、杀子,棋艺惊人。《渊鉴类函》

127

卷三二九引《山堂肆考》云："晋潘茂名,永嘉中入山,逢二道士弈棋,立观,久之,道士顾谓曰:'子亦爱此否?'答曰:'入犹蛇窦,出似雁行。'道士笑可其说。"

〔13〕饶人:围棋术语,即让子、让先(让对方先落子)之意。损机格:损伤棋艺。机格,规格、格式。此处指棋艺水平。

〔14〕台阁:中央官署。

〔15〕商山:秦岭在今陕西商洛的一段。

〔16〕驻飞锡:停歇。飞锡,佛教语,谓僧人游方。锡指僧人所持的禅杖,杖头有一铁卷,中段用木,下安铁纂,振时作声。

〔17〕争道:围棋术语,谓行棋时争抢有利位置。画平沙:在沙地上画棋局。

元和间作于连州。唐人赋棋之诗甚多,此首可谓得围棋之理趣,如"初疑磊落曙天星,次见搏击三秋兵"等,非精于棋艺者不能言。俨师乃禅师,但痴迷棋艺,看重棋名,似背离了佛徒本色,结尾"赌取声名不要钱"一句,语约义丰,饶有意味。

平蔡州三首〔1〕

其一

蔡州城中众心死〔2〕,祆星夜落照壕水〔3〕。汉家飞将下天来,马箠一挥门洞开〔4〕。贼徒崩腾望旗拜,有若群蛰惊春

128

雷。狂童面缚登槛车,大帛夭矫垂捷书[5]。相公从容来镇抚,常侍郊迎负文弩[6]。四人归业闾里闲,小儿跳浪健儿舞[7]。

〔1〕蔡州:即今河南汝阳,唐时为淮西节度使治所。元和九年,淮西(又称彰义军)节度使吴少阳死,其子吴元济隐不报表,自称留后,四出焚掠,旋自立为节度使,据蔡州叛。宪宗发兵讨之,久不能胜,而贼势益炽。元和十二年七月,宪宗以丞相裴度兼彰义军节度使,十月,裴度用李愬计,夜袭蔡州,擒吴元济,蔡州平。刘禹锡远在连州,闻蔡州大捷,为此诗。

〔2〕众心死:谓蔡州叛军人心涣散。

〔3〕祅星:即妖星。祅,同“妖”。古人以彗星为妖星,彗星陨落预示灾祸降临。此谓吴元济已临穷途末路。

〔4〕“汉家”二句:写李愬夜袭蔡州。汉家飞将,汉时李广被匈奴人号为“飞将军”,此指李愬。马篦,马鞭。《资治通鉴》卷二四〇“宪宗元和十二年”略云:“(李愬)将三千人为中军,命田李诚将三千人殿其后。……诸将请所之,愬曰:‘入蔡州取吴元济!’……夜半,雪愈甚,行七十里,至州城。……自吴少诚拒命,官军不至蔡州城下三十余年,故蔡人不为备。壬申,四鼓,愬至城下,无一人知者。李祐、李忠义镢其城,为坎以先登,壮士从之。守门卒方熟睡,尽杀之,而留击柝者,使击柝如故。遂开门纳众,及里城,亦然,城中皆不之觉。鸡鸣,雪止,愬入居元济外宅。或告元济官军至、城陷,元济尚寝……”

〔5〕“狂童”二句:谓李愬军生擒吴元济,蔡州大捷布告天下。据《资治通鉴》卷二四〇,李愬军攻入蔡州牙城,“元济于城上请罪,进诚梯而下之,甲戌,愬以槛车送元济诣京师”。狂童,轻狂顽劣的少年,此指吴元济。元和十二年元济被斩于京师,时年三十四岁。面缚,双手反绑于

129

背而面向前。槛车,押送囚犯的车。大帛,粗丝制成的厚帛。夭矫,纵恣貌,此指捷书随风飘动。

〔6〕"相公"二句:写宰相裴度来安抚已降乱军,李愬出城迎接。据《资治通鉴》卷二四〇:"(裴度)将降卒万余人入城,李愬具櫜鞬(箭囊)出迎,拜于路左。"常侍,即散骑常侍,尚书省官职名,此指李愬。时李愬检校左散骑常侍兼邓州刺史、随邓唐节度使之职随军讨吴元济。负文弩,谓背负弓箭开路先行,为古代迎接贵宾之礼节。文弩,有文饰的弓弩。

〔7〕"四人"二句:写蔡州平定后百姓安乐,军民同庆。四人,士、农、工、商为四民,唐人避太宗讳称四人。健儿,指唐政府兵士。

其二

汝南晨鸡喔喔鸣[1],城头鼓角音和平。路傍老人忆旧事,相与感激皆涕零。老人收泣前致辞,官军入城人不知。忽惊元和十二载,重见天宝承平时[2]。

〔1〕汝南:即蔡州。隋大业二年改蔡州为汝南郡,唐初复置豫州,代宗初仍为蔡州。

〔2〕天宝:唐玄宗年号,为唐之和平鼎盛时代。

其三

九衢车马浑浑流[1],使臣来献淮西囚[2]。四夷闻风失匕箸[3],天子受贺登高楼。妖童擢发不足数,血污城西一抔

130

土[4]。南烽无火楚泽闲,夜行不锁穆陵关[5]。策勋礼毕天下泰[6],猛士按剑看常山[7]。时唯常山不庭。

〔1〕九衢:长安大道。浑浑:同"滚滚",形容车水马龙往来如流水。

〔2〕淮西囚:指吴元济。李愬擒吴元济,以槛车送入京师。

〔3〕四夷:泛指四方抗命的藩镇。失匕箸:惊惶失措貌。匕箸,羹匙与筷子。《三国志·蜀书·先主传》:"先主方食,失匕箸。"

〔4〕"妖童"二句:谓吴元济罪恶深重,被斩于长安西市。《旧唐书·宪宗纪》:"(元和十二年十一月)元济至京,上御兴安门受俘,遂以吴元济献庙社,斩于独柳之下。"独柳树,在长安西市。宋敏求《长安志》谓西市有独柳,注云:"刑人之所。"

〔5〕"南烽"二句:谓南方再无烽火之警,安静无战事,穆陵关也夜不锁关。穆陵关有三处,此处所指应是位于今湖北麻城北一百里的穆(穆一作木)陵关,其与蔡州所属光山县相接。

〔6〕策勋:指宪宗封赏平定淮西功臣。

〔7〕常山:郡名,即恒州,元和十五年又改镇州,为成德军节度使治所。蔡州平后,只有成德军节度使对朝廷抗命不庭。成德军节度使王承宗元和十年反,宪宗发六道兵讨王承宗,久无功,遂罢之。朝士多言"宜并力先取淮西,俟淮西平,乘其胜势,回取恒冀"(《资治通鉴》卷二四〇),宪宗从之。至淮西平,元和十三年四月,王承宗惧,献德、棣二州,朝廷原之。此是后话。

元和十二年(816)冬作于连州。安史乱后,困扰唐朝政府最大的事端,就是藩镇割据。肃、代、德、顺宗四朝,对藩镇姑息者多,兴兵讨叛者少。宪宗元和年间的平定蔡州,在整个中晚唐都难得一见,宪宗一朝以是有"中兴"之誉。远在连州的刘禹锡由衷地为朝廷平叛胜利感到高兴,写诗歌颂。第一首写李愬雪夜奇袭而大获全胜,笔势峥嵘矫健;第二首借蔡州老人之口写出民心所向;第三首希望朝廷一鼓作气,削平藩镇。

城西行[1]

城西蔟蔟三叛族[2],叛者为谁蔡吴蜀[3]。中使提刀出禁来[4],九衢车马轰成雷。临刑与酒杯未覆,仇家白官先请肉[5]。守吏能然董卓脐,饥鸟来觇桓玄目[6]。城西人散泰阶平[7],雨洗血痕春草生。

〔1〕城西:指长安西市之独柳树,为行刑之所,详见《平蔡州》其一注。此因元和间三叛将被诛而作。

〔2〕蔟蔟:丛集貌。此指元和间连续斩叛藩于独柳树下。三叛族:即吴元济、李锜、刘辟家族部属。吴元济被诛时,判官刘协庶等七人同时被斩(弟二人、子三人流于江陵,诛之);元和二年镇海军节度使李锜反,旋被族诛;元和元年,剑南西川节度使刘辟反,被俘,妻子及部属皆被斩。

〔3〕蔡吴蜀:吴元济彰义军治蔡州,李锜镇海军治润州(在吴地),刘辟剑南西川节度使治成都(在蜀地),故云。

〔4〕中使:执行死刑的宦官。

〔5〕"临刑"二句:言罪人刚一伏诛,仇家便向监斩官告请食其肉。

〔6〕"守吏"二句:用汉末董卓、东晋桓玄事写叛将被诛杀的结局。然,同"燃"。《三国志·魏书·董卓传》裴松之注引《英雄记》:"卓素肥,膏流浸地,草为之丹。守尸吏暝以为大炷,置卓脐中以为灯,光明达

旦,如是积日。"桓玄以都督荆江等八州军事、荆江二州刺史、后将军,总揽内外大权,自封楚王,废晋安帝,自称帝。后为刘裕等所败,退入益州,被益州刺史毛璩所杀。当桓玄篡位时,有童谣曰:"草生及马腹,乌啄桓玄目。"后果如所言。

〔7〕泰阶平:谓天下太平。泰阶,星座名,即三台。上台、中台、下台共六星,两两并排而斜上,如阶梯,故名。

元和十二年(817)作于连州。此诗以三藩叛帅被戮歌颂宪宗功业。或以为此诗为"刺滥诛",恐失其旨。三叛帅皆嗜杀成性,诗中稍涉血腥,意在"恶人必有恶报",并以此警告不庭之藩帅如淄青李师道、恒州王承宗等。元和元年,剑南刘辟及其妻孥被处斩,时任国子监博士的韩愈作《元和圣德诗》,描写亦有血腥味。这是当时痛切藩镇割据士人的共同情绪。

平齐行二首

其一

胡尘昔起蓟北门[1],河南地属平卢军[2]。貂裘代马绕东岳,峄阳孤桐削为角[3]。地形十二虏意骄,恩泽含容历四朝[4]。鲁人皆科带弓箭,齐人不复闻箫韶[5]。今朝天子圣神武,手握玄符平九土[6]。初哀狂童袭故事,文告不来方振怒[7]。去秋诏下诛东平,官军四合犹婴城[8]。春来群乌噪且惊,气如坏山堕其庭[9]。牙门大将有刘生,夜半射落欃枪星[10]。帐中膏血流满地,门外三军舞连臂。驿骑函首过黄河[11],城中无贼天气和。朝廷侍郎来慰抚[12],耕夫满野行人歌。

〔1〕"胡尘"句:谓天宝末年爆发安史之乱。蓟,即蓟县,故址在今北京,唐时为幽州节度使治所。

〔2〕河南:唐十道(天宝间增为十五道)之一,约有今河南、山东黄河以南地区。平卢军:平卢节度使所领之军。平卢军之置,在玄宗开元七年(719),治营州(故址在今辽宁锦州西北)。肃宗上元二年(761),平卢节度使侯希逸引兵保青州,授青密节度使,称淄青平卢节度使,领淄(今山东淄博)、青(今山东益都)、齐(今山东济南)、登(今山东蓬莱)、莱(今山东掖县)、郓(今山东东平)、曹(今山东菏泽)、濮(故址在今河南鄄城北)数州,遂有河南之地。

〔3〕"貂裘"二句:谓北方叛军南下占领山东,齐鲁之地陷于战乱。貂裘代马,代指北方叛军。代马,代郡(今山西北部)所产之马。峄阳孤桐,峄阳(在今山东邹县南)所产之桐,为制琴良材。《尚书注疏》卷六《禹贡》"峄阳孤桐"下注:"峄山之阳特生桐,中琴瑟。"角,军号。

〔4〕"地形"二句:谓平卢地形险要,其节度使恃险而骄,代、德、顺、宪四朝只能容忍。《史记·高祖本纪》:"秦,形胜之国,带河山之险,县(悬)隔千里,持戟百万,秦得百二焉……夫齐,东有琅琊、即墨之饶,南有泰山之固,西有浊河之限,北有勃海之利,持戟百万,县(悬)隔千里之外,齐得十二焉。"裴骃集解引苏林曰:"得百中之二焉。秦地险固,二万人足当诸侯百万人也。十二,得十中之二。"

〔5〕"鲁人"二句:谓齐鲁之地战事频仍,兵役不断,而礼乐教化不复行。科,分摊、分派。箫韶,相传为舜时音乐。《尚书·益稷》:"《箫

韶》九成,凤凰来仪。"《论语·述而》:"子在齐闻《韶》,三月不知肉味。"

〔6〕"今朝"二句:谓宪宗英明神武,平定叛乱。天子,指唐宪宗。玄符,天符、符命,上天降临的瑞征。《旧唐书·宪宗纪》:元和十四年七月,"群臣上尊号曰元和圣文神武法天应道皇帝"。

〔7〕"初哀"二句:谓宪宗遵循前朝惯例容忍李师道,其后因李师道过于狂悖而发兵进讨。狂童,轻狂顽劣的少年,此指李师道。师道为师古异母弟,时为密州刺史。元和元年(806)闰六月,平卢及淄青节度使李师古卒,其家奴秘不发丧,潜使迎师道于密州,奉其为节度副使。宪宗因蜀川刘辟事方扰,不能加兵于师道,元年七月,授师道淄青节度留后,权知郓州事。元和十二年(817)淮西平,师道恐惧,上表乞听朝旨,请割三州并遣长子入侍宿卫,诏许之。既而师道表言军情不谐,不献三州及纳质。元和十三年七月,下制罪状李师道,令宣武、魏博、义成、武宁、横海兵共讨之。故事,约定成俗的规矩。安史乱后,河北、河南一带藩镇父子或兄弟相继承、不经朝廷认可几成为惯例。

〔8〕"去秋"二句:谓元和十三年七月宪宗下诏进讨李师道,数道兵马进讨淄青,对郓城几成合围之势。东平,郡名,即郓州。婴城,环围城池。

〔9〕"群乌"二句:谓入春以来朝廷军队气势大如山崩,叛军军中乌鸦惊噪预示他们行将兵败。

〔10〕"牙门"二句:写淄青兵马使刘悟生擒李师道。欃(chán)枪星,即彗星,喻战争、杀戮。李师道使刘悟将兵当魏博军,败。师道数令促战,刘悟师未进。师道乃使奴召悟议事,悟知师道欲杀己,乃称病不出,召诸将吏谋曰:"悟与公等皆被驱逐就死地,何如转祸为福,杀其来使,以兵趣郓州,立大功以求富贵?"众皆曰:"善。"乃迎其使而斩之,使士皆饱食执兵,夜半听鼓二声绝,即行,人衔枚,马缚口,遇行人执留之,人无知者。比至,子城已洞开,惟牙城拒守,俄知力不支,皆投弓于地。

悟勒兵升厅事,使捕李师道等,皆斩之,函师道父子三首送田弘正(魏博节度使),弘正大喜,露布以闻。事见两《唐书·李师道传》及《资治通鉴》卷二四〇。

〔11〕函首:以木匣盛首级。过黄河:时田弘正魏博之兵在黄河以北,郓州在黄河以南,故须过黄河。

〔12〕侍郎:指户部侍郎杨於陵。李师道败亡后,朝廷命户部侍郎杨於陵为淄青宣抚使,处理战后事宜。

其二

泰山沈寇六十年,旅祭不飨生愁烟〔1〕。今逢圣君欲封禅,神使阴兵来助战〔2〕。妖氛扫尽河水清,日观杲杲卿云见〔3〕。开元皇帝东封时,百神受职争奔驰。千钧猛虡顺流下,洪波涵澹浮熊罴〔4〕。侍臣燕公秉文笔,玉检告天无愧词〔5〕。当今睿孙承圣祖,岳神望幸河宗舞〔6〕。青门大道属车尘,共待蒇蕤翠华举〔7〕。

〔1〕"泰山"二句:言李师道父子长久割据淄青,致使朝廷祭祀泰山的大礼不能施行。泰山沈寇,淄青初辖六州(后扩展至辖有十二州),泰山在其范围之内。六十年,自代宗广德至宪宗元和,淄青父子、兄弟相传(李正己传其子李纳,纳传于其子师古、师道),不归顺朝廷已六十年。

〔2〕"今逢"二句:言宪宗欲封禅泰山,泰山之神亦使神兵帮助朝廷。阴兵,神兵。

〔3〕"妖氛"二句:言李师道败亡后,河水清、祥云见,天地一片祥和。日观,泰山日观峰。杲杲,日出东升。

〔4〕"开元"以下四句：言开元十三年十月玄宗封禅泰山，天地山川百神皆受皇帝之封，时猛士如云，顺流而下。猛虡(jù)、熊罴，皆为传说中的猛兽，此指军士。

〔5〕"侍臣"二句：言玄宗东封时，中书令张说(后封燕国公)受命撰《东封仪注》《封禅坛颂》，告天成功。玉检，即玉牒。古代帝王封禅、郊祀的玉简文书。

〔6〕"当今"二句：言宪宗(玄宗五代孙)继承了玄宗的英明神武，河岳之神都期待宪宗的封禅、临幸。

〔7〕"青门"二句：谓期待皇帝东封。青门，长安东门。皇帝东行要出长安东门，故云。属车，皇帝随行车辆。翠华，帝王仪仗。

元和十四年(819)作于连州。元和十四年二月，反叛的淄青平卢节度使李师道授首，河南道淄青等十二州皆平，刘禹锡作此诗歌颂之。元和十二年平定淮西和十四年平定淄青，在宪宗的"中兴"事业上，最具重要意义。淮西平，河北、河南藩镇互通声气、互为倚重的格局被打破；而李师道授首、淄青十二州分解为三，"自广德(代宗年号)以来，垂六十年，藩镇跋扈河南、北三十余州，自除官吏，不供贡赋，自是尽遵朝廷约束"(《资治通鉴》卷二四〇)。宪宗朝这两次大的战役，刘禹锡皆有诗纪其事，充分反映了他对藩镇的态度。淄青叛平，群臣有议论行封禅事者，刘禹锡虽远在连州，亦为朝廷大局所感动，赞成封禅，然宪宗朝并无封禅之事。

莫徭歌〔1〕

莫徭自生长，名字无符籍〔2〕。市易杂鲛人〔3〕，婚姻通木客〔4〕。星居占泉眼〔5〕，火种开山脊〔6〕。夜渡千仞溪，含沙不能射〔7〕。

〔1〕莫徭：瑶族的古称。徭或作猺、傜。

〔2〕符籍：官府登记人户的簿籍。

〔3〕鲛人：神话传说中的人鱼，此处泛指海上以捕鱼为生者。

〔4〕木客：传说中居于深山的精怪，或为久居深山的野人。《太平御览》卷八八四引晋邓德明《南康记》："木客，头面语声亦不全异人，但手脚爪如钩利，高岩绝峰然后居之。"此处指居于深山的人。

〔5〕星居：居处分散如天上星。

〔6〕火种：烧山垦田而种。参见长庆间《畬田行》诗注。

〔7〕含沙：晋干宝《搜神记》卷一二："汉光武中平中，有物处于江水，其名曰蜮，一曰短狐，能含沙射人。所中者则身体筋急，头痛，发热，剧者至死。"后以"含沙射影"比喻暗中诽谤中伤。

元和间作于连州。刘禹锡所处的连州，是汉、瑶杂居之处。《隋书·地理志下》："长沙郡又杂有夷蜑，名曰莫徭，自云其先祖有功，常免徭役，故以为名。其男子但着白布裈衫，更无巾袴……"可见莫徭或即今天白裤瑶的祖先。全诗写莫徭风俗，虽见奇怪，绝无鄙夷。

连州腊日观莫徭猎西山〔1〕

海天杀气薄〔2〕，蛮军部伍嚣〔3〕。林红叶尽变，原黑草初烧。围合繁钲息〔4〕，禽兴大旆摇〔5〕。张罗依道口，嗾犬上山腰。

猜鹰屡奋迅[6]，惊麏时踙跳[7]。瘴云四面起，腊雪半空消。箭头余鹄血，鞍傍见雉翘。日暮还城邑，金笳发丽谯[8]。

〔1〕腊日：腊祭之日，汉以前以冬至后第三个戌日为腊日，后固定为农历腊月初八日。

〔2〕薄：逼近。

〔3〕蛮军：此指莫徭族人。莫徭人狩猎举族行动，部署有如军队。

〔4〕钲：乐器，形似钟而狭长，以物敲击而鸣。

〔5〕禽兴：鸟飞起。

〔6〕猜鹰：猎鹰。鹰性多疑好猜，故云。

〔7〕麏(jūn)：獐子。踙跳：畏缩跳跃。

〔8〕丽谯：华丽的高楼，此指城楼。

元和间作于连州。全诗先写狩猎前的环境和气氛，次写狩猎的过程，后写狩猎所获及日暮归来，时间的推进和空间的展开十分清楚。末联以"瘴云"点染连州，以"腊雪"照应题面，并暗起"日暮"，章法严谨。

海阳十咏并引

元次山始作海阳湖[1]，后之人或立亭榭，率无指名，及予而大备。每疏凿构置，必揣称以标之，人咸曰有旨[2]。异日，迁客裴侍御为十咏以示予[3]，颇明丽而不虚美，因捃拾裴诗所未道者[4]，从而和之。

吏隐亭[5]

结构得奇势,朱门交碧浔[6]。外来始一望,写尽平生心。日轩映波影,月砌镂松阴。几度欲归去,回眸情更深。

〔1〕元次山:即元结。《新唐书·元结传》未载元结为连州刺史。代宗永泰、大历间,元结任道州刺史,道州与连州相邻,或以为元结刺道州期间兼摄连州。刘禹锡《吏隐亭述》云:"海阳之名,自元先生。先生元结,有铭其碣。元维假符,予维左迁。"亦持此说。海阳湖:《方舆胜览》卷三七"连州":"海阳湖,在桂阳东北二里。唐大历间,元结到此,创湖,通小舟游泛。"按,唐时连州又称桂阳郡。

〔2〕有旨:有意味。

〔3〕裴侍御:名字不详,或是贬为连州州郡佐属者,其《海阳十咏》今不存。

〔4〕捃(jùn)拾:拾取。

〔5〕吏隐:犹言身虽为官吏而隐,与隐于山林者不同。

〔6〕碧浔:指海阳湖水。浔,水边。

切云亭[1]

迥破林烟出,俯窥石潭空。波摇杏梁日[2],松韵碧窗风[3]。隔水生别岛,带桥如断虹。九疑南面事[4],尽入寸眸中。

〔1〕切云:高耸入云,此状亭高。《楚辞·九章·涉江》:"冠切云之

崔嵬。”

〔2〕杏梁：文杏材质的梁木。文杏即银杏，俗称白果树，其木质坚密，是珍贵的高级木材。司马相如《长门赋》：“刻木兰以为榱兮，饰文杏以为梁。”王维《辋川集·文杏馆》：“文杏以为梁。”

〔3〕松韵：松涛声。

〔4〕“九疑”句：言舜南巡葬于九疑山事。九疑，山名，在今湖南宁远南。《山海经·海内经》：“南方苍梧之丘，苍梧之渊，其中有九嶷山，舜之所葬，在长沙零陵界中。”郭璞注：“其山九谿皆相似，故云‘九疑’。”

云英潭〔1〕

芳幄覆云屏〔2〕，石奁开碧镜〔3〕。支流日飞洒〔4〕，深处自凝莹〔5〕。潜去不见迹，清音常满听。有时病朝醒〔6〕，来此心神醒。

〔1〕云英：云母的一种。

〔2〕芳幄：华美的帐幕，此处形容潭水周围芳草丛生犹如华屋。云屏：用云母装饰的屏风，此指云英潭。

〔3〕石奁：石做的梳妆匣，此指云英石。碧镜：形容潭水。

〔4〕支流：细流，此指细股的瀑布水。

〔5〕凝莹：形容潭水如碧玉。

〔6〕朝醒：宿酒未醒。

玄览亭〔1〕

萧洒青林际，夤缘碧潭隈〔2〕。淙流冒石下，轻波逐砌回。香风过人度,幽花覆水开。故令无四壁,清夜月光来。

〔1〕玄览:远见,深察。陆机《文赋》:"伫中区以玄览,颐情志于典坟。"

〔2〕夤(yín)缘:连接。隈:山水弯曲处。

裴溪[1]

楚客忆关中[2],疏溪想汾水[3]。萦纡非一曲,意态如千里。倒影罗文动[4],微波笑颜起。君今赐环归[5],何人承玉趾[6]?

〔1〕裴溪:大约以裴御史命名者。原题下有注:"时御史已遇新恩。"说明裴某将奉调回京,故以裴之姓名溪水。

〔2〕楚客:此指裴御史。关中:此指长安。

〔3〕疏溪:浅溪。汾水:在今山西。自山西北部南流,于河津入黄河,古属河东境内,河东又为裴姓郡望,故云。

〔4〕罗文:流水波纹。文,同"纹"。

〔5〕赐环:旧时放逐之臣,遇赦召还谓"赐环"。语本《荀子·大略》:"绝人以玦,反绝以环。"按,环、还取其音同。

〔6〕玉趾:脚步。

飞练瀑[1]

晶晶掷岩端,洁光如可把。琼枝曲不折,雪片晴犹下。石坚激清响,叶动承余洒〔2〕。前时明月中,见是银河泻。

〔1〕飞练:形容瀑布如练。练,白色丝织品。
〔2〕馀洒:飞溅的瀑布水。

蒙池〔1〕

潆渟幽壁下〔2〕,深静犹无力。风起不成文,月来同一色。地灵草木腴,人远烟霞逼。往往疑列仙,围棋在岩侧。

〔1〕蒙池:水池为草木所覆盖,故曰蒙池。
〔2〕潆(yíng)渟:水聚集不流貌。

棼丝瀑〔1〕

飞流透嵌隙〔2〕,喷洒如棼丝。含晕迎初旭,翻光破夕曛。余波绕石去,碎响隔溪闻。却望琼沙际,逶迤见脉分。

〔1〕棼丝:头绪多,错杂如丝,此处形容瀑布水流细而纷乱如丝。
〔2〕嵌隙:岩石缝隙。

双溪

流水绕双岛,碧溪相并深。浮花拥曲处,遗影落中心。闲鹭久独立,曝龟惊复沉。苹风有时起〔1〕,满谷箫韶音。

〔1〕苹风:微风。语出宋玉《风赋》:"夫风生于地,起于青蘋之末。"

月窟[1]

溅溅漱幽石[2],注入团圆处。有如常满杯,承彼清夜露。岩曲月斜照,林寒春晚煦。游人不敢触,恐有蛟龙护。

〔1〕月窟:月之宿处,此指深潭。
〔2〕溅(jiān)溅:亦作浅浅,水流声。王维《辋川集·栾家濑》:"飒飒秋雨中,浅浅石溜泻。"

元和间作于连州。海阳湖为连州有文献记载的名胜之一,稍早于刘禹锡的吕温有《初发道州答崔三连州海阳亭见寄绝句》诗。刘禹锡为连州刺史,疏浚海阳湖,建楼台亭阁,将湖与周围山岩、瀑布、流溪、潭水连成一体,其《海阳湖别浩初师·引》云:"吾郡以山水冠世,海阳又以奇甲一州。"海阳湖明代尚有记载(见《永乐大典·连州残卷》),至清时壅塞为田,亭阁俱废。

盛唐王维经营辋川别业,因景赋诗,与裴迪唱和,为《辋川集》四十首,嗣后为许多州郡刺史所仿,如韦处厚刺开州,筑盛山,作《盛山十二诗》,张籍有和诗;刘伯刍为虢州,筑三堂,作《三堂新题二十一咏》(诗已佚),韩愈有和诗。韦处厚、张籍、韩愈诗多仿王、裴《辋川集》,为五言绝句,而刘禹锡之《海阳十咏》为五言八句,或律,或不律,继承中有变化。

重至衡阳伤柳仪曹并引^{〔1〕}

元和乙未岁^{〔2〕}，与故人柳子厚临湘水为别。柳浮舟适柳州，余登陆赴连州。后五年，余从故道出桂岭，至前别处，而君没于南中。因赋诗以投吊。

忆昨与故人，湘江岸头别。我马映林嘶，君帆转山灭。马嘶循古道，帆灭如流电。千里江蓠春^{〔3〕}，故人今不见。

〔1〕柳仪曹：柳宗元。隋炀帝时改礼部员外郎为仪曹郎。柳宗元曾任礼部员外郎，故称。柳宗元元和十四年十一月十八日卒于柳州。柳病危时草就遗书，向刘禹锡、韩愈等托以后事。而其时刘母病逝于连州，刘扶柩归洛阳，至衡阳时，始获知柳宗元凶耗，伤感之余，为此诗。

〔2〕乙未岁：元和十年。

〔3〕江蓠：又作江离，香草名。屈原《离骚》："扈江离与辟芷兮，纫秋兰以为佩。"

元和十五年（820）春作于衡阳。世事难料，四年前刘禹锡与柳宗元分手之地与今日得到柳宗元凶耗之地，皆在衡阳，时令皆在春天，难道天意如此？全诗皆从此立意。"君帆转山灭"，怨别去太快，"故人今不见"，恨永无再见机会，两相对比，从实写来，沉痛无比。

长庆时期

鄂渚留别李二十六表臣大夫[1]

高樯起行色,促柱动离声[2]。欲问江深浅,应知远别情。

〔1〕李二十六:李程,字表臣,陇西(今属甘肃)人,贞元十二年进士登第,同年登博学宏词科。元和中历仕司勋员外郎、随州刺史、兵部郎中、中书舍人等,十三年六月出为鄂岳观察使、鄂州刺史。

〔2〕促柱:急弦。

元和十四年冬,刘禹锡奉母丧归洛阳丁忧,穆宗长庆元年(821)冬服满,除夔州刺史,岁末赴任,此为赴任途中经鄂州(湖北武汉)作。末句由李白《金陵酒肆留别》"请君试问东流水,别意与之谁短长"化出,然似不如李诗圆转而妙。

松滋渡望峡中[1]

渡头轻雨洒寒梅,云际溶溶雪水来。梦渚草长迷楚望[2],夷陵土黑有秦灰[3]。巴人泪应猿声落[4],蜀客船从鸟道回。

146

十二碧峰何处所^[5]，永安宫外是荒台^[6]。

〔1〕松滋渡：长江渡口，在今湖北枝江、松滋两县之间，西陵峡在其西北。

〔2〕梦渚：即云梦泽，为古薮泽名，具体范围已不详，古代诗词中常以云梦泽泛指今湖北、湖南境内的湖泊。楚望：楚地山川。

〔3〕夷陵：唐县名，为峡州治所，即今湖北宜昌。秦灰：秦灭楚时战火毁坏后的灰烬。《史记·白起列传》："白起攻楚……拔郢，烧夷陵。"

〔4〕"巴人"二句：写三峡交通险绝。猿声，《水经注·江水》："故渔者歌曰：'巴东三峡巫峡长，猿鸣三声泪沾裳。'"杜甫《秋兴八首》其二："听猿实下三声泪。"鸟道，鸟才能飞过的道路。李白《蜀道难》："西当太白有鸟道，可以横绝峨眉巅。"

〔5〕十二碧峰：指巫山十二峰。十二峰说法不一，宋祝穆《方舆胜览》卷五十七载十二峰为望霞、翠屏、朝云、松峦、集仙、聚鹤、净坛、上升、起云、飞凤、登龙、圣泉。

〔6〕永安宫：汉末公孙述所筑，蜀先主刘备崩于此，故址在今重庆奉节。荒台：此指战国时楚之阳台，一名阳云台，故址在今重庆巫山县北阳台山上，为楚襄王游憩之地。

长庆二年（822）春赴夔州刺史任途中作。旧制，子女为父母服丧二十七个月，刘禹锡在洛阳丁母忧两年多后，新的任命是与连州同样荒僻的夔州（今重庆奉节）刺史。穆宗即位，改元后大赦天下，然而仍未顾及摈斥已久的刘禹锡等人。所以，夔州的任命虽未出刘禹锡意料之外，然而他的心情却是沉重而迷茫的，这首七律即是这种心情的反映。刘禹锡对"巴人泪应猿声落"一联非常自赏，范摅《云溪友议》卷中载："中山刘公曰：'顷在夔州，少逢宾客，纵有停舟相访，不可久留，而独吟曰:巴人泪应猿声落,蜀客舟从鸟道来。'"

始至云安寄兵部韩侍郎
中书白舍人[1]

天外巴子国,山头白帝城[2]。波清蜀村尽,云散楚台倾[3]。
迅濑下哮吼,两岸势争衡。阴风鬼神过,暴雨蛟龙生。硖断
见孤邑,江流照飞甍[4]。蛮军击严鼓,筰马引双旌。望阙遥
拜舞,分庭备将迎[5]。铜符一以合,文墨纷来萦[6]。暮色
四山起,愁猿数处声。重关群吏散,静室寒灯明。故人青霞
意[7],飞舞集蓬瀛[8]。昔曾在池篆[9],应知鱼鸟情[10]。

〔1〕原题下有注:"二公近曾远守,故有属焉。"云安:即夔州。夔州
曾称云安郡。兵部韩侍郎:指韩愈。元和十四年,愈自贬地袁州(今江西
宜春)返回长安,初任国子监祭酒,不久转兵部侍郎。中书白舍人:指白
居易。元和十五年,白居易自贬地忠州(今重庆忠县)召回,任主客郎
中,不久迁为知制诰、中书舍人。
〔2〕"天外"二句:写云安(即夔州)历史。巴子,古国名,其族主要
分布在今川东、鄂西一带。传说周以前居今甘肃南部,后迁武落钟离山
(今湖北长阳西北),以廪君为首领,称廪君蛮;因以白虎为图腾,又称白
虎夷或虎蛮,周初封为子国,故称巴子国。春秋时与楚、邓等国交往频
繁。对鄂西、川东的开发有过重大贡献。周慎靓王五年(前316年)并于
秦,以其地为巴郡。其族人一支迁至今鄂东,东汉时称江夏蛮,西晋、南
北朝时称五水蛮。一支迁至今湘西,构成武陵蛮或五溪蛮的一部分。留

在今重庆境内的,部分称板楯蛮。南北朝时更大量迁移,大都先后与汉族融合同化。一说与今湘西土家族有渊源关系。白帝城,古城名,故址在今重庆奉节县东瞿塘峡口高山上。郦道元《水经注·江水一》:"江水又东径鱼复县故城南,故鱼国也……公孙述名之为白帝,取其王色。"

〔3〕楚台:指阳云台,见前篇"荒台"注。

〔4〕硖:同"峡"。孤邑:即夔州城。长江三峡由西而东,为瞿塘峡、巫峡、西陵峡。瞿塘峡口即所谓夔门,山势若断,夔州州城孤立于夔门之西。飞甍:屋檐。

〔5〕蛮军:夔州士兵。严鼓:急促的鼓声。笮(zuó)马:巴地之马。笮,古部族名,也称笮都。汉代时多分布于今四川、重庆一带。双旌:唐刺史出行以两面旗幡作为前导。

〔6〕"铜符"二句:谓其到任伊始即公务缠身。铜符,铜鱼符,刺史信物。隋、唐时朝廷颁发的符信,雕木或铸铜为鱼形,刻书其上,剖而分执之,以备符合为凭信,谓之鱼符,亦名鱼契。此或指告身(古代授官的文凭)之类。文墨,文案之类公务。

〔7〕青霞意:谓韩、白二人胸怀高远。

〔8〕蓬瀛:蓬莱、瀛洲,传说中仙山,此指宫廷。

〔9〕池籞(yù):养鱼、鸟的场所。籞周围有墙垣、篱落。此处以池籞借指韩、白曾为偏僻州郡刺史。

〔10〕鱼鸟情:贬谪远宦之人的心情。鱼鸟,诗人自指。

长庆二年(822)春作于夔州,时刘禹锡初至夔州刺史任。刘禹锡此前与白居易交往不多;与韩愈的交往分两段,元和以前颇有龃龉(参见永贞元年《韩十八侍御见示岳阳楼别窦司直诗因令属和重以自述故足成六十二韵》诗),元和十四年柳宗元去世,韩、刘开始解除误会。现在韩、白身居高位,成为朝廷要员有可能是朝夕间事,故寄诗韩、白,期望得到关照。

伤愚溪三首并引[1]

　　故人柳子厚之谪永州，得胜地，结茅树蔬，为沼沚[2]，为台榭，目曰愚溪。柳子没三年，有僧游零陵，告余曰："愚溪无复曩时矣！"[3]一闻僧言，悲不能自胜，遂以所闻为七言以寄恨。

其一

溪水悠悠春自来，草堂无主燕飞回[4]。隔帘惟见中庭草，一树山榴依旧开[5]。

　　[1] 愚溪：永州溪水名，原名冉溪、染溪，柳宗元为永州司马时，改名愚溪，并作有《愚溪诗序》释其名："灌水之阳有溪焉，东流入于潇水。或曰冉氏尝居也，故姓是溪为冉溪。或曰可以染也，名之以其能，故谓之染溪。余以愚触罪，谪潇水上，爱是溪，入二三里，得其尤绝者家焉。古有愚公谷，今余家是溪……故更之为愚溪。"
　　[2] 沼沚：水池，池塘。
　　[3] 曩时：从前。
　　[4] 草堂：即柳宗元在愚溪所筑之茅舍（愚堂）。
　　[5] 山榴：杜鹃花的别名，为柳宗元在愚溪所植。

150

其二

草圣数行留坏壁[1]，木奴千树属邻家[2]。唯见里门通德
榜[3]，残阳寂寞出樵车。

　　〔1〕草圣:精于草书者,如唐张旭、怀素皆被称为草圣,此指柳宗元。
柳宗元长于章草,见元和间《酬柳柳州家鸡之赠》数诗。
　　〔2〕木奴:指柑橘之类。据《三国志·吴书·孙休传》裴松之注引
《襄阳记》,丹阳太守李衡于武陵龙阳氾洲植甘橘千株,临死谓其子曰:
"汝母恶我治家,故穷如是。然吾州里有千头木奴,不责汝衣食,岁上一
匹绢,亦可足用耳。"后甘橘长成,岁得绢数千匹,家道殷足。后因称柑橘
树为木奴。柳宗元在柳州时曾植柑橘,有诗《柳州城西北隅种甘橘树》
纪其事,其在永州可能也曾植柑橘。
　　〔3〕里门:闾里的门。古时同族聚居于里,设里门。通德榜:用后汉
郑玄事拟柳宗元。据《后汉书·郑玄传》,郑玄,高密人,孔融为北海相,
慕郑玄博学,令高密令为郑玄设立一乡,广其门衢,令容高车,号为通德
门。榜,即匾额。此以"通德榜"代指柳宗元永州时所居地。

其三

柳门竹巷依依在,野草青苔日日多。纵有邻人解吹笛,山阳
旧侣更谁过[1]?

　　〔1〕"纵有"二句:用晋向秀悼嵇康事追悼柳宗元。据《晋书·向秀

传》载，向秀与嵇康、吕安为友，三人尝灌园于山阳。后吕安、嵇康被诛，向秀应诏入洛，经山阳旧庐，闻邻人吹笛，追想曩昔与吕安、嵇康之事，作《思旧赋》。山阳，汉县名，旧址在今河南焦作东北。二句意谓纵然有邻人吹笛，也无旧识从此经过、凭吊故友了。

长庆二年（822）作于夔州刺史任。三首诗非颂非诔，甚至亦非伤悼亡友。僧人一句"愚溪无复曩时矣"，遂触动其情思。全诗从我是而人非入手，抒发无限伤感之情。

寄唐州杨八归厚[1]

淮安古地拥州师[2]，画角金铙旦夕吹。浅草邀迎鹔鹴马[3]，春风乱飐辟邪旗[4]。谪仙年月今应满[5]，蛮谏声名众所知[6]。何况迁乔旧同伴，一双先入凤凰池[7]。

〔1〕唐州：即淮安郡，治所在今河南泌阳。杨归厚：字贞一，与刘禹锡为姻亲，其女嫁刘禹锡子。元和七年，杨归厚为左拾遗时以直谏贬国子主簿分司东都，其后再为万州、唐州刺史，文宗大和六年（832）卒。

〔2〕州师：本州军队。

〔3〕鹔鹴马：即肃霜马。《左传·定公三年》载唐成公有两马，其色如霜，故名肃霜（或肃爽）。

〔4〕飐：风吹使摇动。辟邪旗：军中绘有辟邪的旗帜。辟邪，古代传说中神兽名。

〔5〕谪仙：此指杨归厚。

〔6〕戆谏：犯颜直谏。戆，愚直。用汉汲黯事以指杨归厚。《史记·汲黯列传》："好直谏，数犯主之颜色……天子方招文学儒者，上曰吾欲云云。黯对曰：'陛下内多欲而外施仁义，奈何欲效唐虞之治乎？'上默然，怒，变色而罢朝……谓左右曰：'甚矣，汲黯之戆也！'"杨归厚好直谏，据《新唐书·李吉甫传》，元和七年其为左拾遗时，"尝请对，日已旰，帝令它日见，固请，不肯退。既见，极论中人许遂振之奸，又历诋辅相，求自试，又表假邮置院具婚礼。帝怒其轻肆，欲远斥之，李绛为言，不能得；吉甫见帝，谢引用之非，帝意释，得以国子主簿分司东都"。

〔7〕"何况"二句：句下原有注："徐晦、杨嗣复二舍人与唐州俱同年及第。"徐晦、杨嗣复与杨归厚俱为贞元十八年进士。据《旧唐书·徐晦传》，长庆元年，徐晦自晋州刺史入拜中书舍人，同年杨嗣复自库部郎中知制诰，拜中书舍人。迁乔，高升。凤凰池，西晋时人称中书监为凤凰池，后人遂以为典故。

长庆三年（823）作于夔州。杨归厚"一斥于外，君门邈焉"（刘禹锡《祭杨虢州庶子文》）。此诗对杨归厚久斥不归深致同情，亦是借他人酒杯浇自己块垒。

重寄绝句

淮西既是平安地[1]，鸭路今无羽檄飞[2]。闻道唐州最清静，战场耕尽野花稀。

〔1〕淮西：唐藩镇名，治蔡州，即今河南汝南。当时淮西叛乱已平，见《平蔡州》。

〔2〕鸭路:指自唐州通往东都洛阳的大路。《元和郡县图志·河南道·汝州》:"龙兴县……后魏太和二十三年,孝文帝亲征马圈,行止此城,昏雾,得三鸭引路,遂过南山,故号通鸭城。"羽檄:古代军事文书,插鸟羽以示紧急。

与前首同时所作。"重寄"撇开原先的话题,语及时事且颂杨归厚政绩显著。元和中,朝廷倾全国之力以讨淮西,唐州在战场范围之内。此首写战后唐州的平静,用意却在赞扬杨归厚的政绩。

酬冯十七舍人宿赠别五韵〔1〕

少年为别日,隋宫杨柳阴〔2〕。白首相逢处,巴江烟浪深〔3〕。使星三蜀酒〔4〕,春雨沾衣襟。王程促速意〔5〕,夜语殷勤心。却归天上去,遗我云间音。

〔1〕冯十七舍人宿:指冯宿,字拱之,婺州(今浙江金华)人,贞元八年登进士第,贞元末为监察御史,元和间为太常博士、虞部、都官员外郎等,长庆元年迁兵部郎中知制诰,二年进中书舍人。

〔2〕"少年"二句:谓年轻时曾与冯宿在扬州相聚并分手。隋宫,隋炀帝在扬州建造的宫苑。贞元十八年(801)初,刘禹锡在扬州为杜佑(淮南节度使)从事,冯宿在徐州幕,遭诬陷,贬泉州司户,路出扬州。刘、冯相遇于扬州当在此时。

〔3〕"白首"二句:谓二人老来在夔州相逢。巴江,指长江。夔州临江。

〔4〕使星:使者,此指冯宿。三蜀酒:用后汉栾巴事。《神仙传》载,栾巴为尚书,正朝大会,巴独后至,又饮酒西南噀之,自言成都失火,故饮酒为雨以灭火。后成都驿报,果正旦失火,会时有雨从东北来,火乃息,雨乃酒臭。三蜀,汉初分蜀郡置广汉郡,武帝时再置犍为郡,合称三蜀。

〔5〕王程:奉公命差遣的行程。

冯宿于长庆二年(822)末使于成都,三年春返长安,与刘禹锡相见于夔州。此诗为刘禹锡酬别冯宿之作,冯宿赠别诗今不存。贞元末,刘禹锡与冯宿有御史台同官的经历,十数年后重逢于僻远的江滨,双方都应有许多感触。尤其是刘禹锡,昔日同僚已是朝廷要员,而自己贬谪远州,遂有天上人间之感。此诗五韵,较常见的四韵八句的五律多出一韵,较常见的六韵十二句的排律又少一韵,或是"变体"。

宣上人远寄贺礼部王侍郎
发榜后诗因而继和〔1〕

礼闱新榜动长安〔2〕,九陌人人走马看。一日声名遍天下,满城桃李属春官〔3〕。自吟白雪铨词赋〔4〕,指示青云惜羽翰〔5〕。借问至公谁印可〔6〕,支郎天眼定中观〔7〕。

〔1〕宣上人:僧人广宣,中唐著名诗僧,交州(治在今越南河内)人,贞元末至长安,居大兴善寺,后奉诏居安国寺红楼院,以诗应制供奉十余年。王侍郎:即礼部侍郎王起。王起字举之,太原(今属山西)人,贞元十四年登进士第,元和中历仕起居郎、司勋员外郎、比部郎中等,穆宗朝

为中书舍人、礼部侍郎。

〔2〕礼闱：指礼部。唐每年进士科考试由礼部主持。

〔3〕春官：礼部长官。武后时曾改礼部为春官。

〔4〕白雪：即"阳春白雪"，谓诗作高雅脱俗。铨：裁定，衡量。

〔5〕惜羽翰：爱惜人才。羽翰，代指人才。

〔6〕印可：印证、认可。广宣《贺王侍郎典贡发榜》诗中有"再辟文场无枉路，两开金榜绝冤人"之句。

〔7〕支郎：东汉末僧人支谦，此指广宣。费长房《历代三宝记·魏吴录》载，支谦为月氏国人，居东吴，博通梵籍，于世间技艺亦多所精究。为人细长黑瘦，眼多白而睛黄，时人谚曰："支郎眼中黄，形躯虽细是智囊。"天眼：佛教所说五眼之一，又称天趣眼，能透视六道、远近、上下、前后、内外及未来等。定中：入定时。佛教认为僧人静坐时屏除杂念、心定于一的状态为入定。

长庆三年（823）春作于夔州。长庆元年，礼部侍郎钱徽知贡举，权贵子弟交相请托，寒门俊秀大多落榜，群议哗然。诏令王起、白居易等重试，钱徽所取进士三十三人，驳下十人，重试十人。长庆二年，王起迁礼部侍郎，知贡举；三年，再掌贡举，得士甚精，京师诗人写诗相贺者甚多。广宣上人亦作诗寄刘禹锡，刘和以此诗。同时张籍有《喜王起侍郎发榜》诗，可与刘诗对读。

酬杨司业巨源见寄〔1〕

璧雍流水近灵台〔2〕，中有诗篇绝世才。渤海归人将集去，梨园弟子请词来〔3〕。琼枝未识魂空断，宝匣初临手自开〔4〕。

莫道专城管云雨〔5〕,其如心似不然灰〔6〕。

〔1〕杨司业巨源:杨巨源,字景山,河中(今山西永济)人,元和中历仕秘书郎、太常博士、凤翔少尹等,长庆元年为国子司业(国子监副长官)。

〔2〕璧雍:即辟雍,古代天子所设立的太学。《三辅黄图》卷五:"周文王辟雍,在长安北四十里。亦曰璧雍,如璧之圆,雍之以水,象教化流行也……汉辟雍,在长安西北七里。"灵台:古时帝王观察天文星象、妖祥灾异的高台。《三辅黄图》卷五:"汉灵台,在长安西北八里。"

〔3〕"渤海"二句:谓杨巨源诗歌流播广泛,外国商贾购得其诗集归国,宫廷乐工常向杨巨源请求新诗。渤海,勃海国,泛指唐东邻诸国。

〔4〕"琼枝"二句:谓曾经因不识杨巨源而失望,而今得其赠诗,珍重异常。琼枝,即玉树,此赞美杨巨源。宝匣,盛放诗的匣子。

〔5〕"莫道"句:"专城管云雨"大约是杨巨源寄禹锡诗中恭维兼戏谑的一句话。专城即刺史,古乐府《陌上桑》有"四十专城居"的话,后以"专城"代刺史(太守)。云雨,用《文选》宋玉《高唐赋》事。昔者楚襄王与宋玉游于云梦之台,望高唐之观,其上独有云气。王问宋玉,宋玉对曰:"所谓朝云者也。昔者先王尝游高唐,怠而昼寝,梦见一妇人,曰:'妾巫山之女也,为高唐之客,闻君游高唐,愿荐枕席。'王因幸之。去而辞曰:'妾在巫山之阳,高丘之岨,旦为朝云,暮为行雨,朝朝暮暮,阳台之下。'"刘禹锡为夔州刺史,巫山在其治下,故杨巨源寄诗有此语。

〔6〕不然灰:即死灰。然,同"燃"。《庄子·知北游》:"形若槁骸,心若死灰。"

长庆三年(823)作于夔州。杨巨源寄刘禹锡诗今不存。杨巨源年辈长于刘禹锡,国子司业位亦甚尊,此前两人互不相识,而杨巨源自京师寄诗与刘,且出语诙谐,是对刘禹锡的关爱。刘禹锡酬诗表达了渴望相识的心情。双方赠答,透露出永贞党人境遇或将改善的信息。

寄杨八寿州[1]

风猎红旗入寿春,满城歌舞向朱轮[2]。八公山下清淮水[3],千骑尘中白面人[4]。桂岭雨余多鹤迹[5],茗园晴望似龙鳞[6]。圣朝方用敢言者,次第应须旧谏臣[7]。

〔1〕杨八寿州:即杨归厚,详见《寄唐州杨八归厚》注〔1〕。本年杨归厚自唐州刺史转寿州刺史。寿州,即今安徽寿县。

〔2〕朱轮:太守所乘车,此处代指州郡刺史。《汉书·李寻传》:"将军一门九侯,二十朱轮,汉兴以来,臣子贵盛,未尝至此。"

〔3〕八公山:在今安徽寿县北。相传汉淮南王刘安曾及门客苏非等八人登此山,故名。

〔4〕白面人:指杨归厚。汉乐府《陌上桑》中罗敷夸其夫曰:"为人洁白晳,鬑鬑颇有须。"罗敷言夫婿为太守,此处借指刺史。

〔5〕桂岭:汉淮南王《招隐士》有"桂树丛生兮山之幽"之句,故以桂岭称寿春山岭。鹤迹:传说中仙人多以鹤为坐骑,此指隐者踪迹。

〔6〕茗园:茶园,寿州多产茶。

〔7〕次第:依次,顺次。旧谏臣:指杨归厚。元和中杨归厚尝为左拾遗。

长庆三年(823)作于夔州。杨归厚自唐州调寿州属平迁,非降格亦非升迁。诗写刺史抵任的"风光",末联承平迁之意,谓下一次调动就该回京城了。元和间,杨归厚以左拾遗弹劾宦官被贬,久遭外放,故诗以"旧谏臣"称之。刘禹锡与杨归厚是儿女亲家,双方都久贬外州,也只有寄希望于将来了。

酬杨八副使赴湖南途中见寄一绝[1]

知逐征南冠楚才,远劳书信到阳台[2]。明朝若上君山上[3],一道巴江自此来。

〔1〕杨八副使:杨敬之,字茂孝,虢州弘农(今河南灵宝)人,元和二年登进士第,长庆中尝佐湖南观察使幕。

〔2〕"知逐"二句:谓杨敬之随观察使到湖南,且寄诗到夔州。征南,指湖南观察使。其时湖南观察使为沈传师。沈传师为苏州吴县(今属江苏)人,贞元二十一年进士第,元和中历仕左拾遗、史馆修撰、兵部郎中知制诰。长庆二年为中书舍人,三年为湖南观察使。沈传师明《春秋》,长于史学,撰《宪宗实录》,书法亦有名于当时,故谓其"冠楚才"。阳台,指巫山神女峰,此代指夔州。

〔3〕君山:洞庭湖中山屿。

长庆三年(823)作于夔州。前两句应题,很随意地恭维了湖南观察使。后两句将自己对杨敬之的感情比作滔滔不绝的长江水,谓杨敬之到哪里,自己对他的感情也将流到哪里。

送周使君罢渝州归郢中别墅^[1]

君恩郢上吟归去，故自渝南掷郡章^[2]。野戍岸边留画舸，绿
萝阴下到山庄^[3]。池荷雨后衣香起，庭草春深绶带长^[4]。
只恐鸣驺催上道^[5]，不容待得晚菘尝^[6]。

〔1〕周使君：周载。据元稹《授周载渝州刺史制》，长庆元年周载由
山南东道盐铁转运使、殿中侍御史迁渝州刺史。渝州：在今重庆。郢中：
其地当在今湖北江陵附近。周载罢官返郢中，路经夔州，刘禹锡赠此诗。

〔2〕"君恩"二句：谓周载自渝州刺史任罢官。归去，即陶渊明《归
去来辞》。此以陶渊明罢彭泽令事写周载罢官。渝南，即渝州。渝州在
渝水之南。郡章，郡太守的印章。

〔3〕"野戍"二句：言周载乘船东行，途次夔州，即将回到其郢中别
墅。野戍，指夔州城外的津驿渡口。

〔4〕"池荷"二句：想象周载退居郢中的生活。绶带，系官印的丝
带，此指形如绶带的草。

〔5〕鸣驺：古代随从显贵出行并传呼喝道的骑卒，此指朝廷征召的
使者。

〔6〕晚菘：秋末白菜。菘，白菜。《南史·周颙传》："文惠太子问
颙：'菜食何味最胜？'颙曰：'春初早韭，秋末晚菘。'"

长庆三四年间作于夔州。如果不是官员年老或因病请辞，罢官是
令人懊恼的事。周载罢官原因不明，或有难言之隐，故此诗一路写罢官

160

的乐趣,最后一联转言必将很快得到皇帝的起用。

白舍人自杭州寄新诗有柳色春藏苏小家之句因而戏酬兼寄浙东元相公[1]

钱塘山水有奇声,暂谪仙官守百城[2]。女妓还闻名小小[3],使君谁许唤卿卿[4]?鳌惊震海风雷起,蜃斗嘘天楼阁成[5]。莫道骚人在三楚,文星今向斗牛明[6]。

〔1〕白舍人:指白居易。长庆元年白居易为中书舍人,明年求外任,除杭州刺史,此称其旧衔。元相公:为元稹。长庆元年,元稹自工部侍郎拜相,未几,出为同州刺史,三年八月,为越州刺史、浙东观察使,此亦称其旧衔。柳色春藏苏小家:为白居易《杭州春望》七律中一句。

〔2〕仙官:白居易此前曾任中书舍人,故称。百城:"百雉"之城。古时称城墙方丈为一雉,百雉之城为大城,此指杭州。

〔3〕小小:即苏小小,南齐时名妓。《乐府诗集》"杂歌谣辞三"《苏小小歌》:"我乘油壁车,郎乘青骢马。何处结同心,西陵松柏下。"同卷引《乐府广题》曰:"苏小小,钱塘名倡也。盖南齐时人。"

〔4〕使君:汉时称太守为使君,此指白居易。卿卿:用晋人王戎(字濬仲,尝为安丰令)事戏谑白居易。《世说新语·惑溺》:"王安丰妇常卿安丰。丰曰:'妇人卿婿,于礼为不敬,后勿复尔。'妇曰:'亲卿爱卿,是以卿卿。我不卿卿,谁当卿卿?'遂恒听之。"

〔5〕"鳌惊"二句:写浙东海景,亦喻元、白二人文彩焕发,如巨鳌震海,风雷顿起,如蜃相斗嘘气,楼阁形成。鳌,传说中海中能负山的大龟。

161

《楚辞·天问》:"鳌戴山抃,何以安之?"王逸注引《列仙传》云:"有巨灵之龟背负蓬莱之山而抃,舞戏沧海之中。"

〔6〕"莫道"二句:意同上二句,谓文星高照吴越。三楚,西楚、东楚、南楚的合称。据《史记·货殖列传》,秦汉时以淮北、沛、陈、汝南、南郡为西楚,彭城以东、东海、吴、广陵为东楚,衡山、九江、江南、豫章为南楚。文星,即文昌星,又名文曲星,主文才。斗牛,斗宿和牛宿,古天文学以斗、牛为吴越的分野。

长庆三年(823)作于夔州。刘、白唱酬始于元和五年(810),此后十余年二人未有诗文往返,其间原因难明。长庆二年,时任中书舍人的白居易因朝中执政非人,乃求外任,出为杭州刺史。白所寄诗,有"柳色春藏苏小家"之句,是文人风流一面的流露,故刘以"使君谁许唤卿卿"一句酬之。白诗另有"涛声夜入伍员庙"一句,是内心的无奈和幽愤的流露,刘以"鳌惊""蜃斗"一联安慰之。自此之后,刘、白唱酬不断。

送裴处士应制举并引〔1〕

晋人裴昌禹读书数千卷,于《周官》《小戴礼》尤邃〔2〕。性是古敢言,虽侯王不能卑下,故与世相参差〔3〕。凡抵有位以索合,行天下几遍。常叹诸侯莫可游,欲一见天子而未有路。会今年诏书征贤良〔4〕,昌禹大喜,以为尽可以豁平生,博髀爵跃曰:"一观云龙庭足矣!"〔5〕繇是裹三月粮而西徂〔6〕,咨余以七言,为西游之资藉耳。

裴生久在风尘里,气劲言高少知己。注书曾学郑司农〔7〕,历
国多于孔夫子。往年访我到连州,无穷绝境终日游。登山雨
中试蜡屐〔8〕,入洞夏里披貂裘。白帝城边又相遇,敛翼三年
不飞去〔9〕。忽然结束如秋蓬〔10〕,自称对策明光宫〔11〕。人
言策中说何事,掉头不答看飞鸿〔12〕。彤庭翠松迎晓日〔13〕,
凤衔金榜云间出〔14〕。中贵腰鞭立倾酒,宰臣委佩观摇
笔〔15〕。古称射策如弯弧〔16〕,一发偶中何时无?由来草泽
无忌讳,努力满挽当云衢〔17〕。忆得童年识君处,嘉禾驿后
联墙住〔18〕。垂钩斗得王余鱼〔19〕,踏芳共登苏小墓。此事
今同梦想间,相看一笑且开颜。老大希逢旧邻里,为君扶病
到方山〔20〕。

〔1〕裴处士:即裴昌禹,生平不详。制举:唐代科举名目,由皇帝不
定期举行,有别于常年举行的进士科、明经科等。裴生将应宝历元年贤
良方正能直言极谏科,刘禹锡作此诗相送。
〔2〕《周官》《小戴礼》:儒家经典。《周官》,即《周礼》。《小戴礼》
为《礼记》之一种。据《汉书·儒林传》,西汉今文经学家戴德与其侄戴
圣,二人同受《礼》于后苍,德传《礼》八十五篇,称《大戴礼》;圣传《礼》
四十九篇,称《小戴礼》。
〔3〕参差:不合。
〔4〕贤良:指贤良方正科,唐制举名。据《唐登科记考》,长庆四年
正月,敬宗即位,三月,诏征"天下诸色人中,有贤良方正、能直言极谏,经
术优深、可为人师,……限来年正月到上都。"

〔5〕搏髀爵跃:状喜悦之貌。搏髀,拍击大腿;爵跃,即雀跃。爵,同"雀"。云龙庭:朝廷。

〔6〕繇:同"由"。裹三月粮而西徂:谓裴生携粮入京。《诗·大雅·公刘》:"乃裹糇粮,于橐于囊。"

〔7〕郑司农:汉经学家郑众,因其曾官大司农,故称。

〔8〕蜡屐:即木屐。古人以蜡涂木屐,防其透水。

〔9〕敛翼三年:指其在夔州停留三年。刘禹锡长庆二年始来夔州,至长庆四年,合首尾共三年。

〔10〕结束:收拾行装。秋蓬:秋季的蓬草,易随风飘飞,故以喻漂泊不定。此处言其将游远方。

〔11〕明光宫:汉长安宫殿名,此处代指唐长安宫禁。

〔12〕掉头:转过头,表示不屑。

〔13〕彤庭:朝廷朝堂。

〔14〕凤衔金榜:意谓皇帝发布诏书揭晓中举者姓名。据《初学记》卷三〇引《邺中记》,后赵武帝石虎在台观上以五色纸为诏书,衔凤凰口中,使人放数百丈绯绳,辘辘回转,凤凰飞下,谓之凤诏。

〔15〕"中贵"二句:想象裴生入朝应试场景。中贵,宫中宦官。腰鞭,《周礼·秋官·条狼氏》:"条狼氏掌执鞭以趋辟。"孙诒让《正义》:"鞭所以威人,众有不辟者,则以鞭殴之。"委佩,恭敬貌,谓俯身时佩饰拖垂至地。《礼记·曲礼下》:"立则磬折垂佩,主佩倚,则臣佩垂;主佩垂,则臣佩委。"郑玄注:"君臣俯仰之节,倚谓附于身,小俯则垂,大俯则委于地。"

〔16〕射策:汉代考试取士方法之一。《汉书·萧望之传》:"望之以射策甲科为郎。"颜师古注:"射策者,谓为难问疑义书之于策,量其大小署为甲乙之科,列而置之,不使彰显。有欲射者,随其所取得而释之,以知优劣。射之言投射也。"此指殿试时按皇帝设问对答。

〔17〕云衢:云中道路,此指朝廷。左思《白发赋》:"英英终贾,高论云衢。"

〔18〕嘉禾驿:驿站名,当在今浙江嘉兴。

〔19〕王余鱼:鱼名。《文选·左思〈吴都赋〉》:"双则比目,片则王余。"刘逵注:"王余鱼,其身半也。俗云:越王鲙鱼未尽,因以残半弃水中,为鱼,遂无其一面,故曰王余也。"

〔20〕方山:山名,在今江苏南京东南。传说为秦始皇凿断金陵山以疏淮水处,其地四方而峭绝,故名。

长庆四年(824)作于夔州。据诗意,裴生为刘禹锡幼时朋友,诗中所说"斗得王余鱼""共登苏小墓"等往事,皆在江南。学者多据此诗断定刘禹锡的童年在嘉兴度过,故此诗颇有传记价值。裴生有豪气,游历四方,不应常科(进士科或明经科等)而专候制举,说明他为人亦有奇特之处。诗为七言古诗,押韵平仄互换,是常规,但少用对句、律句,风格古拙,故瞿蜕园以为"犹存大历风格"(《刘禹锡集笺证》卷二十八)。

和乐天题真娘墓〔1〕

蒼卜林中黄土堆〔2〕,罗襦绣带已成灰。芳魂虽死人不怕,蔓草逢春花自开。幡盖向风疑舞袖,镜灯临晓似妆台。吴王娇女坟相近〔3〕,一片行云应往来。

〔1〕真娘:唐时吴地名妓,墓在今江苏苏州虎丘。范摅《云溪友议》卷中:"真娘者,吴国之佳人也,时人比于苏小小,死葬吴宫之侧,行客感

其华丽,竞为诗题于墓树。"李绅《真娘墓序》:"吴之妓人,歌舞有名者,死葬于吴武(虎)丘寺前。"白居易、元稹(时为浙东观察使)皆有题真娘墓之作,刘禹锡和以此诗。

〔2〕蒼卜:梵语音译,亦译为郁金花,或以为即栀子花。

〔3〕吴王娇女:吴王女为谁,古人说法不一。《越绝书》谓为夫差小女幼玉,见父无道,愿与书生韩重为偶,不果,结怨而死,吴王厚葬于阊门外。《吴越春秋》谓为阖闾女滕玉,怨王先食蒸鱼,乃自杀。王痛之,葬阊门外。《搜神记》则谓女名紫玉。

长庆四年(824)作于夔州。沈德潜评白居易《真娘墓》,连带而及刘禹锡此诗,谓"香(原字如此)魂虽死人不怕"一句"真可笑人也"(《唐诗别裁集》卷八)。

和乐天柘枝[1]

柘枝本出楚王家[2],玉面添娇舞态奢[3]。松鬓故梳鸾凤髻[4],新衫别织斗鸡纱[5]。鼓催残拍腰身软[6],汗透罗衣雨点花。华筵曲罢辞归去,便随王母上烟霞[7]。

〔1〕柘枝:即柘枝舞。《乐府诗集》卷五六"舞曲歌辞"五:"《乐府杂录》曰:'健舞曲有《柘枝》,软舞曲有《屈柘》。'《乐苑》曰:'羽调有《柘枝曲》,商调有《屈柘枝》。此舞因曲而为名。用二女童,帽施金铃,抃转有声。'"

〔2〕楚王家:谓柘枝舞源出楚地。《乐府诗集》:"沈亚之赋云:'昔

神祖之克戎,宾杂舞以混会。《柘枝》信其多妍,命佳人以继态。'然则似是戎狄之舞。按今舞人衣冠类蛮服,疑出南蛮诸国者也。"

〔3〕奢:美好。

〔4〕鸾凤髻:形似鸾凤那样的发髻。

〔5〕斗鸡纱:绣有斗鸡图的衫子。

〔6〕残拍:乐曲终了前的节拍,亦指舞曲终了。唐张祜《周员外席上观柘枝》:"一时欸腕招残拍,斜敛轻身拜玉郎。"

〔7〕"便随"句:谓舞女如仙女。

长庆四年(824)作于夔州。白居易在杭州作《柘枝妓》,诗中有"云飘雨送上阳台"之句,阳台在夔州,是邀刘禹锡唱和,故刘和以此诗。刘、白唱酬,自此渐入佳境,篇章不可胜计。

闻韩宾擢第归觐以诗美之
兼贺韩十五曹长时韩牧永州〔1〕

零陵香草满郊坰〔2〕,丹穴雏飞入翠屏〔3〕。孝若归来成画赞,孟阳别后有山铭〔4〕。兰陔旧地花才结,桂树新枝色更青〔5〕。为报儒林丈人道,如今从此鬓星星〔6〕。

〔1〕韩十五:即韩晔,韩宾之父,京兆(今陕西西安)人,贞元进士,与刘禹锡、柳宗元等同为永贞"八司马"之一。曹长:唐人对尚书省各曹郎官的通称。王叔文当政时,韩晔尝任吏部司封郎中,故称。长庆元年三月,韩晔自汀州刺史调任永州刺史。

〔2〕零陵:即永州。郊坰(shǎng):郊野。

〔3〕丹穴:传说中山名。《山海经·南山经》:"丹穴之山……有鸟焉,其状如鸡,五采而文,名曰凤皇。"此美韩宾文采。

〔4〕"孝若"二句:用西晋夏侯湛、张载事写韩宾擢第归觐。《晋书·夏侯湛传》:"父庄,淮南太守。湛幼有盛才,文章宏富,善构新词。"湛所为《东方朔画赞》云:"大人来守此国。仆自京都,言归定省,睹先生之县邑,想先生之高风。徘徊路寝,见先生之遗像;逍遥城郭,观先生之祠宇。慨然有怀,乃作颂焉。"《晋书·张载传》:"父收,蜀郡太守。载性闲雅,博学有文章。太康初至蜀省父,道经剑阁,载以蜀人恃险好乱,因著铭以作诫。"

〔5〕"兰陔"二句:谓韩晔、韩宾父子先后进士及第。兰陔,《诗·小雅》有《南陔》篇,其辞已佚。其序云:"《南陔》,孝子相戒以养也。……有其义而亡其辞。"《文选》有晋束晳承此旨而作《补亡》诗:"循彼南陔,言采其兰;眷恋庭闱,心不遑安。"李善注:"循陔以采香草者,将以供养其父母。喻人求珍异以归。"结,同"撷",采摘。

〔6〕"为报"二句:言请韩宾转告韩晔,我已衰老,但无子弟像韩宾一样出众,异常羡慕。

《登科记考》录韩宾于文宗大和二年中"贤良方正,能直言极谏科",则韩宾擢进士第,当在长庆三四年间,诗亦应作于当时。闻友人之子考中进士,写诗贺友人"兰陔"旧地再发新枝,两处连用古人省父兼有文章传世的典故,很切题。韩晔亦是永贞党人,从"八司马"被贬至今,已近二十年。"如今从此鬓星星",包含无限感慨。

畬田行〔1〕

何处好畬田?团团缦山腹。钻龟得雨卦〔2〕,上山烧卧木〔3〕。惊麏走且顾,群雉声咿喔。红焰远成霞,轻煤飞入郭〔4〕。风引上高岑,猎猎度青林。青林望靡靡,赤光低复起。照潭出老蛟,爆竹惊山鬼。夜色不见山,孤明星汉间。如星复如月,俱逐晓风灭。本从敲石光,遂致烘天热。下种暖灰中,乘阳坼牙蘖〔5〕。苍苍一雨后,茗颖如云发〔6〕。巴人拱手吟,耕耨不关心〔7〕。由来得地势,径寸有余阴〔8〕。

〔1〕畬(shē)田:又称火种、火耕,秋冬间烧去草木,以作肥料,雨后就地种植作物。是一种比较原始的耕种方式。

〔2〕钻龟:古时用龟甲占卜,先钻龟甲,再行烧灼,视其裂纹以判断吉凶。此谓畬田前占卜得到将要下雨的预兆。

〔3〕卧木:畬田前预先伐倒的树木。

〔4〕轻煤:飞灰。

〔5〕坼牙蘖:植物发芽。坼,裂开。牙,同"芽"。

〔6〕茗颖:植物的幼苗。

〔7〕"巴人"二句:言巴人畬田之后轻松地唱歌,不再为种田操劳。拱手,犹束手,轻松貌。

〔8〕"由来"二句:化用左思《咏史》"郁郁涧底松,离离山上苗。以彼径寸茎,荫此百尺条。地势使之然,由来非一朝"句意,谓巴人得地势之利,径寸之苗亦可以郁郁成荫,畬田之后即可无劳而有年(丰收)。

长庆中作于夔州。此诗写夔州农人畬田,笔致细腻生动。诗是民俗诗,亦是奇观诗。刘禹锡是"好奇"之人,故能将放火烧山的畬田奇观写得奇骇惊人。杜甫在夔州作《秋日夔府咏怀奉寄郑监李宾客》云:"烧畬度地偏。"仇兆鳌注引《农书》:"荆楚多畬田。先纵火燎(xì)炉,候经雨下种，历三岁土脉竭，复爤旁山。爤，燹（xiǎn）火燎草，炉火烧山界也。"可与此诗并读。

蜀先主庙[1]

天地英雄气，千秋尚凛然。势分三足鼎，业复五铢钱[2]。得相能开国，生儿不象贤[3]。凄凉蜀故妓，来舞魏宫前[4]。

〔1〕原题下有注："汉末谣：'黄牛白腹，五铢当复。'"先主：三国蜀主刘备。先主庙在白帝城，去夔州六里。黄牛白腹：指王莽、公孙述政权。王莽自称黄帝后代，色尚黄，公孙述据蜀称帝，色尚白。五铢，即五铢钱，汉武帝元狩五年始铸，重五铢，上篆"五铢"二字。王莽篡汉，废五铢；东汉初，光武帝刘秀恢复使用五铢。

〔2〕"势分"二句：前句说刘备当汉末天下大乱之际，转战南北，终于据有巴蜀之地，与魏、吴形成三分鼎立之势；后句说刘备始终怀抱恢复汉室志向。三足鼎，语出孙楚《为石仲容与孙皓书》："吴之先主，起自荆州……刘备震惧，亦逃巴岷……互相扇动，拒捍中国，自谓三分鼎立之势，可与泰山共相终始。"鼎有三足，以喻魏、蜀、吴三国对峙之势。

〔3〕"得相"二句：谓刘备得诸葛亮为贤相，辅佐其建立蜀国，但生子不肖，不能继承父业。象贤，谓子孙能效法先人的贤德，语出《仪礼·士冠礼》："继世以立诸侯，象贤也。"

〔4〕"凄凉"二句：言蜀后主降于魏，在魏都以伎乐为乐，乐不思蜀。据《三国志·蜀书·后主传》裴松之注引《汉晋春秋》，刘禅降魏，封安乐县公，司马昭宴后主，席间出蜀伎，旁人皆为之感怆，而后主嬉笑自若。

长庆间作于夔州。以怀古发创业难而守成更难之感慨。全诗重议论,"势分三足鼎,业复五铢钱"说尽刘备一生事业,对仗巧妙工稳;尾联凄凉沉痛,耐人寻思。

观八陈图〔1〕

轩皇传上略〔2〕,蜀相运神机。水落龙蛇出,沙平鹅鹳飞〔3〕。波涛无动势,鳞介避余威〔4〕。会有知兵者,临流指是非〔5〕。

〔1〕八陈图:即八阵图,"陈"同"阵"。相传诸葛亮曾推演兵法,作八阵图。其遗址传说不一,此指在夔州者。《水经注·江水》:"江水又东,径诸葛亮图垒南。石碛平旷,望兼川陆,有亮所造八阵图。东跨故垒,皆垒细石为之。自垒西去,聚石八行,行间相去二丈……今夏水漂荡,岁月消损,高处可二三尺,下处磨灭殆尽。"

〔2〕轩皇:指黄帝轩辕氏。上略:上等谋略。黄帝为兵法之祖,《太白阴经》言黄帝设八阵之形,分为天、地、风、云、龙、虎、鸟、蛇八个阵势。

〔3〕"水落"二句:言水落阵出。龙蛇、鹅鹳,具为阵名。

〔4〕鳞介:水族动物。鱼龙之属为鳞,龟鳖之属为介。

〔5〕"会有"二句:此言东晋桓温征蜀过八阵图事。《唐语林》卷二载刘禹锡语云:"东晋桓温征蜀过此,曰:'此常山蛇阵。击头则尾应,击尾则头应,击其中则头尾皆应。'常山者,地名,其蛇两头,出于常山。其阵适类其蛇之两头,故名之也。桓遂勒其铭曰:'望古识其真,临源爱往迹。恐君遗事节,聊下南山石。'"

长庆间作于夔州,表达了对诸葛亮的景仰之情。刘禹锡曾评论诸葛亮及其八阵图云："是诸葛公诚明,一心为先主效死。况此法出《六韬》,是太公上智之材所构。自有此法,唯孔明行之,所以神明保持一定而不可改也。"(《唐语林》卷二)可为此诗注脚。

竹枝词九首并引

四方之歌,异音而同乐。岁正月,余来建平[1],里中儿联歌《竹枝》,吹短笛击鼓以赴节。歌者扬袂睢舞[2],以曲多为贤。聆其音,中黄钟之羽[3]。卒章激讦如吴声[4]。虽伧儜不可分[5],而含思宛转,有《淇澳》之艳[6]。昔屈原居沅湘间,其民迎神,词多鄙陋,乃为作《九歌》[7],到于今,荆楚鼓舞之。故余亦作《竹枝词》九篇,俾善歌者飏之[8],附于末,后之聆巴歈[9],知变风之自焉[10]。

其一

白帝城头春草生,白盐山下蜀江清[11]。南人上来歌一曲,北人陌上动乡情。

〔1〕建平:郡名。晋于秭归置建平郡,此以建平代夔州。
〔2〕扬袂睢舞:扬袖张目,形容歌舞之态。
〔3〕黄钟之羽:黄钟律中之羽音。黄钟,乐律十二律中的第一律。

172

羽,五音之一。

〔4〕激讦(jié):激烈昂扬。吴声:吴地(今江浙一带)音乐。

〔5〕伧儜(níng):杂乱粗野。

〔6〕《淇澳》:即《淇奥》,《诗·卫风》中一篇,此代指《卫风》。《卫风》多男女相恋之歌。

〔7〕《九歌》:屈原仿楚地民歌所作祭神之曲,共十一章。

〔8〕飏(yáng):传扬,传唱。

〔9〕巴歈(yú):巴渝之地的歌舞。歈,歌。

〔10〕变风:汉儒以《诗·国风》中《周南》《召南》为正风,以《邶风》至《豳风》等十三国的作品为变风。《诗大序》:"至于王道衰,礼仪废,政教失,国异政,家殊俗,而变风变雅作矣。"此处泛指民歌。

〔11〕白盐山:在夔州东,岩壁色白如盐,故名。蜀江:蜀地的江河,此指长江。

其二

山桃红花满上头,蜀江春水拍山流。花红易衰似郎意,水流无限似侬愁[1]。

〔1〕侬:方言"我",后多为女子自称。

其三

江上竹楼新雨晴,瀼西春水縠文生[1]。桥东桥西好杨柳,人来人去唱歌行。

〔1〕瀼(ràng)西：水名，即今奉节东门外之梅溪河。此指夔州瀼水西岸一带。大历间，杜甫卜居于此，其《瀼西寒望》诗有"瞿塘春欲至，定卜瀼西居"之句。縠(hú)文：水波纹。

其四

日出三竿春雾消，江头蜀客驻兰桡[1]。凭寄狂夫书一纸[2]，家住成都万里桥[3]。

〔1〕兰桡(ráo)：船桨。
〔2〕狂夫：无知妄为的人。此是女子昵称其丈夫。
〔3〕万里桥：故址在今四川成都南门锦江上。三国时蜀使费祎聘吴，诸葛亮送之，费叹曰："万里之路，始于此桥。"因故得名。

其五

两岸山花似雪开，家家春酒满银杯。昭君坊中多女伴[1]，永安宫外踏青来[2]。

〔1〕昭君坊：不详所在。昭君又称明妃，汉元帝时以和亲远嫁匈奴呼韩邪单于，《汉书·元帝纪》称其"本蜀郡秭归人也"。唐时，秭归为夔州辖县。此处以"昭君坊"代夔州女子所居处。
〔2〕永安宫：在夔州，为蜀汉先主刘备所建。

其六

城西门前滟滪堆[1],年年波浪不能摧。懊恼人心不如石,少
时东去复西来[2]。

　〔1〕滟滪堆:据《太平寰宇记》载,滟滪堆为一巨石,在夔州西南大
江中。冬水浅,露出百余尺;夏水涨,没数十丈,其状如马,舟人不敢进。
故谚曰:"滟滪大如马,瞿唐不可下。滟滪大如鳖,瞿唐行舟绝。滟滪大
如龟,瞿唐不可窥。滟滪大如蹼,瞿唐不可触。"
　〔2〕少时:一会儿。

其七

瞿唐嘈嘈十二滩[1],人言道路古来难。长恨人心不如水,等
闲平地起波澜[2]。

　〔1〕瞿唐:即瞿唐峡,长江三峡之一,在夔州西。十二滩:谓瞿唐峡
滩头之多。行舟凡遇滩头,则水流电激,舟人恐惧。
　〔2〕等闲:无端,没来由。

其八

巫峡苍苍烟雨时[1],清猿啼在最高枝。个里愁人肠自
断[2],由来不是此声悲。

〔1〕巫峡:长江三峡之一,在瞿塘峡之东,因巫山而得名。

〔2〕个里:此中、其中。

其九

山上层层桃李花,云间烟火是人家。银钏金钗来负水[1],长刀短笠去烧畲[2]。

〔1〕银钏金钗:女性饰物,代指夔州女子。

〔2〕长刀短笠:男子物事,代指夔州男子。烧畲(shē):即畲田,参见《畲田行》诗注〔1〕。

长庆间作于夔州。《竹枝词》原为巴渝民歌,刘禹锡据以改作新词,歌咏三峡风光和男女恋情。《诗人玉屑》卷一五引黄庭坚语云:"刘梦得《竹枝》九章,词意高妙,元和间诚可以独步。道风俗而不俚,追古昔而不愧。比之杜子美《夔州歌》,所谓同工异曲也。昔子瞻(苏轼)尝闻余咏第一篇,叹曰:'此奔轶绝尘,不可追也。'"刘禹锡《竹枝词》似七言绝句,语言通俗,音调轻快,盛行于世,后人多有仿作。刘禹锡且能唱《竹枝》,白居易《忆梦得》诗题下注云:"梦得能唱《竹枝》,听者愁绝。"邵博《河南邵氏闻见后录》卷一九谓:"夔州营妓,为喻迪孺(南宋喻汝砺字迪孺,高宗绍兴年间提点夔州路刑狱公事)扣铜盘,歌刘尚书《竹枝词》九解,尚有当时含思婉转之艳,他妓者皆不能也。……妓家夔州,其先必事刘尚书者,故独能传当时之声也。"

竹枝词二首

其一

杨柳青青江水平,闻郎江上唱歌声。东边日出西边雨,道是无晴还有晴。

其二

楚水巴山江雨多,巴人能唱本乡歌。今朝北客思归去,回入纥那披绿罗[1]。

〔1〕纥(hé)那:曲名,取义不详。《旧唐书·韦坚传》:"先是人间戏唱歌词云:'得体纥那也,纥囊得体耶?潭里船车闹,扬州铜器多。三郎当殿坐,看唱《得体歌》。'"瞿蜕园认为"《纥那》为唐时歌谣中之有声无字者"(《刘禹锡集笺证》卷二十七)。绿罗:即绿萝。

长庆间作于夔州。前一首是刘禹锡《竹枝词》传诵最广的一首。四句诗只是写儿女情事,而节令物候、风土人情尽在其中,以"晴"谐"情",极得民歌妙处。后一首是诗人"自说自话",歌辞可以代巴人撰写,音调仍不能"变"过来。所以诗人希望能将自己的歌辞"回入"到北方《纥那》曲中去。

纥那曲词二首^[1]

其一

杨柳郁青青，竹枝无限情。周郎一回顾^[2]，听唱纥那声。

〔1〕《纥那》，北方曲调名，见前篇注〔1〕。

〔2〕"周郎"句：《三国志·吴书·周瑜传》："瑜少精意于音乐，虽三爵之后，其有阙误，瑜必知之，知之必顾，故时人谣曰：'曲有误，周郎顾。'"后用为精于音乐者善辨音律的典故。唐人李端有诗《听筝》："鸣筝金粟柱，素手玉房前。欲得周郎顾，时时误拂弦。"刘诗中"周郎"应系诗人自指。

其二

蹋曲兴无穷^[1]，调同词不同。愿郎千万寿^[2]，长作主人翁^[3]。

〔1〕蹋曲：即踏歌，众人拉手而歌，以脚踏地为节拍。

〔2〕郎：旧时对男子的尊称，奴仆称主人亦为郎。此处应是当地百姓对刺史的称呼，作歌女对官家的称呼解亦可。

〔3〕主人翁：主人，此指本地官员。

长庆间约与《竹枝》同期作于夔州,似是诗人与歌者对答之歌辞。前一首,诗人谓《竹枝》固然有情,但我所熟知的,仍旧是北方曲调;后一首,歌者为诗人祝寿,愿其长久在本地为官。

送景玄师东归并引[1]

庐山僧景玄袖诗一轴来谒,往往有句轻而遒,如鹤雏襹褷[2],未有六翮[3],而步舒视远,戛然一唳,乃非泥滓间物。献诗已,敛褐而辞[4],且曰:"其来也,与故山秋为期。夫丐者[5],僧事也。今无它请,唯文是求。"故赋一篇,以代璎珞耳[6]。

东林寺里一沙弥[7],心爱当时才子诗。山下偶随流水出,秋来却赴白云期。滩头蹑屐挑沙菜[8],路上停舟读古碑。想到旧房抛锡杖,小松应有过檐枝[9]。

〔1〕景玄:庐山僧人,余不详。

〔2〕襹褷(shī shī):鸟羽初生时濡湿状。

〔3〕六翮:鸟翅的正羽,常指鸟之双翼。此以"未有六翮"言景玄诗文稚嫩。

〔4〕敛褐(gé):整饬衣襟,表示恭敬。褐,和尚的衣衫。

〔5〕丐:乞讨,此指化缘。

〔6〕璎珞:佛像或佛徒颈间所挂珠玉贯穿而成的装饰物。

〔7〕东林寺:在庐山。沙弥:初出家的和尚。

〔8〕沙菜:长在沙土中的菜。

〔9〕"想到"二句:写景玄想到归期将至情急之态。锡杖,僧人所持的禅杖。其制:杖头有一铁卷,中段用木,下安铁纂,僧人出动时,振锡,振时有声。

长庆间作于夔州。景玄应是一位年轻的僧人,刘禹锡此诗,可能有意模仿了他的诗风,不用典故,明白如话,"句句分晓,不吃气力"(方回《瀛奎律髓》卷四七)。"挑沙菜""读古碑",可能是景玄诗里写到的景象,刘禹锡随手用来,自然亲切,却是自己的面貌。

别夔州官吏

三年楚国巴城守[1],一去扬州扬子津[2]。青帐联延喧驿步,白头俯伛到江滨[3]。巫山暮色常含雨,峡水秋来不恐人[4]。唯有九歌词数首[5],里中留与赛蛮神。

〔1〕"三年"句:自长庆元年冬刘禹锡除夔州刺史,至四年秋离任,恰为三年。

〔2〕"一去"句:此言赴和州任。唐时和州属淮南道,淮南道治扬州。扬子津,即扬子桥,在今江苏扬州南。

〔3〕"青帐"二句:写夔州官吏为其送行场景。青帐,用青布搭成的临时帐幕。驿,驿站,此指渡口。俯伛,弯腰,形容老态。

〔4〕"峡水"句:三峡水至秋季稍落,舟行较平稳。此应是送别时相互安慰之语。

〔5〕九歌:屈原作品,此指刘禹锡在夔州模仿当地民歌所作诗歌,如《竹枝词》等。

长庆四年(824)夏,刘禹锡改任和州(今属安徽)刺史,是年秋离开夔州赴和州任,此是告别夔州吏民之作。刘禹锡刺夔州,非无政绩,然其自负者,乃在民歌创作,可知其在夔州时,《竹枝词》已在当地广为传唱了。

鱼复江中〔1〕

扁舟尽室贫相逐,白发藏冠镊更加。远水自澄终日绿,晴林长落过春花。客情浩荡逢乡语,诗意留连重物华。风樯好住贪程去〔2〕,斜日青帘背酒家。

〔1〕鱼复:汉县名,夔州附近之长江因称鱼复江,此指夔州。
〔2〕贪程:兼程赶路。

长庆四年(824)秋离夔州赴和州、舟行江上所作。和州虽非上州,但不似连州、夔州远僻,与金陵只是一江之隔,沿江而下,东到繁华之地扬州、苏州与杭州,也仅一日之程。虽然写到了白发,写到了乡音,但诗人的心情还是比较愉快的。

巫山神女庙[1]

巫山十二郁苍苍，片石亭亭号女郎。晓雾乍开疑卷幔，山花欲谢似残妆。星河好夜闻清佩，云雨归时带异香[2]。何事神仙九天上，人间来就楚襄王？

〔1〕神女庙：在巫山县（今属重庆）。陆游《入蜀记》卷六："过巫山凝真观，谒妙用真人祠。真人即世所谓巫山神女也。祠正对巫山。"

〔2〕云雨：用宋玉《高唐赋》楚（襄）王游高唐梦与神女会合事。详见前《酬杨司业巨源见寄》诗注〔5〕。

穆宗长庆四年（824）秋赴任和州途经巫山神女庙时作。神女会楚王事，为宋玉阿谀楚王所虚言。此诗前六句将景物描绘与神女风韵叠合并写；末二句作一反诘，质疑传说，兼讥宋玉之谀、楚王之淫。

自江陵沿流道中[1]

三千三百西江水[2]，自古如今要路津。月夜歌谣有渔父，风天气色属商人。沙村好处多逢寺[3]，山叶红时觉胜春。行到南朝征战地[4]，古来名将尽为神。

〔1〕原题下有注："陆逊、甘宁皆有祠宇。"江陵：今湖北荆州市，唐

时为荆州江陵府治所。陆逊、甘宁:俱为三国时吴国名臣、将领。陆逊曾为荆州牧,甘宁曾为西陵太守。

〔2〕西江:长江出峡后由江陵至扬州一段。古乐府《懊侬歌》:"江陵去扬州,三千三百里。"

〔3〕沙村:沙滩或沙洲上建的村子。

〔4〕南朝:此指东吴、东晋及宋、齐、梁、陈建都金陵的南方政权。

　　长庆四年(824)赴任和州途中作。诗写舟行江陵所见沿岸景致,对渔、商、僧、将多有羡慕,言外似有"儒冠误身"之意。

望洞庭

湖光秋月两相和,潭面无风镜未磨。遥望洞庭山水翠,白银盘里一青螺〔1〕。

〔1〕青螺:指君山。君山在洞庭湖中。

　　长庆四年(824)秋赴任和州,途经洞庭湖时作。青螺即贝壳的螺蛳,古代女子盘其发如螺旋状,称作螺髻,古人常用来形容形似螺髻的青山。君山是湖中山屿,谓其如螺可,谓其如螺髻亦可。晚唐诗人雍陶《咏君山》云"疑是水仙梳洗罢,一螺青髻鉴中心"即由此而来。

洞庭秋月行

洞庭秋月生湖心,曾波万顷如镕金〔1〕。孤轮徐转光不定,游气蒙蒙隔寒镜。是时白露三秋中[2]，湖平月上天地空。岳阳城头暮角绝[3]，荡漾已过君山东。山城苍苍夜寂寂，水月透迤绕城白。荡桨巴童歌竹枝，连樯估客吹羌笛[4]。势高夜久阴力全[5]，金气肃肃开星躔[6]。浮云野马归四裔[7]，首冠星斗当中天。天鸡相呼曙霞出[8]，剑影含光让朝日[9]。日出喧喧人不闲，夜来清景非人间。

〔1〕曾波：层层波浪。曾，同"层"。

〔2〕白露：秋天第三个节气，常在旧历八月。

〔3〕岳阳：今属湖南。唐时属江南西道，为岳州治所。

〔4〕估客：同"贾客"，商人。

〔5〕阴力全：指月光明亮。古以月为阴。

〔6〕金气：秋气，古人以五行中之金配秋。星躔（chán）：星辰运行的轨迹。

〔7〕野马：原指日光照耀下的尘埃，此指水气。四裔：四方边远处。

〔8〕天鸡：神话中异鸟。任昉《述异记》卷下："东南有桃都山，上有大树，名曰'桃都'，枝相去三千里。上有天鸡，日初出，照此木，天鸡则鸣，天下鸡皆随之鸣。"

〔9〕剑影含光：形容黎明前月光。

与前首为同时之作。诗写秋夜泛舟洞庭所见，以时间（初夜、夜深、曙色）为经，以湖水、月光为纬，交织成篇，旁及暮角、巴童《竹枝》、邻舟羌笛等，如众乐合奏，一不遗漏。

武昌老人说笛歌

武昌老将七十余,手把庾令相问书[1]。自言少小学吹笛,早事曹王曾赏激[2]。往年镇戍到蕲州[3],楚山萧萧笛竹秋[4]。当时买材恣搜索,典却身上乌貂裘。古苔苍苍封老节,石上孤生饱风雪。商声五音随指发[5],水中龙应行云绝。曾将黄鹤楼上吹[6],一声占尽秋江月。如今老去语犹迟,音韵高低耳不知。气力已微心尚在,时时一曲梦中吹。

〔1〕庾令:指晋庾亮,曾镇武昌,官至中书令,此代指当时的武昌军节度使。相问书:问候、慰劳的书信。

〔2〕曹王:指唐宗室曹王李皋。

〔3〕蕲州:州治蕲春,今属湖北。德宗建中三年,淮西军节度使李希烈反,曹王李皋授江西节度使讨李希烈,曾移兵蕲州。

〔4〕笛竹:竹之一种,可以制笛,又以蕲州所产最著名。白居易《寄蕲州簟与元九因题六韵》有"笛竹出蕲春,霜刀劈翠筠"之句,即指蕲州笛竹。

〔5〕商声:五音之一。五音即宫、商、角、徵、羽。

〔6〕将:携带、带着。

长庆四年(824)秋赴任和州途经武昌时作。诗以老人说笛敷衍铺陈、结构全篇,似从王维《老将行》脱化出来。老人的叙述,充满对昔日盛年技艺的追忆。笛材的寻觅择取、笛音的美妙和吹奏者(即武昌老将)对音乐的痴迷三个意思错综交织,落脚点却在对吹笛人形象的塑造上。

西塞山怀古[1]

王濬楼船下益州,金陵王气黯然收[2]。千寻铁锁沉江底,一片降幡出石头[3]。人世几回伤往事,山形依旧枕寒流。今逢四海为家日[4],故垒萧萧芦荻秋。

〔1〕西塞山:在今湖北大冶东,临长江,山势陡峭,自吴至晋,皆为军事防务要塞。

〔2〕"王濬(jùn)"二句:晋武帝咸宁五年(279)十一月,晋大发兵,遣益州刺史王濬等水陆六路攻吴,六年三月,王濬水师至建业,吴帝孙皓降。

〔3〕"千寻"二句:晋伐吴时,吴人于江碛要害之处置铁锁横江拦截,晋军于船头作火炬,灌以麻油,遇铁锁则熔断之,于是王濬水师船行无碍,由武昌直下金陵,攻下石头城,吴主孙皓升降旗投降。石头,即石头城,旧址在今南京西,三国吴时,孙权因石头山造城,地形险要,为攻守金陵必争之地。

〔4〕四海为家:天下统一。

长庆四年(824)秋赴任和州途中凭吊西塞山故垒时作。中唐怀古诗极多,刘禹锡此篇允为上驷。诗因西塞山而咏古今兴亡之事,高明处在"似议非议,有论无论"(薛雪《一瓢诗话》)。此诗颇多异文,如"王濬"一作"西晋","人世几回伤往事"一作"荒苑至今生茂草","今逢"二句一作"而今四海归皇化,两岸萧萧芦荻秋"。异文或与辗转传抄有关,也可能是作者对此诗曾多次修改,锻炼再三,最终成此完篇。

经檀道济故垒[1]

万里长城坏[2],荒营野草秋。秣陵多士女[3],犹唱白符鸠[4]。

〔1〕檀道济:高平金乡(今属山东)人,南朝宋初官至征南大将军、司空、江州刺史。故垒:当是檀道济为江州刺史时所筑营垒。檀道济功高震主,元嘉十三年为彭城王刘义康矫诏杀害,其八子同时被害。

〔2〕长城坏:谓檀道济被害。据《宋书·檀道济传》,檀道济被收时,脱帻投地曰:"乃复坏汝万里之长城!"

〔3〕秣陵:即金陵,今江苏南京。

〔4〕白符鸠:舞曲名。《南史·檀道济传》载檀道济及其子八人并被诛,"时人歌曰:'可怜白浮鸠,枉杀檀江州'"。浮,同"符"。

长庆四年(824)赴任和州途经江州(今江西九江)时作。经檀道济故垒,诗人想起檀之被冤杀,但最为震动诗人心灵的,是流传久远的《白符鸠》。一首曲子能传唱四百年而不歇,其原因除了歌曲本身的美妙,大概就是公道人心了。

九华山歌并引

　　九华山在池州青阳县西南[1]，九峰竞秀，神采奇异。昔予仰太华[2]，以为此外无奇；爱女几、荆山[3]，以为此外无秀。及今见九华，始悼前言之容易也。惜其地偏且远，不为世所称，故歌以大之。

奇峰一见惊魂魄，意想洪炉始开辟[4]。疑是九龙夭矫欲攀天，忽逢霹雳一声化为石。不然何至今，悠悠亿万年，气势不死如腾仚[5]。云含幽兮月添冷，月凝晖兮江漾影。结根不得要路津，迥秀长在无人境。轩皇封禅登云亭，大禹会计临东溟[6]。乘樏不来广乐绝[7]，独与猿鸟愁青荧[8]。君不见敬亭之山黄索漠[9]，兀如断岸无棱角。宣城谢守一首诗[10]，遂使声名齐五岳。九华山，九华山，自是造化一尤物，焉能籍甚乎人间[11]？

　　〔1〕九华山：在宣州青阳县（今属安徽池州）南，原名九子山，天宝十四载，李白游江汉，睹其山秀异，更其号曰九华。详见李白《改九子山为九华山联句·序》。池州：治所在今安徽省池州市。

　　〔2〕太华：即西岳华山。

　　〔3〕女几、荆山：女几山在今河南宜阳西南，荆山在今河南宜阳县南。

〔4〕洪炉:大火炉,此喻天地造化。

〔5〕腾仚(xiān):腾空飞举。仚,同"仙"。

〔6〕"轩皇"二句:言轩辕黄帝封禅泰山、大禹巡天下大会诸侯事。云亭,即云云、亭亭,泰山下两座小山。据《史记·封禅书》,炎帝封泰山,禅于云云;黄帝封泰山,禅于亭亭。东溟,东海。据《史记·夏本纪》及《封禅书》,大禹东巡狩,至于会稽,群臣乃大会计。

〔7〕樏:相传为大禹治水时乘具之一。《尚书·益稷》:"禹曰:'洪水滔天,浩浩怀山襄陵。……予乘四载,随山刊木。'"孔安国传:"所载者四:水乘舟,陆乘车,泥乘輴,山乘樏。"宋金履祥《书经注》卷二:"樏……以铁为之,其形似锥,长半寸,施之履下,以上山不蹉跌也。"广乐:天子之乐称为广乐。

〔8〕青荧:天空。

〔9〕敬亭山:在宣州(今属安徽)北。黄索寞:枯萎而无生气。

〔10〕宣城谢守:指南朝齐谢朓。谢朓曾任宣城太守,作《游敬亭山》等诗。

〔11〕籍甚:名声大。

长庆四年(824)赴任和州途经九华山时作。此诗写九华山九峰奇观,用语峭拔挺出,设想亦奇特。诗中再三慨叹九华山所处不在要路津,故不能为世人共知,暗寓个人身世之感叹。九华山在李白、刘禹锡之前默默无闻,经两位大诗人的张扬,始为天下所知,诚如柳宗元所言,"美不自美,因人而彰"(《马退山茅亭记》)。

谢宣州崔相公赐马[1]

浮云金络脑,昨日别朱轮。衔草如怀恋,嘶风尚意平[2]。曾

189

将比君子[3]，不是换佳人[4]。从此西归路，应容蹑后尘。

〔1〕崔相公：指崔群，字敦诗，贝州武成（今属河北）人，贞元八年登进士第。元和中历仕库部郎中知制诰、中书舍人、礼部侍郎、户部侍郎等，十二年拜中书侍郎、同平章事，十四年罢为湖南观察使。穆宗即位，历任吏部侍郎、御史大夫、华州刺史等，长庆四年改宣歙观察使。此称崔群旧衔。

〔2〕"浮云"以下四句：以马喻人，意谓崔群不恋富贵，不以罢相为意；虽怀恋主之情，但并无怨言。浮云，语出《论语·述而》："子曰：'不义而富且贵，于我如浮云。'"金络脑，华贵的马络头。朱轮，古代王侯达官所乘车。

〔3〕比君子：古人每将马拟君子。《渊鉴类函》卷四三三引《风俗通》："俗说相马及君子，与人相匹。"

〔4〕换佳人：用三国魏曹彰以美妾换马事。《独异志》卷中："后魏曹彰性倜傥，偶逢骏马，爱之，其主所惜也。彰曰：'予有美妾，可换，惟君所选。'马主因指一妓，彰遂换之。"

长庆四年（824）赴和州途经宣州（今属安徽）时作。崔群与刘禹锡同庚，贞元时，刘禹锡入朝为监察御史即举崔群以自代。元和、长庆间崔群为朝中大臣，有名于时，韩愈、柳宗元皆推重之。刘禹锡量移和州，崔群致书云"必我觌而之藩，不十日饮，不置子"（刘禹锡《历阳书事七十四韵·引》）。刘禹锡自夔州抵和州，一路行船，至池州改陆路抵宣城，乃为崔群。崔群热情款待刘禹锡，临别又赠马。刘诗既是咏马，又颂美崔群，可见两人之间不以升沉异趣的君子之交。

晚泊牛渚[1]

芦苇晚风起，秋江鳞甲生[2]。残霞忽改色，远雁有余声。戍鼓音响绝，渔家灯火明。无人能咏史，独自月中行[3]。

〔1〕牛渚：即牛渚矶，又名采石矶，在宣州当涂（今属安徽马鞍山）西北长江南岸。

〔2〕鳞甲：江水波纹。

〔3〕"无人"二句：用晋袁宏、谢尚事写秋江寂寞情景。《世说新语·文学》载，袁宏有逸才而孤贫，为人佣载运租为业。时镇西将军谢尚屯牛渚，乘月夜泛江，闻运船中讽咏之声，甚有情致，所诵五言又未尝闻，遣问之，即袁宏咏其自作《咏史》。于是大相赞赏，引为参军。

长庆四年（824）赴任和州途经牛渚时作。诗写秋江夜景，复借古人事慨叹平生之不遇，含蓄蕴藉，不露痕迹。李白《夜泊牛渚怀古》亦用谢、袁事，云"余亦能高咏，斯人不可闻"，以舟中袁宏自居；刘诗云"无人能咏史，独自月中行"，似以谢尚自拟。此因所处地不同（一在舟中，一在岸上）而有异，然尚友之意略同。

秋江晚泊

长泊起秋色，空江涵雾晖。暮霞千万状，宾鸿次第飞[1]。古戍见旗迥,荒村闻犬稀。轲峨艑上客[2],劝酒夜相依。

〔1〕宾鸿:鸿雁。《礼记·月令》:"(季秋之月)鸿雁来宾。"
〔2〕轲峨:高大。艑(biàn):船。

或与前篇同时所作。诗写暮色中泊舟江上景象,前两联紧扣"秋江晚泊"题目,颈联转入江岸古戍、荒村,有肃杀荒凉之气,尾联转言人事,收得徐缓有味。

夜闻商人船中筝

大艑高船一百尺,新声促柱十三弦[1]。扬州市里商人女,来占西江明月天[2]。

〔1〕新声:新近流行的曲调。柱:琴或筝等弦乐器上的码子,旋转可以调节音调。
〔2〕占:据有、占有。西江:长江由江陵至扬州一段。

或与前篇同时之作。题目中的"商人"或即前篇"劝酒相依"者。扬州来的歌女,曲声美妙,江天月色是属于她们的。

宝历时期

客有话汴州新政书事寄令狐相公[1]

天下咽喉今大宁,军城喜气彻青冥。庭前剑戟朝迎日,笔底文章夜应星[2]。三省壁中题姓字,万人头上见仪形[3]。汴州忽复承平事,正月看灯户不扃[4]。

〔1〕汴州:治所在今河南开封市。汴州军亦称宣武军,自德宗后屡生叛乱。令狐相公:令狐楚,字悫士,敦煌(今属甘肃)人,贞元七年登进士第,元和九年仕至职方郎中知制诰,充翰林学士,十三年出为华州刺史,转河阳节度使,十四年入朝为中书侍郎同平章事,长庆元年为太子宾客分司东都,四年为河南尹,其年九月迁宣武军节度使。《旧唐书》本传:"汴军素骄,累逐主帅,前后韩弘兄弟,率以峻法绳之,人皆偷生,未能革志。楚长于抚理……及莅汴州,解其酷法,以仁惠为治,去其太甚,军民咸悦,翕然从化,后竟为善地。"题中"新政"谓此。

〔2〕"庭前"二句:言令狐楚武功、文治双美。剑戟,节度使府前所列棨戟。唐时官员三品以上,门前列棨戟。夜应星,谓令狐楚文章驰名天下,上应星宿。

〔3〕"三省"二句:谓令狐楚历任三省要职,风度出众。题姓字,题姓名于官署厅壁。唐时各官署多有"题名记",如《郎官石柱题名》《承旨学士院(题名)记》《御史台题名记》等。

〔4〕户不扃：即夜不闭户。

宝历元年（825）春作于和州。令狐楚在汴州行新政，对宣武军以安抚为主。《旧唐书·令狐楚传》称："汴帅前例，始至率以钱二百万实其私藏，楚独不取，以其羡财治廨舍数百间。"汴州平定，刘禹锡欣然为此诗寄贺，对令狐文章、资历、仪态俱有夸赞，然着重夸赞的还是"新政"。刘禹锡与令狐楚唱和之诗，后来曾编为《彭阳唱和集》三卷。"二人唱和，首见于此。"（陶敏、陶红雨《刘禹锡全集编年校注》）

春日书怀寄东洛白二十二杨八二庶子〔1〕

曾向空门学坐禅，如今万事尽忘筌〔2〕。眼前名利同春梦，醉里风情敌少年。野草芳菲红锦地〔3〕，游丝撩乱碧罗天〔4〕。心知洛下闲才子，不作诗魔即酒颠〔5〕。

〔1〕东洛：谓东京洛阳。白二十二、杨八：分别指白居易、杨归厚。庶子：为太子东宫官职名，时白、杨二人为太子左庶子分司东都。
〔2〕忘筌：《庄子·外物》："筌者所以在鱼，得鱼而忘筌。"意谓既已达到目的，则原先所凭借之工具即已无用，可以丢掉。筌，竹制捕鱼之器。
〔3〕红锦地：落花如红锦铺地。
〔4〕游丝：春日空中飘浮的丝，为昆虫所吐。碧罗：青绿色的丝织物。
〔5〕诗魔：痴迷写诗如同着魔。又，白居易号诗魔。酒颠：狂饮，此

指酒徒。

宝历元年(825)作于和州刺史任。前四句写自己,后四句推想白、杨。刘禹锡贬谪外任已久,白、杨二人在东都任闲官,所以刘禹锡以己度人,说白、杨二位在洛下春风中快活,不是作诗,就是醉酒,于旷达中见牢骚。

苏州白舍人寄新诗有叹
早白无儿之句因以赠之〔1〕

莫嗟华发与无儿,却是人间久远期。雪里高山头白早,海中仙果子生迟〔2〕。于公必有高门庆,谢守何烦晓镜悲〔3〕。幸免如新分非浅〔4〕,祝君长有梦熊诗〔5〕。

〔1〕苏州白舍人:指白居易。元和间曾任中书舍人,故称。时白居易已自太子左庶子分司东都除苏州刺史。白莅新职后,为《自咏》诗寄刘禹锡,有"唯是无儿早头白"之句,刘作此诗以答之。

〔2〕"雪里"二句:谓白居易或可老年得子。白居易三十八岁有女名金銮子,金銮子三岁夭,至宝历元年膝下仍无子,故有"无儿"之叹。

〔3〕"于公"二句:用汉于公、南朝齐谢朓事,言白居易子孙必大贵,不必因白发而愁。据《汉书·于定国传》,于公为县狱史,决狱平,其门间坏,父老方共治之,于公自称其治狱多阴德,未尝有所冤,子孙必有兴者,令稍高大其间门,可容驷马高盖车。后其子定国官至丞相,其孙永为御史大夫,封侯传世。谢朓尝为宣城太守,其示萧谘议、虞田曹,刘、江二常侍《冬绪羁怀》诗有"寒灯耿宵梦,清镜悲晓发"之句。

〔4〕"幸免"句：意谓所幸者与白相交甚深，情分不浅。如新，谓相交日久而不相知，有如新交一般。《史记·邹阳列传》引谚语曰："白头如新，倾盖如故。"司马贞《索隐》："人不相知，自初交至白头，犹如新也。"

〔5〕梦熊：古人以梦熊为生男的征兆。

宝历元年（825）夏秋间作于和州刺史任。白、刘二人晚年相交甚深，酬唱往来就会涉及一些纯属个人私生活的问题，如白居易《自咏》慨叹"无儿头早白"，确是其心头一病。刘禹锡答诗言雪山头早白、仙果生子迟，既宽慰又恭维，恭维而不失分寸。

白舍人见酬拙诗因以谢寄

虽陪三品散班中，资历从来事不同〔1〕。名姓也曾镌石柱，诗篇未得上屏风〔2〕。甘陵旧党凋零尽，魏阙新知礼数崇〔3〕。烟水五湖如有伴〔4〕，应犹堪作钓鱼翁。

〔1〕"虽陪"二句：白居易酬诗中有"好相收拾为闲伴，年齿官班约略同"二句，刘以此二句答之。犹言你我虽然同为州刺史，似乎"年齿官班约略同"，但实际上"从来事不同"。唐制上州刺史三品。散班，散官品秩，唐人以散官品级记资历。上州刺史之品级虽可以列于三品。刘禹锡、白居易同为州刺史，但白居易前此曾为翰林学士、中书舍人，地近枢密，又曾"赐绯"，资历实优，刘禹锡则久贬在外，虽州刺史名位同，实则大不同。

〔2〕"名姓"二句:言自己虽然也曾为郎官,但诗名不及白居易。镌石柱,唐时尚书省各司皆有石柱,镌刻郎官姓名于其上。贞元中刘禹锡曾为屯田员外郎,故云。屏风,为古人用以挡风或遮蔽的器具,古代帝王常将看重的人才题名其上。

〔3〕"甘陵"二句:言与己同时的永贞党人凋零殆尽,好在新交好友在朝廷地位尊崇。甘陵,汉县名,即今河北清河县。据《后汉书·党锢列传》,桓帝为蠡吾侯时,受学于甘陵周福,即位后擢周福为尚书。时同郡房植亦有名当朝。二家宾客互相讥嘲,遂各树朋徒,东汉党锢之祸,由周、房两家起。此处以甘陵旧党指永贞王韦党人。刘禹锡为此诗时,王韦党人中唯刘禹锡与韩泰尚存世。魏阙新知,指执政者如裴度、李程、令狐楚等,皆与刘、白交好。

〔4〕五湖:即太湖,亦泛指吴越一带湖泊。春秋末越国大夫范蠡,辅佐越王勾践,灭亡吴国,功成身退,乘轻舟以隐于五湖,后因以"五湖"指隐遁之所。

约与前篇同时所作。白居易酬诗一句"年齿官班约略同"引起了刘禹锡宦途感慨,故而在恭维白居易的同时,刘禹锡发了一些牢骚,但也不无傲色,如"名姓也曾镌石柱"之句。当刘禹锡官居屯田员外郎时,白居易不过秘书省校书郎。朝中枢要如裴度等,皆与刘、白交好,可以视为刘禹锡对个人前途的乐观预计。

令狐相公见示河中杨少尹赠答兼命继声〔1〕

两首新诗百字余,朱弦玉磬韵难如。汉家丞相重征后,梁苑仁风一变初〔2〕。四面诸侯瞻节制,八方通货溢河渠〔3〕。自从郤縠为元帅，大将归来尽把书[4]。

〔1〕杨少尹：指杨巨源，字景山，河中人，贞元五年进士第，时为河中府少尹。河中府，开元后置，府治在今山西永济，少尹为府副长官。

〔2〕"汉家"二句：用汉黄霸一再被征事言令狐楚自长庆末罢相后一再迁升，政声甚佳。黄霸字次公，汉宣帝时任扬州刺史、颖川太守，务农桑，节财用，种树蓄养，有治绩，户口岁增，为全国第一。后屡迁官，为丞相，封侯。梁苑，即汴州，唐宣武军节度使治所。

〔3〕"四面"二句：言令狐楚声高望重，受到治下军将尊崇，治所汴州漕运畅通，南北货商常于此东西往来。

〔4〕"自从"二句：用春秋郤縠为元帅事赞誉令狐楚。郤縠，晋人，《左传·僖公二十七年》："（晋文公）作三军，谋元帅，赵衰曰：'郤縠可。臣亟闻其言矣，说礼乐而敦诗书。'……乃使郤縠将中军。"令狐楚聪敏博学，才思俊丽，元和中掌制诰，为一代文宗。

宝历元年（825）秋冬间作于和州。令狐楚与杨巨源赠答诗今不存。诗用黄霸典赞誉令狐楚政绩突出，用郤縠典赞誉令狐楚博学多文，皆很贴切，恭维却不阿谀。令狐楚为宣武军节度使事，可参见《客有话汴州新政书事寄令狐相公》诗及注。

张郎中籍远寄长句开缄之日
已及新秋因举目前仰酬高韵[1]

南宫词客寄新篇[2]，清似湘灵促柱弦[3]。京邑旧游劳梦想，历阳秋色正澄鲜。云衔日脚成山雨，风驾潮头入渚田。

对此独吟还独酌,知音不见思苍然〔4〕。

〔1〕张郎中籍:张籍,字文昌,祖籍吴郡(今江苏苏州),后移居和州(今属安徽),故以和州为故乡,时任主客郎中。长句:此指七言律诗。

〔2〕南宫:指尚书省。唐尚书省在皇城内、宫禁之南。张籍时任主客郎中,属尚书省礼部。

〔3〕"清似"句:言张籍诗之清妙。《楚辞·远游》:"使湘灵鼓瑟兮,令海若舞冯夷。"湘灵,湘水之神。

〔4〕苍然:怆然。

宝历元年(825)秋作于和州。张籍《寄和州刘使君》云:"别离已久犹为郡,闲向春风倒酒瓶。送客特过沙口堰,看花多上水心亭。晓来江气连城白,雨后山光满郭青。到此诗情应更远,醉中高吟有谁听?"张籍是和州人,将对旧游的怀想与对家乡的赞美合在了一起。张籍是年春寄出这首诗,不知缘何耽误,刘禹锡至秋日始得到,便以和州之秋酬唱。原唱与和作,俱为歌咏和州的佳作。

和浙西李大夫霜夜对月听小童吹筚篥歌〔1〕

海门双青暮烟歇〔2〕,万顷金波涌明月。侯家小儿能筚篥,对此清光天性发。长江凝练树无风〔3〕,浏栗一声霄汉中〔4〕。涵胡画角怨边草〔5〕,萧瑟清蝉吟野丛。冲融顿挫心使指,雄吼一声转如水。思妇多情珠泪垂,仙禽欲舞双翅起。郡人寂听衣满霜,江城月斜楼影长。才惊指下繁韵息,已见树杪明星光。谢公高斋吟激楚[6],恋阙心同在羁旅。一奏荆人白雪歌,如闻雒客扶风邬[7]。吴门水驿接山阴,文字殷勤寄意深。[8]欲识阳陶能绝处,少年荣贵道伤心[9]。

〔1〕原题下有注:"依本韵。"浙西李大夫:李德裕,字文饶,赵郡赞皇(今属河北)人,宰相李吉甫之子。元和元年以父荫补秘书省校书郎,十四年仕至监察御史。穆宗即位,为翰林学士,长庆元年以考功郎中知制诰,次年擢中书舍人,旋改御史中丞,又出为润州刺史、浙西观察使。小童:为润州乐工,名薛阳陶,时年十二。筚篥(bì lì):管乐器。唐段安节《乐府杂录》:"筚篥者,本龟兹国乐也。亦名悲篥,有类于笳。"

〔2〕海门双青:指润州长江中象、焦二山,在今江苏镇江东北,屹立大江中,当时为江防要地。

〔3〕凝练:用谢朓《晚登三山还望京邑》"澄江静如练"句意。

〔4〕浏栗:亦作浏栗、浏漓、浏溧,声音清亮貌。

〔5〕涵胡:即含糊,此处作浑厚讲。

〔6〕谢公:谢朓。谢朓为宣城太守时有《郡内高斋闲坐答吕法曹》诗,此代指李德裕。

〔7〕"一奏"二句:言小童奏筚篥勾起李德裕思念京师之情。荆人白雪歌,即郢人《阳春白雪》,此指李德裕诗歌。宋玉《对楚王问》:"客有歌于郢中者,其始曰《下里巴人》,国中属而和者数千人……其为《阳春白雪》,国中属而和者数十人而已也。"雒客,即洛客。扶风邬,即平阳邬,京兆府扶风郡郿县有平阳邬。马融《长笛赋序》:"融……性好音,能鼓琴吹笛,而为督邮,无留事。独卧郿平阳邬中。有雒客舍逆旅,吹笛为《气出》《精列》相和。融去京师逾年,暂闻,甚悲而乐之。……作《长笛赋》。"

〔8〕"吴门"二句:谓白居易、元稹俱有和李德裕之诗。吴门,指苏州,时白居易为苏州刺史。山阴,越州属县,时元稹为越州刺史、浙东观察使。苏州与越州有水路相通。

〔9〕"欲识"二句:谓薛阳陶曲艺超绝,引发了李德裕的伤感。少年荣贵,指李德裕。时李德裕年仅三十八,出任浙西观察使,可谓"少年荣贵"。

宝历元年(825)作于和州。李德裕因乐童薛阳陶奏筚篥作《霜夜听小童阳陶吹筚篥》,元稹、白居易及刘禹锡皆有诗和之。此是刘禹锡与李德裕唱和之始。李德裕原诗,今残存六句:"君不见秋山寂历风飙歇,半夜青崖吐明月。寒光乍出松篠间,万籁萧萧从此发。忽闻歌管吟朔风,精魂想在幽岩中。"刘诗既依本韵,用原字,又能突破原诗思路的限制,颇见巧思。李德裕受李逢吉排挤以御史中丞出为润州刺史、浙西观察使,故刘诗后半突出李德裕思念京师之情,立意高于白居易专写薛阳陶吹奏技艺之和诗。

湖州崔郎中曹长寄三癖诗自言在诗与琴酒其词逸而高吟咏不足昔柳吴兴亭皋陇首之句王融书之白扇故为四韵以谢之〔1〕

视事画屏中〔2〕,自称三癖翁。管弦泛春渚,旌斾拂晴虹。酒对青山月,琴韵白蘋风〔3〕。会书团扇上,知君文字工〔4〕。

〔1〕湖州:今浙江湖州。崔郎中曹长:指崔玄亮,字晦叔,博陵(今河北安平)人,元和中历仕膳部、驾部员外郎等,长庆三年出为湖州刺史。

其《三癖诗》今不存。三癖,即以诗、琴、酒为癖。柳吴兴:指柳恽,南朝齐、梁时人,两任吴兴(即湖州)太守。《梁书·柳恽传》载,柳恽《捣衣诗》有"亭皋木叶下,陇首秋云飞"句,王融甚叹赏,因书亭壁及所执白团扇。

〔2〕视事:处理公务。

〔3〕白蘋风:宋玉《风赋》有"风起于青蘋之末"之句,柳恽为吴兴太守时,亦赋有"汀洲采白蘋"之句。白苹,水草。

〔4〕文字:此指书法。

　　宝历二年(826)作于和州。唐代诗人普遍好诗、酒与琴,但自称"三癖翁"并以"三癖"命题为诗者,只有崔玄亮。崔玄亮以《三癖诗》寄刘禹锡,刘酬以此诗。刘禹锡自任和州刺史,与朝中、地方大员的诗歌应酬渐多,此是与崔玄亮酬答的第一首,此后刘禹锡与崔玄亮唱和不断。

望夫石

终日望夫夫不归,化为孤石苦相思。望来已是几千载,只似当时初望时。

　　宝历年间作于和州。原题下有注:"正对和州郡楼。"望夫石在当涂县(今属安徽)。当涂与和州隔江相望。《太平寰宇记》卷一〇五"太平州当涂县":"望夫山,在县北四十七里。昔人往楚,累岁不还,其妻登此山望夫,乃化为石。周回五十里,高一百丈,临江。"诗咏望夫石,全用赋体,语言质朴。连用三个"望"字,在回环往复中写出缠绵的感情。

金陵五题并引

　　余少为江南客,而未游秣陵[1],尝有遗恨。后为历阳守,跂而望之[2]。适有客以《金陵五题》相示,逌尔生思[3],欻然有得[4]。它日,友人白乐天掉头苦吟[5],叹赏良久,且曰:"'潮打空城寂寞回',吾知后之诗人不复措词矣!"余四韵虽不及此,亦不孤乐天之言尔。

石头城

山围故国周遭在[6],潮打空城寂寞回。淮水东边旧时月[7],夜深还过女墙来[8]。

〔1〕秣陵:即金陵。秦始皇时,望气者称五百年后金陵有都邑之气,故始皇改其地曰秣陵。

〔2〕跂:通"企",踮起脚跟。

〔3〕逌(yōu)尔:舒适自得貌。逌,同"悠"。

〔4〕欻然:忽然、顿然。

〔5〕掉头:摇头貌。

〔6〕故国:指石头城。石头城曾是楚金陵治所。周遭在:指往时城墙旧迹依然还在。

〔7〕淮水:即秦淮河。

〔8〕女墙:城上矮墙。

乌衣巷[1]

朱雀桥边野草花,乌衣巷口夕阳斜。旧时王谢堂前燕[2],飞入寻常百姓家。

〔1〕乌衣巷:巷道名,距秦淮河朱雀桥不远,三国时为吴国卫戍部队营房所在,因军士皆着黑衣而得名。

〔2〕王谢:东晋至南朝王、谢两大家族。东晋时,丞相王导始居于乌衣巷,谢混、谢灵运等亦居于此。《世说新语·雅量》:"有往来者云:庾以有东下意。或谓王公(导):'可潜稍严,以备不虞。'王公曰:'我与元规虽俱王臣,本怀布衣之好。若其欲来,吾角巾径还乌衣,何所稍严。'"又《宋书·谢弘微传》:"(谢)混风格高峻,少所交纳。唯与族子灵运、瞻、曜、弘微并以文义赏会。尝共宴处,居在乌衣巷,故谓之乌衣游。"

台城

台城六代竞豪华,结绮临春事最奢[1]。万户千门成野草,只缘一曲后庭花[2]。

〔1〕结绮、临春:阁名,陈后主在位时,在台城建结绮、临春、望仙三阁,门窗皆用极珍贵之檀木与沉香木,饰以金玉,极其奢华。

〔2〕后庭花:舞曲名,即《玉树后庭花》,陈后主所作,歌辞颓靡哀

伤,被人视为亡国之音。

生公讲堂[1]

生公说法鬼神听[2],身后空堂夜不扃[3]。高座寂寥尘漠
漠,一方明月可中庭[4]。

〔1〕生公:东晋僧人竺道生,俗姓魏,钜鹿人,自幼出家,后游学长
安,从鸠摩罗什受业,南游,讲经于建康(即金陵)高座寺。

〔2〕鬼神听:据晋人《莲社高贤传·道生法师》载,生公入虎丘山,
聚石为徒,讲《涅槃经》,至精要处,则说有佛性,且曰:"如我所说,契佛
心否?"群石皆为点头。旬日间学众云集。一说生公聚石讲经处即在建
康高座寺。

〔3〕扃:关锁门窗。

〔4〕"一方"句:《洪驹父诗话》载,宋代黄庭坚(黄山谷)很欣赏刘
禹锡"一方明月可中庭"一句,与群僧围炉言之,"一僧率尔曰:'何不曰
"一方明月满中庭"?'山谷笑去。"(《苕溪渔隐丛话》前集卷二○引)。
"笑而离去"的黄庭坚对僧人的信口雌黄虽未直接表态,但足见他并不
同意僧人的说法。"满"字颇形象,非不佳,但"满"字只是说月光撒满庭
院而已;"可"字也含有"满"意,是恰到好处的满。宋人陈与义《题继祖
蟠室》的"日斜疏竹可窗影,正是幽人睡足时"的"可",即用此义。

江令宅[1]

南朝词臣北朝客,归来唯见秦淮碧[2]。池台竹树三亩余,至

今人道江家宅。

〔1〕江令:即江总。总字总持,济阳考城(今河南兰考)人,幼聪颖,善文辞,所作五、七言诗,传诵一时。总先仕梁,梁亡仕陈,官至尚书令,人称江令。仕陈时与后主及众狎客游宴后宫,不理政事,制作淫词艳曲,君臣昏乱,国事日非。陈亡,入关,授上开府,后放归。故诗中称其为"南朝词臣北朝客"。江总宅至宋时尚在,宋张敦颐《六朝事迹编类》卷下:"江令宅,陈尚书令江总宅也。《建康实录》及杨修诗注云:南朝鼎族,多夹清溪,江令宅尤占胜地。……今城东段大夫约之宅,正临清溪,即其地也。"

〔2〕"归来"句:似言江总仕隋后曾回到金陵故居。按,江总仕隋时年已七十一,隋开皇四年卒于江都,年七十六,其间是否回过金陵,史无记载。

这组诗为刘禹锡宝历间在和州所作。据引,诗人所写金陵古迹,非亲睹,全凭知识和想象。《金陵五题》是刘禹锡的七绝代表作,五首俱佳,而《石头城》尤为历代批评家所推崇。白居易推《石头城》为《五题》第一,推"潮打空城寂寞回"一句为绝佳之句。清人沈德潜亦推此篇为唐人七绝压卷之作,堪与李白"白帝"、王昌龄"奉帚平明"、王维"渭城"、王之涣"黄河远上"等名家之作"接武"(《说诗晬语》卷上)。

罢和州游建康

秋水清无力,寒山暮多思。官闲不计程,遍上南朝寺。

宝历二年（826）冬刘禹锡罢和州刺史。建康，即金陵（今江苏南京）。此诗为北返前游金陵所作。唐时官员三年或四年届满，刘禹锡刺和州两年，诗题曰"罢"，是届未满而去职，因此心情是郁闷的。秋水无波，寒山多思，没有职事羁绊，可以逐一游览金陵的寺院了，是郁闷中的自我开解。

金陵怀古

潮满冶城渚[1]，日斜征虏亭[2]。蔡洲新草绿[3]，幕府旧烟青[4]。兴废由人事，山川空地形。后庭花一曲[5]，幽怨不堪听。

〔1〕冶城：故址在今南京朝天宫一带，三国吴所筑，为铸冶之地，因以得名。《世说新语·言语》载，王羲之与谢安曾共登冶城。南朝梁敬帝绍泰元年，梁谯、秦二州刺史徐嗣徽袭建康，尚书令陈霸先（后为南朝陈开国皇帝）在此大破徐军。

〔2〕征虏亭：故址在今南京西北隅秦淮河畔。《世说新语·雅量》刘孝标注引《丹阳记》，谓此亭为征虏将军谢安所立，因以为名。

〔3〕蔡洲：长江中洲名。东晋时，卢循作乱率十万众，舟舰数百里，连旗而下。刘裕（即南朝宋开国皇帝，时为东晋将领）登石头城以望卢循军，见循军回泊蔡洲，曰："此成擒耳。"俄而循大败走。（《元和郡县志》卷二十六）

〔4〕幕府：山名，在今南京北。东晋初，丞相王导建幕府于其上，因而得名。

〔5〕后庭花：即《玉树后庭花》，陈后主所作曲名。

　　与前首为同时之作。金陵虎踞龙盘，是帝王之都，然而六朝更替，不过数百年间事。诗人以为朝代兴废，根本原因在于人事，识见颇高。冶城、征虏亭、蔡洲、幕府，既是地名，也是人事，均与前朝著名政治家或军事家有关，由此引发"兴废由人事，山川空地形"一联断语，是自然而然。

台城怀古

清江悠悠王气沉[1]，六朝遗事何处寻？宫墙隐嶙围野泽[2]，鸂鶒夜鸣秋色深[3]。

　　〔1〕王气：王者之气。相传金陵有王者之气，详见《西塞山怀古》注。
　　〔2〕隐嶙：高低起伏貌。
　　〔3〕鸂鶒（yì）：两种水鸟。

　　宝历二年（826）北归前游金陵作。台城，六朝宫墙。《金陵五题》中的《台城》以议论胜，此诗以意象胜。唐末韦庄《台城》诗云"无情最是台城柳，依旧烟笼十里堤"，可与此诗对读。

酬乐天扬州初逢席上见赠

巴山楚水凄凉地,二十三年弃置身[1]。怀旧空吟闻笛赋,到乡翻似烂柯人[2]。沉舟侧畔千帆过,病树前头万木春[3]。今日听君歌一曲,暂凭杯酒长精神。

　　[1]"巴山"二句:刘禹锡自永贞元年(805)被贬朗州司马,十年后曾被召回,旋又外放,连任连州、夔州、和州刺史,至本年(826)罢和州,首尾合计共二十三年。

　　[2]"怀旧"二句:言世事变迁,亲朋凋落,自己只能吟诗怀念。闻笛赋,晋向秀曾闻笛作《思旧赋》怀念嵇康,详见长庆间《伤愚溪三首》诗注。烂柯人,据南朝任昉《述异记》载,晋人王质入山砍柴,见二童子下棋,遂观终局,发现手中斧柄(柯)已经朽烂,回乡后始知已经历了一百年。

　　[3]"沉舟"二句:言自己衰老潦倒,而时局及人事变化极大,昔日同僚官场得意者甚众。白居易赠诗云:"举眼风光长寂寞,满朝官职独蹉跎。"为刘抱屈。刘以此答之。

　　刘禹锡宝历二年(826)秋罢和州北返洛阳,与自苏州返洛阳的白居易在扬州相遇。刘、白二人虽唱和已久,但当面论交,此为首次。白于席上赋诗相赠,刘答以此诗。诗有无限苍凉、不胜荣悴之感。"沉舟""病树"联足见诗人胸襟洒落,清人沈德潜评曰:"'沉舟'二语,见人事不齐,造化亦无如之何。悟得此旨,终身无不平之心矣。"(《唐诗

别裁》卷一五）

同乐天登栖灵寺塔

步步相携不觉难，九层云外倚栏杆。忽然语笑半天上，无限游人举眼看。

宝历二年（826）冬北归途中作于扬州。栖灵寺，即扬州西灵寺。刘禹锡与白居易登此塔，白先有作，刘和以此诗。九层塔上，如在云外，一阵笑语，惹得塔下无数游人举目仰望，自有一种潇洒气度。

谢寺双桧[1]

双桧苍然古貌奇，含烟吐雾郁参差。晚依禅客当金殿，初对将军映画旗[2]。龙象界中成宝盖[3]，鸳鸯瓦上出高枝[4]。长明灯是前朝焰，曾照青青年少时。

〔1〕原题下有注："扬州法云寺，谢镇西宅，古桧存焉。"谢寺：即扬州法云寺。题注之"谢镇西"为东晋谢尚。谢尚尝为镇西将军，镇广陵。《舆地纪胜》卷三七"扬州"："法云寺，晋谢安宅。"谢安（尚从弟）都督扬荆等十五州军事时曾出镇广陵（扬州），然谢安不曾为镇西将军，史籍所载或有误。桧（guì）：即圆柏，常绿乔木。

〔2〕将军：指谢尚，又兼指杜佑。贞元十六、十七年，杜佑为淮南节

度使,驻扬州,刘禹锡在其幕,为掌书记,曾见过谢寺双桧。画旗:军中有图案的旗帜,代指军政大员。

〔3〕龙象界:水行中龙力最大,陆行中象力最大,故佛教常用以比喻阿罗汉中修行勇猛有大力者。此指佛寺。

〔4〕鸳鸯瓦:成对的瓦。

宝历二年(826)冬北归途中作于扬州。诗以双桧自况,感慨岁月流逝。语带双关,是此诗最大特点:"青青"双桧与"苍然"双桧双关青年诗人和老去的诗人;"将军"既是谢尚,又指杜佑;"前朝"指晋朝,又指德宗贞元时。人事与自然的交织,晋朝与唐朝的叠合,包涵着难以言传的人生体验。

和乐天鹦鹉

养来鹦鹉觜初红〔1〕,宜在朱楼绣户中。频学唤人缘性慧,偏能识主为情通。敛毛睡足难销日,弹翅愁时愿见风〔2〕。谁遣聪明好颜色? 事须安置入深笼。

〔1〕觜:同"嘴"。
〔2〕弹(duǒ):垂下。

作于宝历二年(826)冬北归途中。白居易先有《鹦鹉》诗,刘和以此首。白居易《鹦鹉》云:"陇西鹦鹉到江东,养得经年嘴渐红。常恐思归先翦翅,每因馂食暂开笼。人怜巧语情虽重,鸟忆高飞意不同。应似朱门歌舞妓,深藏牢闭后房中。"以鹦鹉自拟,喻其为官不能任性潇洒、身不由己的苦衷。白居易免苏州刺史,回朝等待新的任命,希望得到闲职,可以颐养身体,安适性情,同时又未尝不期望得到更显赫的官位,心情是矛盾的。刘诗恭维奉承白居易多才,所以难免深锁笼中(朝廷尊密之处),是揣摩到了白居易的心理。

韩信庙[1]

将略兵机命世雄,苍黄钟室叹良弓[2]。遂令后代登坛者[3],每一寻思怕立功。

〔1〕韩信庙:在楚州(今江苏淮阴)。韩信,秦末汉初淮阴人,初属项羽,后投奔刘邦。在楚汉战争中,为刘邦屡立奇功。汉朝建立,被封为楚王,后为吕后及丞相萧何设计杀于长乐宫钟室。

〔2〕良弓:据《史记·淮阴侯列传》,汉六年,有人告楚王韩信谋反,高帝以陈平计缚信,载后车,信曰:"果若人言:'狡兔死,走狗烹;高鸟尽,良弓藏。敌国破,谋臣亡。'天下已定,我故当烹。"至洛阳,赦其罪,降为淮阴侯。

〔3〕登坛:据《史记·淮阴侯列传》,韩信初投刘邦,刘邦择日设坛,拜信为大将。

约作于宝历二年(826)北归途中。后世咏韩信之诗,或责人主刻薄寡恩,或感慨韩信功高震主,不知明哲保身。此诗由韩信事说到后世登坛拜将者"怕立功",翻出新意。

岁杪将发楚州呈乐天[1]

楚泽雪初霁[2]，楚城春欲归。清淮变寒色，远树含清晖。原野已多思，风霜潜减威。与君同旅雁，北向刷毛衣。

〔1〕岁杪：岁末。

〔2〕楚泽：楚国之泽。司马相如《子虚赋》："楚有七泽。"楚地多湖泊，楚州古属楚国（西楚），此处或指楚州附近的洪泽湖、成子湖等。

宝历二年（826）除日作于楚州（今江苏淮安），白居易答以《除日答梦得同发楚州》。南朝沈约《咏湖中雁》诗："白水满春塘，旅雁每回翔。……刷羽同摇漾，一举还故乡。"刘诗末联暗用其意。诗人将达故乡，故有意整顿行装、抖擞精神，可见当时心情。

大和时期

令狐相公俯赠篇章斐然仰谢

鄂渚临流别,梁园冲雪来[1]。旅愁随冻释,欢意待花开。城晓鸟频起,池春雁欲回。饮和心自醉[2],何必管弦催?

[1]"鄂渚"二句:言曾与令狐楚鄂渚(武昌)分别,今在梁园(汴州)重逢。令狐楚长庆元年(821)四月自衡州刺史移郢州刺史,迁太子宾客分司东都,其年冬刘禹锡自洛阳赴夔州刺史任,二者或遇于鄂渚。

[2]饮和:使人感觉到自在,享受和乐。《庄子·则阳》:"(圣人)故或不言而饮人以和。"郭象注:"人各自得,斯饮和矣,岂待言哉?"

刘禹锡罢和州北归洛阳途中经汴州时作,时在文宗大和元年(827)正月。令狐楚赠刘禹锡诗今不存。刘禹锡与令狐楚贞元、永贞间不无往还,但频繁的诗文酬唱乃是近年间事,此次相会,其乐融融。

酬令狐相公赠别

越声长苦有谁闻[1]?老向湘山与楚云[2]。海峤新辞永嘉守,夷门重见信陵君〔3〕。田园松菊今迷路,霄汉鸳鸿久绝群〔4〕。幸遇甘泉尚词赋,不知何客荐雄文〔5〕?

〔1〕越声:越吟、越歌。《史记·张仪列传》载,战国时越人庄舄仕楚,富贵而不忘故国,病中吟越歌以寄乡思,后因以喻思乡忆国之情。

〔2〕湘山、楚云:代指其曾任职的朗州、襄州。

〔3〕"海峤"二句:言辞任和州刺史北还,与令狐楚重逢于汴州。永嘉,南朝宋谢灵运曾任永嘉(今浙江温州)太守,此处借谢灵运自指。海峤,原指海边山岭,因和州临大江,故也称海峤。夷门,战国魏都城大梁的东门,故址在今河南开封城内东北隅。因在夷山之上,故名。信陵君,战国四大公子之一,此指令狐楚。

〔4〕"田园"二句:言久别家乡与朝廷。松菊,陶潜《归去来辞》:"三径就荒,松菊犹存。"鸳鸿,同鸳行,指朝官班行。

〔5〕"幸遇"二句:谓新君(文宗)即位,不知有何人会举荐自己。甘泉,汉甘泉宫,故址在今陕西淳化境内。《汉书·扬雄传》:"孝成帝时,客有荐雄文似相如者。上方郊祠甘泉泰畤、汾阴后土,以求继嗣,召雄待诏承明之庭。正月,从上甘泉,还,奏《甘泉赋》以讽。"

与前首同时之作,令狐楚赠诗今不存。首联说思乡,次联由新辞和州过渡到重见令狐,"田园"一句承思乡,"鸳鸿"一句则向末联过渡,最终的意思是要重新回归朝班行列(不再如从前那样"湘山楚云"),并希冀能得到令狐楚的举荐。

罢郡归洛阳闲居

十年江外守,旦夕有归心。及此西还日,空成东武吟〔1〕。花间数盏酒,月下一张琴。闻说功名事,依前惜寸阴。

〔1〕东武吟:乐府调名。《乐府诗集》卷四十一引《乐府解题》云:
"鲍照云'主人且勿喧',沈约云'天德深且旷',伤时移事易、荣华徂
谢也。"

文宗大和元年(827)闲居洛阳家中时作。诗言老之将至而余日无
多,对闲居生活甚为不安。

罢郡归洛阳寄友人

远谪年犹少,初归鬓已衰。门闲故吏去,室静老僧期。不见
蜘蛛集[1],频为偻句欺[2]。颖微囊未出,寒甚谷难吹[3]。
濩落唯心在[4],平生有几知?商歌夜深后[5],听者竟为谁?

〔1〕蜘蛛:此指蟢子或喜子,一种长脚的小蜘蛛。古人认为蟢子着
于人身为喜兆。《尔雅·释虫》"蟏蛸、长踦",郭璞注:"小蜘蛛长脚者俗
呼为喜子。"南朝梁宗懔《荆楚岁时记》:"(妇女)陈几筵酒脯瓜果于庭中
以乞巧,有喜子网于瓜上,则以为符应。"
〔2〕偻句(gōu):龟名,一说为产龟之地名,此指占卜。
〔3〕"颖微"二句:用战国时毛遂客平原君、邹衍吹律事,言时运不
济,自己功业难成。《史记·平原君列传》载,秦围赵邯郸,赵使平原君
求救于楚,约与客门下有勇力者同行。得十九人,余无可取。毛遂请行,
平原君曰:"夫贤士之处世也,譬如锥之处囊中,其末立见。今先生处胜
(平原君名胜)之门下三年于此矣,左右未有所称诵,胜未有所闻,是先

生无所有也。先生不能,先生留。"毛遂曰:"臣乃今日请处囊中耳。使遂得蚤处囊中,乃脱颖而出,非特其末见而已。"《艺文类聚》卷九引汉刘向《别录》:"邹衍在燕,燕有谷,地美而寒,不生五谷,邹子居之,吹律而温气至,而谷生,今名黍谷。"

〔4〕 濩(huò)落:松散、大而无当貌,或洒脱磊落。

〔5〕 商歌:悲凉的歌。商声凄凉悲切,故称。

大和元年(827)与前首同时稍后之作。前首尚显优游,应是罢郡闲居未久之作;此首则多愤激迫切之辞,应是因待新命既久、不胜抑郁而作。

故洛城古墙

粉落椒飞知几春,风吹雨洒旋成尘[1]。莫言一片危基在[2],犹过无穷来往人。

〔1〕 "粉落"二句:言宫墙陈旧破损。椒,即花椒,古代宫中墙壁皆刷粉涂椒,以椒末为泥涂墙,取其气味芳烈。

〔2〕 危基:高而缺损的墙基。

文宗大和元年(827)闲居洛阳家中时作。洛阳城为北魏时重建。唐时,前朝洛阳城旧址在河南府之东(今河南洛阳西)。诗人因洛阳一段剥蚀的城墙而发感慨。古人云"君子不立于危墙之下",高墙之危无若朝廷政局,但有功名利禄之诱,来往之人也不觉其"危"了。晚唐杜牧《故洛阳城有感》云"一片宫墙当道危,行人为汝去迟迟",亦为此意。

鹤叹二首并引

友人白乐天去年罢吴郡,挈双鹤雏以归。余相遇于扬子津[1],闲玩终日,翔舞调态,一符相书[2],信华亭之尤物也[3]。今年春,乐天为秘书监,不以鹤随,置之洛阳第。一旦,余入门问讯其家人,鹤轩然来睨,如记相识,裴回俯仰,似含情顾慕填膺而不能言者。因以作《鹤叹》,以赠乐天。

其一

寂寞一双鹤,主人在西京。故巢吴苑树,深院洛阳城。徐引竹间步,远含云外情。谁怜好风月,邻舍夜吹笙[4]。

〔1〕扬子津:此指扬州。

〔2〕相书:相术之书。古代有相马、相鹤之书。

〔3〕华亭尤物:用晋陆机事,谓此鹤雏为有名品种。华亭在今上海松江西。刘义庆《世说新语·尤悔》载,陆机于吴亡入洛以前,常与其弟陆云游于华亭墅中,闻华亭鹤唳。

〔4〕邻舍:指白居易洛阳宅第东邻王正雅。王正雅曾为大理卿,白居易在洛阳时,屡赠王诗。《列仙传》载,周灵王子晋(即王子乔)好吹笙,能作凤凰鸣,后成仙。王正雅亦好吹笙,故以王子晋拟之。

其二

丹顶宜承日,霜翎不染泥。爱池能久立,看月未成栖。一院春草长,三山归路迷[1]。主人朝谒早,贪养汝南鸡[2]。

〔1〕三山:海上三仙山。

〔2〕汝南鸡:古代汝南所产之鸡,善鸣。南朝陈徐陵《乌栖曲》其二:"惟憎无赖汝南鸡,天河未落犹争啼。"

大和元年(827)春夏间作于洛阳。诗寄白居易,白答以《有双鹤留在洛中忽见刘郎中依然鸣顾刘因为鹤叹二篇寄予予以二绝句答之》。主人远去,双鹤寂寞,留在洛阳的朋友也寂寞,双鹤之叹也是刘禹锡之叹。前一首既写双鹤思念主人,也写刘禹锡志存高远;后一首同情双鹤,对白居易也有些调侃。

洛中逢韩七中丞之吴兴口号五首[1]

其一

昔年意气结群英,几度朝回一字行[2]。海北天南零落尽,两人相见洛阳城。

〔1〕韩七中丞:即韩泰,永贞间"八司马"之一。吴兴:即湖州,今属浙江。口号,诗体之一种,古人谓即兴赋诗为"口号"。

〔2〕一字行:行走时如大雁一字排开,谓亲密交好。

其二

自从云散各东西,每日欢娱却惨凄。离别苦多相见少,一生心事在书题〔1〕。

〔1〕书题:书信,此指互相寄赠的诗文。

其三

今朝无意诉离杯,何况清弦急管催。本欲醉中轻远别,不知翻引酒悲来。

其四

骆驼桥上蘋风起,鹦鹉杯中箬下春〔1〕。水碧山青知好处,开颜一笑向何人?

〔1〕"骆驼桥"二句:言湖州风光。骆驼桥,又名迎春桥,在湖州,因桥形似驼背而得名。蘋风,微风。宋玉《风赋》:"夫风生于地,起于青蘋之末。"鹦鹉杯,用鹦鹉螺制成的酒杯。箬(ruò)下春,酒名,产于湖州。

其五

溪中士女出笆篱[1]，溪上鸳鸯避画旗[2]。何处人间似仙境？春山携妓采茶时[3]。

〔1〕笆篱：即篱笆，因叶韵倒置。

〔2〕画旗：旗幡，刺史出行时为前导。

〔3〕携妓采茶：《苕溪渔隐丛话》前集卷四十六引《蔡宽夫诗话》云："唐茶品虽多，亦以蜀茶为重，然唯湖州紫笋入贡，每岁以清明日贡到……紫笋生顾渚，在湖、常二境之间；当采茶时，两郡守毕至，最为盛会。杜牧诗所谓'溪尽停蛮棹，旗张卓翠苔。柳村穿窈窕，松涧渡喧豗'，刘禹锡'何处人间似仙境？春山携妓采茶时'，皆以此。"

大和元年（827）七月在洛阳作，时刘禹锡新除主客郎中分司东都，韩泰除湖州刺史，自长安经洛阳赴任，与刘禹锡相见。于时永贞党人只有刘、韩二人在世，故旧重逢，百感交集。

为郎分司寄上都同舍[1]

籍通金马门，身在铜驼陌[2]。省闼昼无尘，宫树远凝碧。荒街浅深辙，古渡潺湲石。唯有嵩丘云[3]，堪夸早朝客[4]。

〔1〕为郎分司：指其为主客郎中分司东都。分司，即分管东都之事。

唐时尚书省及御史台等中央官署在洛阳的机构称留省或留台,其官员称分司官。上都同舍:指张籍。张籍时为长安尚书省主客郎中。

〔2〕"籍通"二句:言虽是朝官,但分司东都。籍通,即通籍,官员记名于宫门,经验证后,可以进出宫门,谓之门籍。金马门,汉长安宫门,此代指唐长安。铜驼陌,即铜驼街,在洛阳。

〔3〕嵩丘:即嵩山,在洛阳东南约八十里。

〔4〕早朝客:在长安为官者,指张籍。

大和元年(827)秋初任主客郎中分司东都时作。主客郎中为礼部主客司长官,掌诸藩朝见之事。本已属尚书省六部二十四司中的冷衙门,何况分司东都?此诗写其官冷无聊之状,自嘲自讽中微露牢骚。诗的形式为"仄韵五律",中唐以后这种诗体逐渐多起来。

酬令狐相公寄贺迁拜之什

邅回二纪重为郎,洛下遥分列宿光〔1〕。不见当关呼早起,曾无侍史与焚香。三花秀色通书幌,十字清波绕宅墙〔2〕。白发青衫谁比数?相怜只是有梁王〔3〕。相公昔曾以大寮分司,故有同病相怜之句。

〔1〕"邅回"二句:言贬谪二十余年,今为主客郎中分司东都。邅(zhān)回,迟滞难行。《淮南子·原道》:"邅回川谷之间,而滔腾大荒之野。"高诱注:"邅回,犹委曲也。"二纪,二十四年。一纪为十二年。刘禹锡永贞元年为屯田员外郎,至此再为主客郎中,首尾二十三年,此言约数。列宿,众星宿,特指二十八宿。郎官上应列宿,然刘禹锡虽为郎官,

却分司东都,故称"遥分"。

〔2〕"不见"以下四句:写分司东都,政事清闲,既无须早起、值班,又近得嵩山、伊洛美景可赏。侍史焚香,指宿直。唐官员因宿直(值夜班)辛苦,故有赐食、赐衣、宫女焚香等待遇。三花,代指嵩山。李白《赠嵩山焦炼师》:"二室凌青天,三花含紫烟。"书幌,书房。

〔3〕"白发"二句:言令狐楚因曾以太子宾客分司东都,故能理解他的失意。青衫,唐制八品、九品服以青,六品、七品服以绿,四品、五品服以绯。唐吏部郎中正五品上,其余诸司郎中从五品上。刘禹锡为郎分司东都,恐官阶不至于降至八、九品,此处但以"青衫"言其失意。梁王,汉梁孝王,此指令狐楚。楚尝为汴州刺史、宣武军节度使,治所在汴州,为梁孝王故地,故称。

大和元年(827)秋作于洛阳。刘禹锡除主客郎中分司东都,令狐楚赠诗祝贺,刘答以此诗,楚诗今不存。刘禹锡深感大半生被边缘化,不再有当关传呼、侍史焚香的荣耀,故全诗只是在诉说分司官员的冷况。长庆元年令狐楚曾以太子宾客分司东都,能体会分司官员的冷清,正是可以倾诉的对象。当然也有寄希望于令狐来日显要相提携的意思。

秋夜安国观闻笙[1]

织女分明银汉秋,桂枝梧桐共飕飗[2]。月露满庭人寂寂,霓裳一曲在高楼[3]。

〔1〕安国观:又称安国女道士观,本太平公主宅,在洛阳定鼎门街

东第二街次北正平坊。

〔2〕飕飗(sōu liú):风声。

〔3〕霓裳:即《霓裳羽衣曲》,相传为玄宗所作,杨贵妃倚曲为《霓裳羽衣舞》。

约作于大和元年(827)秋,时刘禹锡为主客郎中分司东都。《霓裳羽衣曲》在唐诗中多为玄宗荒淫误国的象征,故白居易《长恨歌》云"渔阳鼙鼓动地来,惊破《霓裳羽衣曲》",杜牧《过华清宫绝句》云"《霓裳》一曲千峰上,舞破中原始下来"。安国观原为太平公主宅,开元间玉真公主亦居之,玄宗幸东都,曾于此宴饮为乐,故诗人联想及之。

洛下初冬拜表有怀上京故人

凤楼南面控三条〔1〕,拜表郎官早渡桥〔2〕。清洛晓光铺碧簟,上阳霜叶剪红绡〔3〕。省门簪组初成列,云路鸳鸾想退朝〔4〕。寄谢殷勤九天侣,抢榆水击各逍遥〔5〕。

〔1〕凤楼:即五凤楼,在洛阳,上有五凤翘翼。控:贯通。三条:都城的三条大道,亦泛指都城通衢。《后汉书·班固传》:"披三条之广路,立十二之通门。"

〔2〕拜表:指拜上起居表。《唐会要》卷二六"笺表例":"开元十一年七月五日敕:'三都(成都、河中、江陵)留守,两京(西京、东京)每月一起居,北都(太原)每季一起居,并遣使。'"分司官员职事清淡,只于月朔拜表起居。桥,指天津桥,跨洛水上。

〔3〕“清洛”二句：写洛阳初冬景象。碧簟，形容洛水平静碧绿如竹席。上阳，指上阳宫，高宗晚年常在此听政。

〔4〕“省门”二句：言东都分司官清闲，长安官员退朝时，他们才列队上班。省门，东都留守府。簪组，簪与绶带，此处代指官员。云路鸳鸾，指长安尚书省官员。

〔5〕“寄谢”二句：寄诗谢上长安故友，谓在洛阳为分司官与在长安为官各有逍遥。《庄子·逍遥游》载蜩（蝉）与学鸠（斑鸠）之言曰：“我决起而飞，抢榆枋，时则不至而控于地矣。”抢榆，低飞落在榆枋之上。形容大鹏鸟则曰：“鹏之徙于南冥也，水击三千里。”此以蜩鸠、大鹏分别代指在洛阳的分司官和在长安为官者。

大和元年（827）十月作于洛阳。与前《为郎分司寄上都同舍》同样情绪。刘禹锡对其主客郎中分司东都的官职殊为失望，故牢骚再三。

洛中逢白监同话游梁之乐因寄宣武令狐相公

曾经谢病客游梁，今日相逢忆孝王〔1〕。少有一身兼将相，更能四面占文章〔2〕。开颜坐内催飞盏，回首庭中看舞枪。借问风前兼月下，不知何客对胡床〔3〕？

〔1〕“曾经”二句：用汉司马相如因病客游梁孝王事，言宝历二年冬与白居易北归洛阳途中经汴州拜访令狐楚。

〔2〕“少有”二句：称赞令狐楚文武双全，出将入相。

〔3〕“借问”二句：用晋庾亮事写对令狐楚的思念。《晋书·庾亮

传》:"亮在武昌,诸佐吏殷浩之徒乘秋夜往共登南楼,俄而不觉亮至,诸人将起避之,亮徐曰:'诸君少住。老子于此兴复不浅。'便据胡床,与浩等谈咏竟坐。"

大和二年(828)正月作于洛阳。时白居易任秘书监,奉使至洛阳,与刘禹锡相见,二人共忆当年受令狐楚款待之情景。白居易亦有诗寄令狐楚,楚有酬诗。

有所嗟二首

其一

庾令楼中初见时,武昌春柳似腰肢[1]。相逢相笑尽如梦,为云为雨今不知[2]。

〔1〕"庾令楼"二句:言与鄂姬初逢在武昌。庾令楼,晋庾亮所筑,在武昌。详见《洛中逢白监同话游梁之乐因寄宣武令狐相公》诗注〔3〕。
〔2〕"相逢"二句:言鄂姬亡逝。为云为雨,用宋玉《高唐赋》所言巫山云雨事。

其二

鄂渚蒙蒙烟雨微[1],女郎魂逐暮云归。只应长在汉阳渡〔2〕,化作鸳鸯一只飞。

〔1〕鄂渚:在今湖北武昌长江中。
〔2〕汉阳渡:在今湖北汉阳东。

为伤"鄂姬"早逝而作。白居易有《和刘郎中伤鄂姬》云:"不独君嗟我亦嗟,西风北雪杀南花。不知月夜魂归处,鹦鹉洲头第几家?"可知武昌、汉阳及鹦鹉洲,均指鄂姬家乡。《洛中逢白监同话游梁之乐因寄宣武令狐相公》曾以庾亮拟令狐楚,此诗又言"庾令楼",则鄂姬或为令狐楚家姬?据"春柳似腰肢"句,刘禹锡与白居易皆曾得见其舞姿,故推测此诗可能作于大和二年(828)。

洛中寺北楼见贺监草书题诗〔1〕

高楼贺监昔曾登,壁上笔踪龙虎腾。中国书流让皇象,北朝文士重徐陵〔2〕。偶因独见空惊目,恨不同时便服膺。唯恐尘埃转磨灭,再三珍重嘱山僧。

〔1〕贺监:贺知章,字季真,自号四明狂客,山阴(今浙江绍兴)人,开元二十六年为秘书监,世称贺监。贺知章工书法,尤擅草隶。《旧唐书·贺知章传》云其"醉后属词,动成卷轴,文不加点,咸有可观。又善草隶书,好事者供其笺翰,每纸不过数十字,共传宝之"。
〔2〕"中国"二句:言贺知章书法似皇象,文学似徐陵。中国,中原地区。皇象,三国吴江都(今江苏扬州)人,字休明,工书。《法书要录》

227

卷一载王僧虔录《宋羊欣采古来能书人名》："吴人皇象能草,世称沉著痛快。"徐陵,生活于南朝梁、陈两代,东海郯(今山东郯城)人,仕梁为散骑常侍,入陈为光禄大夫、太子少傅等,诗文与庾信齐名。《陈书·徐陵传》："其文颇变旧体,缉裁巧密,多有新意。每一文出,好事者已传写成诵,遂被之华夷,家藏其本。"刘𫗧《隋唐嘉话》："梁常侍徐陵聘于齐,时魏收文学,北朝之秀。收录其文集以遗陵,令传之江左。"

大和二年(828)作于洛阳。此诗表达了刘禹锡对前贤的敬重,不独是书法。史书不载徐陵工书,此处显然以徐陵之词翰拟贺知章。贺知章是越州人,皇象、徐陵亦皆江南人,此是刘禹锡特别用心之处。

陕州河亭陪韦五大夫雪后眺望因以留别[1]

雪霁太阳津[2],城池表里春。河流添马颊[3],原色动龙鳞。万里独归客,一杯逢故人。因高向西望,关路正飞尘。

〔1〕原题下有注:"与韦有布衣之旧,一别二纪,经迁贬而归。"陕州:即今河南三门峡。河亭:临黄河渡口之亭,在陕州西门外二里。韦五大夫:指韦弘景,时为陕虢观察使,驻陕州,其所兼衔为御史大夫。二纪:二十四年,自永贞元年至大和二年恰为二十四年。

〔2〕太阳津:黄河津渡名,在陕州北。

〔3〕马颊:形容黄河在陕州一带的形状。古有马颊河,今已湮,故道约在今河北东光北。《尚书·禹贡》"九河既道"孔颖达疏:"马颊河势,上广下狭,状如马颊也。"

大和二年(828)正月,刘禹锡结束分司东都之职,实授主客郎中、集贤殿学士,乃辞洛阳赴长安,途中经陕州时作此诗。诗作抒发故旧重逢的感慨,写景雄浑壮阔,苍凉中寓豪迈。

三乡驿楼伏睹玄宗望
女几山诗小臣斐然有感[1]

开元天子万事足,唯惜当时光景促。三乡陌上望仙山,归作霓裳羽衣曲[2]。仙心从此在瑶池[3],三清八景相追随[4]。天上忽乘白云去,世间空有秋风词[5]。

〔1〕三乡驿、女几山:均在今河南宜阳西南。

〔2〕"三乡"二句:宋乐史《杨太真外传》注云:"《霓裳羽衣曲》者,是玄宗登三乡驿,望女几山所作也,故刘禹锡诗有'伏睹玄宗……'"同书又载,玄宗八月十五夜宫中玩月,罗公远邀玄宗月中游,见有仙女数百,素练宽衣,舞于广庭,玄宗问此何曲也,曰:"《霓裳羽衣》也。"玄宗密记其声调,归作《霓裳羽衣曲》。

〔3〕瑶池:传说为西王母所居,此或指华清池。

〔4〕三清:道教对玉清境洞真教主元始天尊、上清境洞玄教主灵宝天尊、太清境洞神教主道德天尊的合称。此指神仙所居处。八景:道教语,谓八采之景色。此处亦指仙人所居处。

〔5〕秋风词:汉武帝所作,此指玄宗望女几山诗(今不存)。

或为大和二年(828)春由洛阳入京途中所作。所谓"斐然有感"是感慨玄宗幻想成仙而不理朝政,讥刺意味很浓。首二句与白居易《长恨歌》"汉皇重色思倾国,御宇多年求不得"略同,只是一言求仙,一言美色。

途次华州陪钱大夫登城北楼春望因睹李崔令狐三相国唱和之什翰林旧侣继踵华城山水清高鸾凤翔集皆忝夙眷遂题是诗[1]

城楼四望出风尘,见尽关西渭北春[2]。百二山河雄上国[3],一双旌斾委名臣[4]。壁中今日题诗处,天上同时草诏人[5]。莫怪老郎呈滥吹[6],宦途虽别旧情亲。

〔1〕钱大夫:谓钱徽,大历间诗人钱起之子,时任华州刺史。李、崔、令狐相国:指李绛、崔群及令狐楚,三人宪宗朝均曾为相,又曾先后任华州刺史。夙眷:谓己与三人夙昔皆为相知。

〔2〕关西:今陕西关中平原,因在函谷关(一说为潼关)之西,故称。

〔3〕百二山河:喻山河险固之地。《史记·高祖本纪》:"秦,形胜之国,带河山之险,县隔千里,持戟百万,秦得百二焉。"裴骃《集解》引苏林曰:"得百中之二焉。秦地险固,二万人足当诸侯百万人也。"司马贞《索隐》引虞喜曰:"言诸侯持戟百万,秦地险固,一倍于天下,故云得百二焉,言倍之也,盖言秦兵当二百万也。"后以喻山河险固之地。

〔4〕一双旌斾:指华州刺史之职。华州近在京畿,刺史兼潼关防御使、镇国军节度使等职,其拱卫京师之任,倍于他州。

〔5〕草诏人:指李、崔及令狐楚皆曾任翰林学士。玄宗朝翰林学士

主要是草拟表疏批答,安史乱后,翰林学士多参掌机密,其任益重。

〔6〕老郎:诗人自指,年龄老大,仍任郎官。滥吹:谦称其和诗。

大和二年(828)春赴京途中经华州(今陕西华县)时作。偶然登楼,见旧友唱和之诗,遂有怀念故人之思。首二句写关中景色,颇为壮阔,反映了诗人重返京师欲展宏图的心情。后不数年,李、崔二人皆卒(李绛卒于大和四年,崔群卒于大和六年),故此诗于诗人交谊颇显珍贵。

初至长安

左迁凡二纪,重见帝城春。老大归朝客,平安出岭人[1]。每行经旧处,却想似前身。不改南山色[2],其余事事新。

〔1〕出岭人:指其曾任连州刺史。连州在岭南。
〔2〕南山:即终南山,秦岭中段主峰,当长安之南。

大和二年(828)春至长安后作。诗是五律,朴实似五古。"老大"二句,平平道出,然含有万般辛酸。

杏园花下酬乐天见赠

二十余年作逐臣,归来还见曲江春[1]。游人莫笑白头醉,老醉花间有几人?

〔1〕曲江:长安名胜,在长安城东南。晚唐康骈《剧谈录》:"曲江池,本秦世隑洲,开元中疏凿,遂为胜境。其南有紫云楼、芙蓉苑,其西有杏园、慈恩寺。花卉环周,烟水明媚。都人游玩,胜于中和、上巳之节。"

文宗大和二年(828)春作于长安,为酬白居易赠诗所作。杏园,唐长安名胜,在曲江西侧,为新进士宴集之处。白居易《杏园花下赠刘郎中》诗云:"怪君把酒偏惆怅,曾是贞元花下人。自别花来多少事,东风二十四回春。"刘禹锡为此答诗,感叹二十多年来人事变迁。诗人张籍与远在浙东任观察使的元稹皆有和诗。张籍诗云"从来迁客应无数,重到花前有几人",元稹诗云"算得贞元旧朝士,几人同见大和春",都是对刘禹锡的安慰。

陪崔大尚书及诸阁老宴杏园

更将何面上春台,百事无成老又催。唯有落花无俗态,不嫌憔悴满头来。

与前首同时所作。崔大尚书谓崔群,时为兵部尚书。诸阁老当指白居易、李绛、庾承宣、杨嗣复等。前两句感伤,化用《老子》"众人熙熙,如享太牢,如登春台"意,后两句稍有自慰,化感伤为欢娱,是不扫聚会之兴。

再游玄都观绝句并引

　　余贞元二十一年为屯田员外郎,时此观中未有花木。是岁,出牧连州,寻贬朗州司马。居十年,召至京师,人人皆言有道士手植仙桃,满观如烁晨霞,遂有前篇[1],以志一时之事。旋又出牧,于今十有四年,复为主客郎中,再游玄都,荡然无复一树,唯兔葵、燕麦动摇于春风耳[2]。因再题二十八字,以俟后游。时大和二年三月。

百亩庭中半是苔,桃花净尽菜花开。种桃道士归何处,前度刘郎今又来。

　　[1] 前篇:即元和十年所作《元和十年自朗州召至京师戏赠看花诸君子》七绝。屯田员外郎:官职名,属尚书省工部。
　　[2] 兔葵、燕麦:皆草本植物名。兔葵,《尔雅·释草》作"莵葵",宋叶廷珪《海录碎事·草》:"兔葵,苗如龙芮,花白茎紫。"燕麦,野生于废墟荒地间,燕雀所食,故名。《尔雅·释草》:"蘥,雀麦。"郝懿行《义疏》:"苏恭《本草注》云:'所在有之,生故墟野林下,苗叶似小麦而弱,其实似穬麦而细。'"

　　大和二年(828)三月作于长安,时任主客郎中。十四年前,刘禹锡赋《元和十年自朗州召至京师戏赠看花诸君子》,语涉讥刺而为执政者不怿,出牧连州,并连累柳宗元、韩泰、韩晔、陈谏等人亦再贬远州。因一首小诗而招致自己及同志数人远贬十多年,故刘禹锡不能释怀。此次再赋玄都观,以示不屈。"种桃道士"不知归往何处而前度刘郎再来,见人事之翻覆无常,有"终归是我胜出"之意。

阙下待传点呈诸同舍

禁漏晨钟声欲绝,旌旗组绶影相交[1]。殿含佳气当龙首,阁倚晴天见凤巢。山色葱茏丹槛外,露光泛滟翠松梢[2]。多惭再入金门籍,不敢为文学解嘲[3]。

〔1〕"禁漏"二句:言宫钟声响,百官上朝的景象。

〔2〕"殿含"以下四句:写上朝时大明宫景象。龙首,指龙首原,唐大明宫建在长安北龙首原上。凤巢,指尚书省。《艺文类聚》卷九九引《尚书中候》:"尧即政七十载,凤皇止庭,巢阿阁谨树。"

〔3〕"多惭"二句:言自己年老而忝列朝官入宫上朝,不敢写诗,只能自嘲。金门,即金马门,汉代宫门名,学士待诏之处。在宫禁之门列籍在案者,可以进入。解嘲,被人嘲笑而自作解释。汉扬雄作有《解嘲》。

大和二年(828)春在大明宫前双凤阙(阙下)候命上朝时所作。刘禹锡长久远离朝廷,今以五十七岁年龄,乍随百官上朝,心情不免复杂。白居易和诗有"暂留春殿多称屈,合入纶闱即可知"之句,"纶闱"是中书省的代称,为代皇帝撰拟制诰之处,当时朝中官员以此职属望刘禹锡者颇多。

城东闲游

借问池台主,多居要路津[1]。千金买绝境[2],永日属闲
人[3]。竹径萦纡入,花林委曲巡。斜阳众客散,空锁一
池春。

〔1〕要路津:交通要道和渡口,喻指朝廷要职。

〔2〕绝境:胜境,景色绝佳之处。

〔3〕永日:长日,整日。

大和二年(828)春作于长安,时刘禹锡任主客郎中。长安东郊与
南郊近临浐水、灞水,背倚终南山,富林泉之美,多有达官显宦在此修造
别业,每逢节日,邀集朋友和文人墨客宴集于此,欢娱终日,然后各自散
去。此诗一方面有对显贵大兴华园而令其闲置的讽刺,另一方面亦有
对人事兴废的感叹。

唐郎中宅与诸公看牡丹[1]

今日花前饮,甘心醉数杯。但愁花有语[2],不为老人开。

〔1〕唐郎中:为唐扶,字云翔,大和初由外州刺史召为屯田郎中。

〔2〕花有语:谓花如人,可解(懂)人语。《开元天宝遗事》卷下:"明

皇秋八月,太液池有千叶白莲数枝盛开,帝与贵戚宴赏焉。左右皆叹羡。久之,帝指贵妃示于左右曰:'争如我解语花?'"

大和二年(828)春作于长安。随意的小诗,"不为老人开"一句仍是自嘲。

赏牡丹

庭前芍药妖无格[1],池上芙蕖净少情[2]。唯有牡丹真国色,花开时节动京城。

〔1〕妖无格:妖艳而无格调。
〔2〕芙蕖:荷花的别名。

大和年间作于长安。《松窗杂录》载:"太(大)和、开成中,有程修己者,以善画得进谒。……会暮春,内殿赏牡丹花,上颇好诗,因问修己曰:'今京邑传唱牡丹诗,谁为首出?'修己对曰:'尝闻公卿间多吟赏中书舍人李正封诗,曰:"天香夜染衣,国色朝酣酒。"'上闻之,嗟赏移时。"刘诗言"真国色",是对李正封诗句的赞同。末句"动"字,有动人义,有轰动义,写出长安士民对牡丹的倾赏。

和严给事闻唐昌观玉蕊花下有游仙二绝[1]

其一

玉女来看玉蕊花,异香先引七香车[2]。攀枝弄雪时回顾,惊怪人间日易斜。

〔1〕严给事:为严休复,时任给事中。唐昌观:在长安朱雀街安业坊内。玉蕊花:琼花,一说为玚花。赵彦卫《云麓漫钞》卷四:"今玚花即玉蕊花也。介甫以比玚,谓当用此玚字。盖玚,玉名,取其白。……唐昌(观)玉蕊,以少故见珍耳。"游仙:康骈《剧谈录》卷下载:"上都安业坊唐昌观旧有玉蕊花甚繁,每发,若琼林玉树。元和(当为大和之误)中,春物方盛,车马寻玩者相继。忽一日有女子,年可十七八,衣绣绿衣,乘马,峨髻双鬟,无簪珥之饰,容色婉约,迥出于众。从以二女冠、三女仆,……直造花所。异香芬馥,闻于数十步之外。……伫立良久,令小仆取花数枝而出。……时观者如堵,咸觉烟霏鹤唳,景物辉焕。举辔百步,有轻风拥尘,随之而去,须臾尘灭,望之已在半天,方悟神仙之游,余香不散者经月余日。"

〔2〕七香车:用多种香木制作的车,此处泛指华美的车。

其二

雪蕊琼丝满院春,衣轻步步不生尘。君平帘下徒相问[1],长

237

伴吹箫别有人[2]。

〔1〕君平:汉高士严遵,字君平,隐居不仕,曾卖卜于成都。《汉书·王贡两龚鲍传》:"君平卜筮于成都市,……裁日阅数人,得百钱足自养,则闭肆下帘而授《老子》。"

〔2〕吹箫:用萧史、弄玉事。《列仙传·萧史》:"萧史者,秦穆公时人也,善吹箫,能致孔雀、白鹤于庭。穆公有女字弄玉,好之,公遂以女妻焉。"

约作于大和年间。所谓游仙、玉女者大约是贵族或皇家出身的女冠之流,其相貌出众,观者惊为天人,故传言为仙女。严休复、白居易、张籍、王建、元稹等皆有诗咏其事。

裴相公大学士见示答张秘书
谢马诗并群公属和因命追作[1]

草玄门户少尘埃,丞相并州寄马来[2]。初自塞垣衔苜蓿,忽行幽径破莓苔[3]。寻花缓辔威迟去,带酒垂鞭蹩蹀回[4]。不与王侯与词客,知轻富贵重清才。

〔1〕裴相公大学士:指裴度,曾相宪、穆、敬、文四朝,又为集贤殿大学士。张秘书:为张籍。元和十四年张籍为秘书郎,有目疾,得裴度赠马,张籍有谢赠马诗,裴度有答诗。

〔2〕"草玄"二句:言张籍病目,得裴度赠马。草玄,汉扬雄曾作《太

玄》,此以扬雄代张籍。并州,今山西太原。裴度赠马时为太原尹、北都留守兼河东节度使。

〔3〕"初自"二句:写裴度所赠马。塞垣,指并州。并州近北方长城边塞,故称塞垣。苜蓿,草名,马所食。《史记·大宛列传》:"(大宛)俗嗜酒,马嗜苜蓿。汉使取其实来。于是天子始种苜蓿、蒲陶肥饶地。及天马多,外国使来众,则离宫别观旁尽种蒲陶、苜蓿极望。"幽径,冷清之径,此指张籍经行之处。

〔4〕"寻花"二句:写张籍醉酒乘马闲游。威迟,徐缓。蹀躞,小步走。

　　大和二年(828)春作于长安。裴度赠张籍马,张籍有谢诗,裴度有答诗,长安诗人有和张籍谢诗者,有和裴度答诗者,事在元和十四年。一年后韩愈自贬地袁州返朝,有《贺张秘书得裴司空马》诗;七八年后刘禹锡返朝,裴度再约其"追和",刘禹锡遂作此诗。由此可见刘禹锡诗名为裴度所重。诗首联实写,中间两联全从想象着笔,末联点明诗旨,赞裴度珍惜人才。

听旧宫中乐人穆氏唱歌

曾随织女渡天河〔1〕,记得云间第一歌〔2〕。休唱贞元供奉曲〔3〕,当时朝士已无多。

〔1〕织女:传说为天帝之女,此指公主或可以出入宫廷的皇室女戚。渡天河:指进入宫廷。

〔2〕云间第一歌:宫中最美歌曲。

〔3〕贞元:德宗年号。供奉曲:宫中专为皇帝演唱的歌曲。

约作于大和二年(828)。前两句可以理解为歌者穆氏的话,这是他(她)引以自豪者:今日演唱曾经专供皇帝欣赏的歌曲,各位真是难得的一饱耳福呢。后两句是诗人的话,他制止歌者再唱下去,因为贞元朝士尚存于世者已经不多了。贞元之后,皇帝换了五位,一首歌曲令人不胜感慨。

与歌者何戡〔1〕

二十余年别帝京,重闻天乐不胜情。旧人唯有何戡在,更与殷勤唱渭城〔2〕。

〔1〕何戡:一作何勘,元和、长庆时期著名歌手。
〔2〕渭城:指王维《送元二使安西》,又称《渭城曲》或《阳关三叠》。《乐府诗集》卷八〇"近代曲辞二":"《渭城》,一曰《阳关》,王维之所作也。……后遂被于歌。刘禹锡《与歌者诗》云:'旧人唯有何戡在,更与殷勤唱渭城。'白居易《对酒诗》云:'相逢且莫推辞醉,听唱阳关第四声。'阳关第四声,即'劝君更尽一杯酒,西出阳关无故人'也。《渭城》《阳关》之名,盖因辞云。"

与前篇作于同时。何戡与诗人有旧,长安重逢,热情献歌,诗人赠诗于他。二十余年前"永贞党人"被贬出京的时候,何戡或曾为他们唱过《渭城曲》。二十多年过去,刘禹锡之亲朋故旧甚至政敌大多无存,不意歌者何戡仍在,且专门再为他唱一曲《渭城曲》,岂不令人唏嘘?

浙东元相公书叹梅雨郁蒸之候因寄七言

稽山自与岐山别[1],何事连年鸑鷟飞?百辟商量旧相入,九
天祗候远臣归[2]。平湖晚泛窥清镜,高阁晨开扫翠微[3]。
今日看书最惆怅,为闻梅雨损朝衣。

〔1〕"稽山"二句:言元稹自朝廷至江南为官。稽山,即会稽山,在
越州(今浙江绍兴)。岐山,在京兆西岐山县(今属陕西宝鸡)。鸑鷟
(yuè zhuó),凤凰的别名,此喻元稹。《国语·周语上》:"周之兴也,鸑鷟
鸣于岐山。"韦昭注:"三君云:鸑鷟,凤之别名也。《诗》云:'凤皇鸣矣,
于彼高冈。'其在岐山之脊乎?"后因以凤鸣比喻贤才遇时而起。
〔2〕"百辟"二句:言朝中官员希望元稹回朝。百辟,诸侯,此指百
官。旧相,指元稹,长庆二年曾为相。九天,指朝廷。祗候,敬待、敬候。
〔3〕"平湖"二句:想象浙东风景。平湖,指镜湖,一名鉴湖,在越
州。翠微,山色青黛。

大和二年(828)初夏作于长安。时元稹为越州刺史、浙东观察使,
元稹所寄书今不存。刘禹锡自己久贬南方,故对元稹之叹感同身受。
前半用凤鸣岐山之典故、朝廷百官之议论赞美元稹之才情、人望,末二
句是神来之笔,故旧友情溢于言表。

和宣武令狐相公郡斋对新竹

新竹翛翛韵晓风,隔窗依砌尚蒙笼[1]。数间素壁初开

后〔2〕，一段清光入座中。欹枕闲看知自适，含毫朗咏与谁同〔3〕？此君若欲常相见〔4〕，政事堂东有旧<u>丛</u>〔5〕。

〔1〕蒙笼：朦胧。

〔2〕素壁：指令狐楚郡斋之东墙。令狐楚诗题为"郡斋左偏栽竹百余竿，炎凉已周，青翠不改，而为墙垣所蔽，有乖爱赏。假日命去斋居之东墙，由是俯临轩阶，低映帷户，日夕相对，颇有翛然之趣"。

〔3〕含毫：吮笔，此指作诗。

〔4〕此君：指竹。《晋书·王徽之传》："尝寄居空宅中，便令种竹，或问其故，徽之但啸咏指竹曰：'何可一日无此君邪！'"

〔5〕政事堂：京城长安宰相议事处。初在门下省，高宗永淳二年，裴炎为中书令，执政秉笔，遂移政事堂于中书省。

大和二年（828）夏作于长安，白居易亦有和诗。"一段清光入座中"状竹之赏心悦目，造语生动。末二句点题，仍是期盼令狐楚回朝为相。

答白刑部闻新蝉〔1〕

蝉声未发前，已自感流年。一入凄凉耳，如闻断续弦。晴清依露叶，晚急思霞天。何事秋卿咏〔2〕，逢时一悄然。

〔1〕白刑部：谓白居易，时任刑部侍郎。

〔2〕秋卿：指白居易。唐时习称刑部为秋官。

大和二年(828)秋作于长安。白居易先有《闻新蝉赠刘二十八》，刘禹锡和以此诗。刘、白本年俱五十七岁，对岁月流逝相当敏感。是时白居易为刑部侍郎，官位已至枢要，但年龄渐老，畏惧来日无多，故而其诗有"白发生头速，青云入手迟"之叹，刘之答诗亦然。

早秋集贤院即事[1]

金数已三伏，火星正西流[2]。树含秋露晓，阁倚碧天秋。灰琯应新律，铜壶添夜筹[3]。商飙从朔塞，爽气入神州[4]。蕙草香书殿，槐花点御沟。山明真色见，水净浊烟收。早岁忝华省[5]，再来成白头。幸依群玉府[6]，有路向瀛洲[7]。

〔1〕原题下有注："时为学士。"集贤院：即集贤殿书院，官署名，开元中置，隶属中书省，以宰相一人为学士，知院事；另有集贤殿学士、直学士、侍讲学士等，掌经籍校理。《唐会要》卷六四"集贤院"："西京(集贤院)在光顺门大衢之西、命妇院北。本命妇院之地，开元十一年分置。"

〔2〕"金数"二句：言秋至。金数，古时以五行配四时，以秋配金。三伏，旧历从夏至第三个庚日起入伏，有初伏、中伏、末伏，合称三伏，是一年中最热的时候。此处指第三个伏日，一般在秋初。火星，即大火星。夏历五月黄昏，大火星在中天，七月黄昏，大火星由中天逐渐西降，后多借指暑渐退而秋将至之时。《诗·豳风·七月》："七月流火，九月授衣。"

〔3〕"灰琯"二句：节令入秋，夜晚的时间逐渐变长。灰琯，亦作律管，用竹管或金属管制成的定音器具。古代亦用作测候季节变化的器

具。《梦溪笔谈·象数一》引司马彪《续汉书》："候气之法,于密室中,以木为案,置十二律琯,各如其方,实以葭灰,覆以缇縠,气至则一律飞灰。"铜壶,古计时器,亦称漏刻。筹,铜壶中用来标记时间的漏尺。添筹,指时间变长。

〔4〕"商飙"二句:言秋风至、秋气爽。商飙,西风。朔塞,塞外。

〔5〕华省:指台省。

〔6〕群玉府:帝王珍藏图籍书画之所,此指集贤院。

〔7〕瀛洲:海中仙山,此指朝廷枢要之职。

大和二年(828)秋作于长安。时刘禹锡以主客郎中兼集贤院学士。此诗很可能是呈给集贤院某一位同事或上级官员如裴度(时裴以宰相为学士,知院事)的,所以有"幸依"二句。"山明真色见,水净浊烟收"二句写秋高气爽中的山水之景,或寓自己早岁负谤、而今谤言消散之意。

送王司马之陕州〔1〕

暂辍清斋出太常,空携诗卷赴甘棠〔2〕。府公既有朝中旧,司马应容酒后狂〔3〕。案牍来时唯署字,风烟入兴便成章〔4〕。两京大道多游客,每遇词人战一场〔5〕。

〔1〕原题下有注:"自太常丞授,工为诗。"王司马:指王建,字仲初,关中人,贞元间历佐节镇,元和、长庆间历仕昭应丞、渭南尉、秘书郎等,大和二年自太常丞出任陕州(今河南三门峡市)司马。所作乐府诗与张

籍齐名,并称"张王",《宫词》百首尤为著名。

〔2〕"暂辍"二句:言王建由太常寺丞出为陕州司马。清斋,指太常寺。唐太常寺主管朝廷礼仪,所领各署为郊社署、太乐署、鼓吹署、太医署等,职务清闲。空携诗卷,谓王建清贫。甘棠,即棠梨,以召伯事喻指陕州。《诗·召南·甘棠》:"蔽芾甘棠,勿翦勿伐,召伯所茇。"《诗序》:"《甘棠》,美召伯也。"朱熹《诗集传》:"召伯循行南国,以布文王之政,或舍甘棠之下,其后人思其德,故爱其树而不忍伤也。"《元和郡县图志》卷七"陕州":"周为二伯分陕之地《公羊传》曰:自陕以东,周公主之,自陕以西,召公主之。"

〔3〕"府公"二句:言陕州刺史王起为王建朝中旧友,王建任陕州司马可以不必拘束。府公,指陕州刺史王起。王起大和初以吏部侍郎加集贤院学士、判院事,大和二年自兵部侍郎出为陕虢观察使。

〔4〕"案牍"二句:言王建在陕州司马任上或可清闲为文。署字,署名、签字。

〔5〕战:较量,切磋。

大和二年(828)作于长安。王建时已六十三岁高龄。自太常寺"清斋"外放州司马,是很令老诗人沮丧的事,写诗相送,颇不易措辞,故此诗只从职闲无事、山水诗兴着笔。白居易、张籍、贾岛同时皆有诗送王,白诗云"只携美酒为行伴,唯作新诗趁下车",意同刘诗。

秋日题窦员外崇德里新居[1]

长爱街西风景闲,到君居处暂开颜。清光门外一渠水[2],秋色墙头数点山。疏种碧松通月朗,多栽红药待春还[3]。莫言堆案无余地[4]，认得诗人在此间。

　　[1] 原题下有注："窦时判度支案。"窦员外:指窦巩,字友封,京兆金城(今陕西兴平)人,与常、牟、群、庠为兄弟,皆有诗名。窦巩宝历元年自平卢节度掌书记入为侍御史,转司勋员外郎、刑部郎中。崇德里:在长安朱雀街街西第二街第四坊。
　　[2] 一渠水:指清明渠。清明渠水自安化门流入长安城,北流经崇德里等街坊。
　　[3] 红药:芍药。唐人有时将牡丹与芍药混称为药或木芍药。
　　[4] 堆案:公文堆积。

　　大和二年(828)秋作于长安。窦巩传记未有"判度支案"的记载,不过由刘禹锡此诗,似乎可证窦巩曾为判度支员外郎,或以司勋员外郎之职兼判度支。窦巩"堆案无余地",此诗则专就"风景闲"落笔,写出窦巩风雅。

终南秋雪

南岭见秋雪[1],千门生早寒。闲时驻马望,高处卷帘看。雾散琼枝出,日斜铅粉残[2]。偏宜曲江上,倒影入清澜。

　　[1] 南岭:指秦岭或终南山。
　　[2] 铅粉:色白,古代妇女用来搽脸,亦可用作图画颜料,此喻雪。

大和二年(828)秋作于长安。祖咏《望终南余雪》:"终南阴岭秀,积雪浮云端。林表明霁色,城中增暮寒。"是盛唐名篇,刘诗或受其影响。但刘诗是写秋雪,所以有"早寒"的感觉和"铅粉残"的比喻。白居易和诗云"遍览古今集,都无秋雪诗",意谓刘禹锡此诗是古来第一首秋雪诗。

和乐天早寒

雨引苔侵壁,风驱叶拥阶。久留闲客话,宿请老僧斋。酒瓮新陈接,书签次第排。翛然自有处,摇落不伤怀[1]。

[1] 摇落:秋天树叶凋落。宋玉《九辩》:"悲哉秋之为气也,萧瑟兮草木摇落而变衰。"杜诗《咏怀古迹五首》其二:"摇落深知宋玉悲。"

大和二年(828)作于长安。白居易有《早寒》诗,刘禹锡和以此诗。白诗云"迎冬兼送老",刘诗云"摇落不伤怀",与白诗境界不同。草木迎春而发,遇秋而陨,在刘禹锡看来是自然变化,故而"自有处""不伤怀",可见刘之旷达。

同乐天送河南冯尹学士[1]

可怜玉马风流地,暂辍金貂侍从才[2]。阁上掩书刘向去,门前修刺孔融来[3]。崝陵路静寒无雨,洛水桥长昼起雷[4]。

共羡府中棠棣好,先于城外百花开[5]。

〔1〕冯尹学士:指冯宿,字拱之,婺州(今浙江金华)人,宝历元年授左散骑常侍,兼集贤殿学士,大和二年十月拜河南尹。

〔2〕"可怜"二句:谓冯宿由左散骑常侍转为河南尹。玉马,喻贤臣。金貂,金蝉貂尾,为冠上饰物。《新唐书·车服志》:"左散骑常侍(服)有黄金珰、附蝉、貂尾。"

〔3〕"阁上"二句:用汉刘向典校图书事、孔融见李膺事写冯宿去长安、到洛阳。刘向字子政,汉宗室,成帝时为光禄大夫,校书天禄阁,撰成《别录》,为我国校雠目录学之祖。此典契合集贤殿学士身份。孔融字文举,孔子二十世孙。《后汉书·孔融传》:"融幼有异才,年十岁,随父诣京师。时河南尹李膺以简重自居,不妄接士。宾客刺,自非当世名人及与通家,皆不得白。融欲观其人,故造膺门,语门者曰:'我是李君通家子弟。'门者言之,膺请融,问曰:'高明祖父尝与仆有恩旧乎?'融曰:'然。先君孔子与君先人李老君同德比义,而相师友,则融与君累世通家。'"刺,名帖,类似今日之名片。此以冯宿拟李膺,谓其抵任后即有名士拜访。

〔4〕"崤陵"二句:写冯宿由长安至洛阳一路十分顺利。崤陵,即崤山,崤亦作"殽",在今河南洛宁北。山分东西二崤,中有谷道,阪坡峻陡,自长安往洛阳必经此。洛水桥,即洛水天津桥,在洛阳西。昼起雷,指车行轮响之声如雷鸣。

〔5〕"共羡"二句:言冯宿兄弟具有文名、官职,令人羡慕。棠棣,木名,喻兄弟。《诗·小雅·棠棣》:"棠棣之华,鄂不韡韡,凡今之人,莫如兄弟。"据《旧唐书·冯宿传》,冯宿之弟冯定,从弟冯审、冯宽,皆举进士为官。

大和二年（828）十月作于长安。冯宿离开长安时，白居易有诗送别，刘禹锡和以此诗。颔联两句是死典活用——孔融修刺见李膺一事，除了与冯宿任职河南尹外几无关联，故而吴乔《围炉诗话》卷三评曰："用古，能道意述事则有情。刘禹锡送馆阁出尹……是用古述事者也。"

和乐天以镜换酒

把取菱花百炼镜[1]，换他竹叶十分杯[2]。嚬眉厌老终难去，蘸甲须欢便到来[3]。妍丑太分迷忌讳，松乔俱傲绝嫌猜[4]。校量功力相千万，好去从空白玉台[5]。

〔1〕菱花：镜之背面有菱花图案，或镜边作菱花式样。

〔2〕竹叶：酒名，亦泛指美酒。张协《七命》："乃有荆南乌程，豫北竹叶，浮蚁星沸，飞华萍接。"白居易《忆江南》："吴酒一杯春竹叶，吴娃双舞醉芙蓉。"十分杯：满杯。

〔3〕"嚬眉"二句：言镜去酒来。嚬眉，皱眉。嚬，同"颦"。蘸甲，酒斟满，蘸指甲以去除酒杯上浮沫。唐人每以蘸甲表示畅饮，如韦庄《中酒》诗："南邻酒熟爱相招，蘸甲倾来绿满瓢。"

〔4〕"妍丑"二句：镜以应物分明，让人不忍照见自己老态，只有神仙才不在意衰老。松乔，传说中仙人赤松子、王乔。

〔5〕"校量"二句：言酒之功效强过镜，所以应以镜换酒。校量，比较。白玉台，镜台。

大和二年(828)作于长安。白居易有《镜换杯》诗,刘禹锡和以此诗。白之《镜换杯》云"茶能散闷为功浅,萱纵忘忧得力迟。不似杜康神用速,十分一盏便开眉",既叹老又颂酒,多少有些自嘲的味道。刘之和诗,亦作轻松之调,但"妍丑太分迷忌讳,松乔俱傲绝嫌猜"似有理趣。

送浑大夫赴丰州[1]

凤衔新诏降恩华,又见旌旗出浑家[2]。故吏来辞辛属国,精兵愿逐李轻车[3]。毡裘君长迎风惧,锦带酋豪蹋雪衙[4]。其奈明年好春日,无人唤看牡丹花[5]。

〔1〕原题下有注:"自大鸿胪拜,家承旧勋。"浑大夫:为浑镧(huì)。浑镧为浑瑊之子。浑瑊为中唐中兴名将,德宗时以平朱泚之乱为河中节度使,封咸宁郡王,故云"家承旧勋"。丰州:州治在燕然都护府南(今内蒙古河套地区),地近三受降城,唐末地入党项。大鸿胪:即鸿胪寺,官署名,为九卿之一,掌接待外来使节及四夷君长之朝见者。

〔2〕"凤衔"二句:言浑镧奉诏赴丰州。新诏,指新的任命。天子之诏,又称凤诏。

〔3〕"故吏"二句:故吏前来辞别浑氏,常随浑氏的精兵表示愿意追随浑氏。属国,即典属国,汉代官职名,职掌与大鸿胪同。辛属国不详所指,或以为指汉代辛庆忌。辛庆忌少以父任右校丞,随常惠(苏武出使匈奴时为副使)屯田乌孙赤谷城,又久在张掖、酒泉任太守之职。李轻车,汉代李蔡,常与卫青等征讨匈奴官至轻车将军,此代指浑镧。

〔4〕"毡裘"二句:想象浑镱至丰州受到北方民族首领的恭敬接待。

〔5〕"其奈"二句:长安浑宅多佳牡丹,故有此言。详见贞元中刘禹锡所作《浑侍中宅牡丹》诗。

大和二年(828)冬作于长安。此送别诗,突显浑镱出身世勋之家、任职之地近边塞,故用"属国""轻车"典,较为贴切。《瀛奎律髓汇评》卷二四引清人冯舒评此诗为"送行之圣",似太过誉。

曲江春望

凤城烟雨歇〔1〕,万象含佳气。酒后人倒狂〔2〕,花时天似醉。
三春车马客,一代繁华地。何事独伤怀,少年曾得意。

〔1〕凤城:京城长安的美称。唐时称长安为丹凤城。

〔2〕倒狂:任达狂放。此用晋山简事,参见《扬州春夜……题诗于段君枕上以志其事》注〔4〕。

大和三年(829)春作于长安。前六句写诗人所望之见。曲江是唐时长安最享盛名的游览胜地,当春之时,车马填溢,游人如织,长安城为之空巷。皇帝亦在此为新进士举行宴会,宴后进士们可以在此继续饮酒狂欢。触景生情,刘禹锡大约是想起贞元九年(793)二十二岁时自己中进士、少年得意的情景,但岁月蹉跎,转眼已近四十年,故有末联伤怀之叹。

蒙恩转仪曹郎依前充集贤学士
举韩湖州自代因寄七言[1]

翔鸾阙下谢恩初[2]，通籍由来在石渠[3]。暂入南宫判祥瑞，还归内殿阅图书[4]。故人犹在三江外，同病凡经二纪余[5]。今日荐君嗟久滞，不唯文体似相如[6]。

〔1〕仪曹郎：官名。隋时改礼部员外郎为仪曹郎，唐以后为礼部郎官的别称。此指礼部郎中，时刘禹锡已由主客郎中转礼部郎中，仍兼集贤殿学士。韩湖州：谓韩泰，刘禹锡旧友，永贞党人之一，大和元年为湖州刺史。据《旧唐书·德宗纪》，建中元年敕，凡常参官及刺史授讫，被授者三日内举一人自代。

〔2〕翔鸾阙：唐大明宫含元殿前有二阙，其一为翔鸾阙。《唐语林》卷八："含元殿……左右立栖凤、翔鸾二阙。"

〔3〕通籍：谓名籍列于宫门。唐常参官进入宫门须检验名籍。石渠：西汉石渠阁，皇室藏书处，在长安未央宫殿北，此指集贤院。

〔4〕"暂入"二句：言其礼部郎中及集贤院学士之职。南宫，尚书省别称，又专指六部中的礼部。判别祥瑞是礼部郎中职事，校阅图书秘籍为集贤学士职事。

〔5〕"故人"二句：言韩泰远贬南方二十五年。

〔6〕"今日"二句：言荐韩泰代己既因韩泰文采出众（似司马相如），又因对其久滞不归的同病相怜。

大和三年(829)作于长安。韩泰在"八司马"中才能出众,以"有筹划"(《旧唐书·韩泰传》)为王叔文等所倚重。元和十四年,韩愈自潮州量移袁州,亦曾举韩泰自代。刘禹锡举韩泰自代,明言是公私兼允,举贤不避旧情,尤为光明磊落。

和令狐相公别牡丹

平章宅里一栏花[1],临到开时不在家。莫道两京非远别,春明门外即天涯[2]。

〔1〕平章:即宰相。唐太宗贞观八年,仆射李靖以疾辞位,皇帝诏李靖"疾小瘳,三两日一至中书门下平章事"(《新唐书·百官志》)。此后宰相例加"同中书门下平章事"或"同平章事"衔逐渐成为惯例。
〔2〕春明门:长安城正东城门。

大和三年(829)三月令狐楚以户部尚书出为东都留守,赴任前有《赴东都别牡丹》诗,刘禹锡和以此诗。令狐诗云:"十年不见小庭花,紫萼临开又别家。上马出门回头望,何时更得到京华?"刘之和诗,不言劝慰,反说"春明门外即天涯",是有去国容易回朝难的切身之痛,故瞿蜕园谓"末二句盖兼有'二十三年弃置身'之感耳"。

和乐天南园试小乐〔1〕

闲步南园烟雨晴,遥闻丝竹出墙声。欲抛丹笔三川去〔2〕,先教清商一部成〔3〕。花木手栽偏有兴,歌词自作别生情。多才遇景皆能咏,当日人传满凤城〔4〕。

〔1〕南园:白居易在长安新昌坊东街的宅第园林。小乐:家庭小型乐队。

〔2〕丹笔:即朱笔。《初学记》卷二十引谢承《后汉书》:"盛吉为廷尉,每至冬节,罪囚当断,妻夜执烛,吉持丹笔,夫妻相对,垂泣决罪。"抛丹笔指白居易辞去刑部侍郎之职。三川:东周以河、洛、伊为三川,此指洛阳。

〔3〕清商:即商声,此代乐曲。

〔4〕凤城:长安的代称。

大和三年(829)春作于长安。时白居易称病免刑部侍郎职,在家闲居,作《南园试小乐》诗,刘和以此诗。白诗云"不饮一杯听一曲,将何安慰老心情",是白居易"中隐"思想的体现。刘之和诗对白居易才情多加赞美,但是对其思退的行为无一字评论,这是耐人寻味的。

答乐天戏赠

才子声名白侍郎,风流虽老尚难当。诗情逸似陶彭泽,斋日多加周太常[1]。矻矻将心求净土[2],时时偷眼看春光。知君技痒思欢宴,欲倩天魔破道场[3]。

〔1〕周太常:东汉周泽。据《后汉书·周泽传》,周泽为太常,虔敬宗庙,常卧疾斋宫,其妻哀其老病,窥问疾苦。泽大怒,以妻干犯斋禁,收送诏狱,时人讥之曰:"生世不谐,作太常妻。一岁三百六十日,三百五十九日斋。"言泽不近人情,难为其妻。此处借指白居易斋戒,一心向佛。

〔2〕矻(kū)矻:勤勉、努力。净土:一名佛土。佛所居住的无尘世污染的清净世界,多指西方阿弥陀佛净土。

〔3〕倩:请托。天魔:天子魔之略称。佛教以天魔为欲界第六天主,常为修道设置障碍。破道场:破坏法事。佛教称诵经礼拜的场所为道场。

与前篇同时之作。白居易有《赠梦得》诗,刘禹锡答以此诗。白诗"头垂白发我思退,脚踏青云君欲忙"虽是调侃,却道出了两个人不同的心态:一个"思退",一个"欲忙"。"欲忙"的正解是刘禹锡还想在仕途上再进一步。刘之答诗以白居易一面吃斋念佛、一面诗酒欢宴反调侃,道破了白居易的矛盾和做作。

和乐天春词

新妆宜面下竹楼,深锁春光一院愁。行到中庭数花朵,蜻蜓飞上玉搔头[1]。

〔1〕玉搔头:即玉簪。《西京杂记》卷二:"武帝过李夫人,就取玉簪

搔头。自此后宫人搔头皆用玉，玉价倍贵焉。"

大和三年（829）春作于长安。白居易《春词》："低花树映小妆楼，春入眉心两点愁。斜倚栏干臂鹦鹉，思量何事不回头。"既像宫词，又是一首艳诗。刘之和诗亦写美人春愁，然不说美人如花，只说蜻蜓飞上头，写出美人风韵。

曹刚〔1〕

大弦嘈囋小弦清〔2〕，喷雪含风意思生。一听曹刚弹薄媚〔3〕，人生不合出京城。

〔1〕曹刚：一作曹纲，中唐著名琵琶演奏家，其祖保，其父善才，俱以琵琶有名于时。
〔2〕嘈囋（zá）：声音重叠、繁富。
〔3〕薄媚：唐教坊曲调名。宋董颖有《薄媚·西子词》，曲词今犹存。

大和二三年间作于长安。《乐府杂录》："有裴兴奴，与纲同时。曹纲善运拨，若风雨，而不事扣弦；兴奴长于拢捻，下拨稍软。时人谓曹纲有右手，兴奴有左手。"可见曹刚是中唐时期公认的琵琶名家。此诗后两句赞曹刚琵琶之妙，似有与人惜别之意。

与歌童田顺郎〔1〕

天下能歌御史娘〔2〕,花前月底奉君王。九重深处无人
见〔3〕,吩咐新声与顺郎。

〔1〕田顺郎:当时歌手名。段安节《乐府杂录·歌》:"贞元中有田
顺郎,曾为宫中御史娘子。"

〔2〕御史娘:任半塘《教坊记笺订》引唐无名氏《桂苑丛谈》:"国乐
妇人有永新妇、御史娘、柳青娘,皆一时之妙也。"并断田顺郎为御史娘之
弟子。

〔3〕九重深处:皇宫大内。

大和二三年间作于长安。诗言御史娘在皇宫内院侍奉君王,常人
无缘欣赏其歌喉,幸赖其(养)子田顺郎习得其歌曲,唱与世人听。诗
题为"田顺郎",实则写其母御史娘。

田顺郎歌

清歌不是世间音,玉殿尝闻称主心。唯有顺郎全学得,一声
飞出九重深。

与前篇同时之作。前篇侧重御史娘,此篇侧重田顺郎。两篇词意

互文,不唯同时之作,亦可作组诗读。

叹水别白二十二

水。至清,尽美。从一勺,至千里。利人利物[1],时行时止。道性净皆然,交情淡如此[2]。君游金谷堤上[3],我在石渠署里[4]。两心相忆似流波,潺湲日夜无穷已。

〔1〕利人利物:用《老子》"上善若水,水善利万物而不争"意。
〔2〕交情淡如此:用《庄子·山木》"君子之交淡若水,小人之交甘若醴"意。
〔3〕金谷:水名,在洛阳。晋石崇筑园于金谷涧中,极尽天下之美。
〔4〕石渠署:指集贤殿书院。西汉官府藏图籍之处有天禄、石渠等阁。

文宗大和三(829)年作于长安。白居易(排行二十二)除太子宾客分司东都,东行,刘禹锡、裴度、张籍、韦行式等相送,白赋《一字至七字诗》,题下注云:"赋得'诗'。"相送者皆有和作,刘禹锡"赋得'水'",以"水"字韵为此诗。"一字至七字诗"也称"一七体"诗,多为唐人试作,带有文字游戏性质。

和留守令狐相公答白宾客

麦陇和风吹树枝,商山逸客出关时[1]。身无拘束起长晚,路足交亲行自迟。官拂象筵终日待,私将鸡黍几人期[2]？君来不用飞书报,万户先从纸贵知[3]。

〔1〕"麦陇"二句:言白居易夏初由关中至洛阳。麦陇和风,应当旧历四月。商山逸客,以商山四皓拟白居易,四皓曾辅佐汉高祖太子刘盈,故以此契合其太子宾客身份。

〔2〕"身无"以下四句:写白居易在洛阳与亲朋故旧欢聚。象筵,用象牙装饰的筵席,泛指豪奢盛宴。按,王起、王建皆有迎宴诗,白居易有答诗。鸡黍,指饷客的普通饭菜。语本《论语·微子》:"止子路宿,杀鸡为黍而食之。"

〔3〕纸贵:用晋左思作《三都赋》、洛阳纸贵事言白诗流传迅速广远。据《晋书·左思传》,左思作《三都赋》,十年乃成,不为时人所重。及皇甫谧为作序,张载、刘逵为作注,张华见之,叹为"班张之流也",于是豪富之家争相传写,洛阳纸价因之昂贵。

与前篇同时之作。白居易东行,有《将至东都先寄令狐留守》诗,令狐楚有答诗(今不存),刘禹锡和以此诗。和诗以令狐楚答白居易诗之口吻写出,故云"君来不用飞书报",既赞白居易的诗才,又有地主迎宾姿态。

始闻蝉有怀白宾客[1]

蝉韵极清切,始闻何处悲？人含不平意,景值欲秋时。此岁方晼晚[2],谁家无别离？君言催我老,已是去年诗。

〔1〕原题下有注:"去岁白有《闻蝉见寄》诗云'只应催我老,兼遣报君知'之句。"

〔2〕晼晚:日晚,此言岁晚。

大和三年(829)秋作于长安。去岁早秋白居易作《闻新蝉赠刘二十八》,刘禹锡和以《答白刑部闻新蝉》,今又闻蝉,而白居易已退居洛阳,故慨然有作。"人含不平意"是诗眼,"已是去年诗"平淡中见惆怅。

忆乐天

寻常相见意殷勤,别后相思梦更频。每遇登临好风景,羡他天性少情人。

大和三年(829)秋作于长安。天性少情人,或有两指,一泛指生性旷达、不为离情所苦者,此为"羡";一指白居易,此"羡"为"怨",怨白居易抛离挚友、先行退守。

月夜忆乐天兼寄微之

今宵帝城月,一望雪相似。遥想洛阳城,清光正如此。知君当此夕,亦望镜湖水。辗转相忆心,月明千万里。

大和三年(829)秋作于长安。时刘禹锡在长安任礼部郎中、集贤

殿学士,白居易任太子宾客分司东都,元稹任越州观察使,在越州(今
浙江绍兴市),故诗言帝城、洛阳、镜湖。南朝宋谢庄《月赋》有云:"美
人迈兮音尘阙,隔千里兮共明月。"后世诗人受其影响,多寄思明月,但
大约止于两地两人。此诗写三地三人"辗转相忆",是不同于前人处。

乐天寄洛下新诗兼喜微之欲到因以抒怀也

松间风未起,万叶不自吟。池上月未来,清辉同夕阴。宫徵
不独运,埙篪自相寻[1]。一从别乐天,诗思日已沈[2]。吟
君洛中作,精绝百炼金。乃知孤鹤情[3],月露为知音。微之
从东来,威凤鸣归林[4]。羡君先相见,一豁平生心。

〔1〕"宫徵"二句:以音不独响、乐不单奏言友朋相寻。埙篪,两种
乐器,常喻兄弟亲密和睦。《诗·小雅·何人斯》:"伯氏吹埙,仲氏
吹篪。"

〔2〕沈:同"沉"。

〔3〕孤鹤:刘禹锡自喻。

〔4〕威凤:旧说凤有威仪,此指元稹。

大和三年(829)秋作于长安。大和三年九月,元稹自越州刺史拜
为尚书左丞,白居易作《尝黄醅新酎忆微之》寄刘禹锡,刘因为此诗。
诗以从白居易离去始、以元稹将归终,写出了情绪由低落到兴奋的
波动。

送李尚书镇滑州〔1〕

南徐报政入文昌,东郡须才别建章〔2〕。视草名高同蜀客,拥
旄年少胜荀郎〔3〕。黄河一曲当城下,缇骑千重照路傍〔4〕。
自古相门还出相,如今人望在岩廊〔5〕。

〔1〕原题下有注:"自浙西观察征拜兵部侍郎,月余有此拜。"李尚
书:谓李德裕,字文饶,赵郡赞皇(今属河北)人,长庆元年九月以御史中
丞出为浙西观察使,大和三年八月入为兵部侍郎,九月旋出镇滑州(今河
南滑县),为义成军节度使。

〔2〕"南徐"二句:言李德裕自浙西观察使入朝为兵部侍郎,旋即离
开长安东行,出镇滑州。南徐,南朝宋刘宋时期侨置南徐州于京口(即今
江苏镇江附近),此指唐浙西观察使治所润州(即今江苏镇江)。文昌,
尚书省的别称。东郡,后汉东郡治滑台即滑州治所在地。建章,汉长安
有建章宫,此指长安。

〔3〕"视草"二句:以汉司马相如、晋荀羡拟李德裕,言其文武双全。
视草,古代词臣奉旨修正诏谕一类公文。《旧唐书·职官志二》:"玄宗
即位,张说、陆坚、张九龄、徐安贞、张洎等召入禁中,谓之翰林待诏。王
者尊极,一日万机,四方进奏,中外表疏批答,或诏从中出,宸翰所挥,亦
资其检讨,谓之视草。"李德裕长庆初尝为中书舍人,加翰林学士承旨,故
称其"视草"。拥旄,持节旄,此指李德裕为节度使。荀郎,荀羡。据《晋
书·荀羡撰》,羡年少为北中郎将、徐州刺史,时人以为"中兴方伯未有
如羡之年少者"。

〔4〕"黄河"二句:上句谓黄河流经滑州。缇骑,着红色军服的骑

士,一般为高官的随从卫队。

〔5〕"自古"二句:谓李德裕出自相门(其父李吉甫相宪宗),也有宰相之器,在朝中颇富人望。

大和三年(829)九月作于长安。李德裕离京赴滑州时,刘为此诗送行。据《旧唐书·李德裕传》,裴度荐李德裕为相,而吏部侍郎李宗闵因宦官之助,先拜平章事,李宗闵为防李德裕受重用,出之为郑滑节度使。刘诗盛赞李德裕文才武略,对其归朝仅月余即出为节度使表示失望。

庙庭偃松诗并引

侍中后阁前有小松[1],不待年而偃[2]。丞相晋公为赋诗[3],美其犹龙蛇。然植于高檐乔木间,上嵌旁轧[4],盘蹙倾亚[5],似不得天和者[6]。公以遂物性为意,乃加怜焉,命畚土以壮其趾,使无攲;索绹以牵其干,使不仆。盥漱之余以润之[7],顾盼之辉以照之。发于人心,感召和气,无复夭阏[8],坐能敷舒[9]。曏之跧蹙[10],化为奇古。故虽袤丈而有偃号焉[11]。予尝诣阁白事,公为道所以,且示以诗。窃感嘉木之逢时,斐然成咏。

势轧枝偏根已危,高情一见与扶持。忽从憔悴有生意,却为离披无俗姿〔12〕。影入岩廊行乐处,韵含天籁宿宅时。谢公莫道东山去〔13〕,待取阴成满凤池〔14〕。

〔1〕侍中:门下省长官。文宗初即位,加裴度为侍中。

〔2〕不待年:不足年、未成年,此指松树未长成。

〔3〕晋公:指裴度。元和十二年,裴度以平淮西功封晋国公。

〔4〕上嶔(qīn)旁轧:指旁高大的树木耸立,遮盖挤压着小松树。

〔5〕盘蹙倾亚:指小松树局促蜷缩着,歪斜着。

〔6〕天和:自然和顺之气。

〔7〕盥(guàn)漱之余:指洗漱剩下的水。

〔8〕夭阏(è):屈抑。

〔9〕坐能敷舒:因此能够舒展。坐,因此。

〔10〕曏(xiàng):从前,同“向”。踚蹙(cù):蜷缩。

〔11〕“故虽”句:意谓小松树如今虽然已成为丈余挺立的树,却仍叫作卧松。袤丈,一丈有余。偃号,偃卧之名。

〔12〕离披:植物繁茂,枝叶下垂,参差摇曳。

〔13〕谢公、东山:此以谢安代裴度。据《晋书·谢安传》载,谢安早年曾辞官隐居会稽之东山,朝廷屡次征聘,乃从东山复出,官至司徒,为东晋重臣。

〔14〕凤池:即凤凰池。唐人称中书省为凤凰池,唐时宰相议事在中书省。

约作于大和三四年间。诗借偃松得裴度扶持而迅速成长,以喻裴度识拔人才的雅量和慧眼,其中自是寓有刘禹锡的感激之情。末二句透露出当时政局之难处,并以松荫未满鼓励裴度勿作退意。

微之镇武昌中路见寄蓝桥
怀旧之作凄然继和兼寄安平

今日油幢引,它年黄纸追[1]。同为三楚客,独有九霄期[2]。
宿草恨长在[3],伤禽飞尚迟。武昌应已到,新柳映红旗。

〔1〕"今日"二句:言元稹出为武昌军节度使,不久或可诏回。油
幢,即碧油幢,青绿色的油布车帷,唐时御史及其他大臣赴任多用之。黄
纸,用黄纸书写封授官爵的诏书。

〔2〕"同为"二句:言两人都曾贬官南方,然元稹曾官居高位(长庆
二年由工部侍郎拜相)。

〔3〕"宿草"二句:言元稹入朝旋即出镇,不能久居中枢,令人遗憾,
自己仕途则更无起色。宿草,墓地隔年的草,指逝者、亡友。伤禽,受伤
的飞禽,刘禹锡自指。

大和四年(830)正月作。元稹大和三年九月由浙东观察使入京为
尚书左丞,不足百日即出为武昌军节度使。元稹离京时,刘禹锡曾至长
安东浐桥送行;元稹行至蓝桥驿(在今陕西蓝田东南),有诗寄刘禹锡,
刘禹锡和以此诗,兼寄湖州刺史韩泰(字安平)。诗对元稹出镇表示同
情,亦对自己仕途不进表示不满。

和郓州令狐相公春晚对花[1]

朱门退公后[2],高兴对花枝。望阙无穷思,看书欲尽时。含芳朝竞发,凝艳晚相宜。人意殷勤惜,狂风岂得知?

〔1〕郓州:唐时为天平军节度使治所,故址在今山东东平西北。大和三年十二月,令狐楚自东都留守改任天平军节度使。

〔2〕退公:退值或公余休息。

大和四年(830)作于长安。令狐楚任天平军节度使之初,为《春晚对花》诗寄刘禹锡(楚诗今不存),刘和以此诗。全诗写看花,然"望阙无穷思"一句却有深意,"狂风"亦似有所指。"看书欲尽时"颇不易解,或喻令狐在外为官甚久无聊而至于无意观书?

和令狐相公言怀寄河中杨少尹[1]

章句惭非第一流[2],世间才子昔陪游。吴宫已叹芙蓉死,张司业诗云:"吴宫四面秋江水,天清露白芙蓉死。"边月空悲芦笛秋。李尚书。任向洛阳称傲吏,分司白宾客。苦教河上领诸侯[3]。天平相公。石渠甘对图书老[4],关外杨公安稳不[5]?

266

〔1〕杨少尹:谓杨巨源,字景山,河中(今山西永济)人,长庆四年退居乡里,宰相爱其才,奏授河中少尹(河中府副长官)。

〔2〕章句:此指诗歌。刘勰《文心雕龙·章句》:"夫人立言,因字生句,积句而为章,积章而成篇。"

〔3〕"吴宫"以下四句:分别写张籍、李益、白居易、令狐楚。时张籍、李益已逝;白居易为太子宾客分司东都,在洛阳;令狐楚为天平军节度使,在郓州。张籍大和四年卒于国子司业任。李益大和初以礼部尚书致仕,此后一二年卒。张籍《吴宫叹》有"吴宫四面秋江水,天清露白芙蓉死"之句。李益《夜上受降城闻笛》有"不知何处吹芦管,一夜征人尽望乡"之句。

〔4〕石渠:谓己为集贤学士。石渠阁为西汉皇室藏书处。

〔5〕安稳:健康。时杨巨源已七十六岁。

大和四年(830)作于长安。令狐楚有言怀之作寄杨巨源,刘禹锡和以此诗,楚诗今不存。全诗由"世间才子昔陪游"领起,抒写对五位诗友的怀念和自己的寂寞。五位诗友中,张籍、李益已经作古,怀念也就成了悼亡。四联八句,包含如此多内容,实属不易。

吟白君哭崔儿二篇怆然寄赠

吟君苦调我沾缨,能使无情尽有情。四望车中心未释,千秋亭下赋初成[1]。庭梧已有雏栖处,池鹤今无子和声[2]。从此期君比琼树,一枝吹折一枝生。

〔1〕"四望"二句:用杨彪丧子、潘岳丧子事言白居易丧子。曹操杀

杨修,赠杨修父杨彪四望车,与彪书曰:"谨赠足下……四望通幰七香车一乘。"(《与太尉杨文先书》)谓乘坐可以四望释怀,后常用作丧子之典。潘岳《西征赋》云:"夭赤子于新安,坎路侧而瘗之。亭有千秋之号,子无七旬之期。"

〔2〕"亭梧"二句:亦谓白居易丧子。《庄子·秋水》:"南方有鸟焉,其名为鹓雏……非梧桐不止,非练实不食。"鹓雏即雏凤。又《周易·中孚》:"鹤鸣在阴,其子和之。"

大和五年(831)春作于长安。白居易老而无子,至大和三年五十八岁时始得一子(名崔儿),然幼儿不幸于大和五年春夭折,白居易作《哭崔儿》《初丧崔儿报微之晦叔》二篇伤之。刘禹锡寄赠此篇以慰藉。"一枝吹折一枝生"虽是熟语,但含真情。白居易后来有《府斋感怀酬梦得》云:"劳寄新诗远安慰,不闻枯树更生枝。"题下注:"时初丧崔儿,梦得以诗相安,云:'从此期君比琼树,一枝吹折一枝生。'故有此落句以报之。"

与歌者米嘉荣

唱得凉州意外声[1],旧人唯数米嘉荣。近来时世轻先辈,好染髭须事后生。

〔1〕凉州:即凉州曲,原是凉州一带地方歌曲,唐开元中由西凉府都督进献。

约作于大和四五年间。米嘉荣,中唐时歌者名,为诗人旧相识。诗人偶然听到米嘉荣所唱不再时兴的旧曲,不禁感慨作为老辈人的落伍和不得不趋奉年轻人的无奈。大和年间,刘禹锡在朝堂上年辈老而官位不显,不得不迁就后进宰臣,此或为诗之喻义。

题王郎中宣义里新居^{〔1〕}

爱君新买街西宅,客到如游鄠杜间^{〔2〕}。雨后退朝贪种树,申时出省趁看山^{〔3〕}。门前巷陌三条近,墙内池亭晚境闲。见拟移居作邻里,不论时节请开关。

〔1〕王郎中:名字不详,不知为谁。宣义里:长安街坊名,在长安朱雀街西第二街自北第六坊。

〔2〕鄠(hù)杜:鄠县与杜陵。鄠,汉县名。杜为杜陵,汉宣帝陵墓。鄠、杜皆在长安南,为长安胜地。按,宣义里西有清明渠水流过,故达贵官人宅山池林园颇盛,张说、安禄山、杨国忠、李逢吉等宅俱在此坊内。

〔3〕"雨后"二句:言王郎中退食后之休闲。申时,约当下午三时至五时。出省,出尚书省,指尚书省官员下直。唐时官员申时退食(退朝而食于家)。

大和间作于长安。此诗对长安坊里、官员家居生活有所反映,故而难得。王郎中新居外临三条大道,内有园林池亭,宜行宜居,可能是中唐官员理想的家宅环境。刘禹锡宅第在光福坊,"见拟移居"是称羡,未必真要搬家。

赠乐天

一别旧游尽,相逢俱涕零。在人虽晚达[1],于树似冬青。痛饮连宵醉,狂吟满坐听。终期抛印绶,共占少微星[2]。

〔1〕晚达:晚年仕途通达。时白居易官居河南尹,从三品;刘禹锡新除苏州刺史,亦为从三品。

〔2〕少微星:星座名,共四星,其第一星名处士,后遂以"少微"代指处士。处士,即无官职或归隐之士。

大和五年(831)冬作于洛阳,时刘禹锡自礼部郎中任改苏州刺史,赴任途中,因冰雪塞路留滞洛阳十余日,与白居易(时任河南尹)"朝觞夕咏,颇极平生之欢"(白居易《与刘苏州书》)。此首赠白之作,称赏二人垂老之际的友谊,"晚达""冬青"一联,平淡而深厚,"痛饮""狂吟"一联,豪迈而爽朗。

乐天寄重和晚达冬青一篇因成再答

风云变化饶年少[1],光景蹉跎属老夫。秋隼得时陵汗漫,寒龟饮气受泥涂[2]。东隅有失谁能免,北叟之言岂便诬[3]?振臂犹堪呼一掷,争知掌下不成卢[4]!

〔1〕饶年少:让年少,犹言年少者占先。

〔2〕"秋隼"二句:谓秋隼得时之利可以凌空飞翔,龟以行气导引,虽然受泥涂贫贱而饮气得长寿。陵,同"凌"。汗漫,天空高远处。寒龟饮气,《史记·龟策列传》载:"南方老人用龟支床足,行二十余岁,老人死,移床,龟尚生不死。龟能行气导引。"《庄子·秋水》:"庄子……曰:'吾闻楚有神龟,死已三千岁矣,王巾笥而藏之庙堂之上,此龟者,宁其死为留骨而贵乎?宁其生而曳尾于涂中乎?'二大夫曰:'宁生而曳尾涂中。'"

〔3〕"东隅"二句:言人生有失有得,祸福相依,不能因一时失意而消沉。东隅有失,"失之东隅,收之桑榆"的省语。北叟,即"塞翁失马"中之塞翁。

〔4〕卢:赌博时掷五子以定胜负,五子两面,一面涂黑,一面涂白,五子如果全黑,称卢,得彩十六,为头彩。故赌者掷子,往往高声叱喝呼"卢"。《晋书·刘毅传》:"毅次掷得雉,大喜,褰衣绕床,叫谓同座曰:'非不能卢,不事此耳。'裕恶之,因接五木久之,曰:'老兄试为卿答。'既而四子俱黑,其一子转跃未定,裕厉声喝之,即成卢焉。"

大和六年(832)作于苏州。去年刘禹锡在洛阳作诗别白居易,有"在人虽晚达,于树似冬青"之句,白有和诗,今再和一首,刘答以此诗。白之和诗云:"不见山苗与林叶,迎春先绿亦先枯。"感伤、颓废的情绪多了一些。刘诗以顺应自然、不怨天尤人来劝慰、开导白居易。末联以赌为喻,表现了刘禹锡因时而作的人生态度,故清人何焯以"梦得生平可谓知进不知退"评此诗(《批刘禹锡诗》)。

虎丘寺见元相公二年前题名怆然有咏〔1〕

浐水送君君不还〔2〕,见君题字虎丘山。因知早贵兼才子〔3〕,不得多时在世间。

〔1〕原题下有注:"前年浐桥送之武昌。"

〔2〕浐水:源出秦岭,在长安东与灞水汇合,再汇入渭水。

〔3〕早贵:元稹十五岁以明经擢第,二十五岁中书判拔萃科,任秘书省校书郎。又二年登才识兼茂、明于体用科,授左拾遗。长庆二年以工部侍郎拜相,年仅四十四岁。宫中乐色,常诵其诗,呼为"元才子"(白居易《元公墓志铭》)。

大和六年(832)作于苏州。大和三年,元稹由浙东观察使召为尚书左丞,赴京,途经苏州,其题名虎丘当在此时。大和四年,元稹再出为武昌军节度使,刘禹锡等在浐桥为其送别,五年七月元稹卒于任所。当刘禹锡贬谪远州时,元稹最先与他诗歌往还,故元稹辞世,刘禹锡再三伤怀。

和乐天耳顺吟兼寄敦诗

吟君新什慰蹉跎,屈指同登耳顺科〔1〕。邓禹功成三纪事,孔融书就八年多〔2〕。已经将相谁能尔,抛却丞郎争奈何〔3〕。独恨长洲数千里〔4〕,且随鱼鸟泛烟波。

〔1〕耳顺:六十岁。《论语·为政》:"子曰:'六十而耳顺。'"刘禹锡与白居易、崔群同龄。

〔2〕"邓禹"二句:用东汉邓禹佐刘秀功成封侯、孔融致曹操书信

事,谓己六十岁。邓禹字仲华,南阳新野人,少与刘秀为友,后为其大将,建武元年以军功封酂侯,时年仅二十四岁。孔融《与曹操论盛孝章书》云:"岁月不居,时节如流,五十之年,忽焉已至。公为始满,融又过二。"三纪,三十六年。一纪为十二年。

〔3〕"已经"二句:言崔群、白居易已位至高官,功成名就。崔群曾相宪宗,又历任宣歙观察使、武宁、荆南等节度使。白居易曾为刑部侍郎。丞郎,唐尚书省左右丞和六部侍郎的总称。

〔4〕长洲:指苏州。长洲为苏州属县。

大和六年(832)作于苏州。白居易作《耳顺吟》寄崔群(字敦诗,时任吏部尚书)及刘禹锡,刘禹锡和以此诗。白之《耳顺吟》,语句轻俗甚至不免如打油,如"三十四十五欲牵,七十八十百病缠。五十六十却不恶,恬淡清静心安然"等。刘诗较白诗稍显沉重,因为同是六十岁,崔群已为将相,白居易已为丞郎,而自己不过一刺史,不值得"恬淡清静"。

和西川李尚书伤韦令孔雀及薛涛之什〔1〕

玉儿已逐金环葬,翠羽先随秋草萎。唯见芙蓉含晓露,数行红泪滴清池〔2〕。后魏元树,咸阳王禧之子,南奔到建业。数年后北归,爱姬金玉儿脱金指环为赠。树至魏,却以指环寄玉儿,示有还意。

〔1〕李尚书:谓李德裕,时为剑南西川节度使。韦令:指韦皋,字城武,京兆(今陕西西安)人,元和初卒于剑南西川节度使任。薛涛:字洪度,长安人,著名女诗人。幼随父仕宦入蜀,父卒,遂流寓蜀中。薛涛聪

慧能诗,精音律,名振西川。韦皋镇蜀,召涛侑酒赋诗,遂入乐籍。后脱乐籍,居浣花溪,与历任西川节度使高崇文、武元衡、李德裕、段文昌等均有诗献酬,与当时诗人如白居易、张籍、王建、元稹等亦有唱和。后居碧鸡坊,制深红小笺,号"薛涛笺",流传不衰。韦皋任所有孔雀;孔雀死,薛涛亦卒于大和六年十一月。

〔2〕红泪:美人之泪。王嘉《拾遗记》:"(魏)文帝所爱美人,姓薛名灵芸,常山人也。……灵芸闻别父母,歔欷累日,泪下沾衣。至升车就路之时,以玉唾壶承泪,壶即红色。既发常山,及至京师,壶中泪凝如血矣。"

大和六年(832)冬作于苏州。玉儿、金指环事已见诗后注,其本事见《北史·献文六王传》,唯不明诗人用此典故有何用意。薛涛卒时年已六十有三,一老姬而已,刘禹锡用此香艳故事或有所指,岂薛涛与人有约而终未能"还"(环)耶?今人张蓬舟整理之《薛涛诗笺》附有《元薛因缘》一文,略谓元和四年元稹为东川监察御史时尝与涛有一段因缘,则此诗或写元、薛情事。

郡斋书怀寄河南白尹兼简分司崔宾客〔1〕

谩读图书三十车,年年为郡老天涯。一生不得文章力,百口空为饱暖家〔2〕。绮季衣冠称鬓面,吴公政事副词华〔3〕。还思谢病吟归去〔4〕,同赋城东桃李花。

〔1〕白尹:谓白居易,时为河南尹。崔宾客:谓崔玄亮,字晦叔,磁州滏阳(今河北磁县)人。元和、长庆中历仕洛阳令、密州、歙州、湖州刺

史。大和四年由太常少卿迁谏议大夫、拜右散骑常侍。五年,宦官构陷宰相宋申锡谋反,将兴大狱,崔玄亮率谏官十四人苦谏,挫败宦官阴谋,由是名重朝廷。崔玄亮以为名不可多取,退不必待年,决就长告,旋拜太子宾客分司东都。

〔2〕百口:全家。《孟子·梁惠王》:"百口之家,可以无饥矣。"

〔3〕"绮季"二句:分言崔玄亮和白居易。绮季,即绮里季,西汉时商山四皓之一。汉高祖时,四皓曾辅佐太子,今崔玄亮为太子宾客,故以绮里季称之。吴公:汉文帝时人,为河南守,治平为天下第一,此指白居易。副词华,政绩与其文藻相副。

〔4〕归去:指陶渊明《归去来辞》。

大和七年(833)春作于苏州。题曰"书怀",开口即称"谩读图书",是心中有不满足处。刘禹锡自回朝后对自己期望甚大,当时舆论亦以刘禹锡为知制诰或中书舍人的人选,然而不承想又出为刺史。崔玄亮直谏名重朝廷,勾起刘禹锡未能建大功清誉于朝廷的遗憾,故为此诗。

`、

乐天见示伤微之敦诗晦叔三君子皆有深分因成是诗以寄

吟君叹逝双绝句,使我伤怀奏短歌〔1〕。世上空惊故人少,集中唯觉祭文多。芳林新叶催陈叶,流水前波让后波。万古到今同此恨,闻琴泪尽欲如何〔2〕!

〔1〕短歌:哀歌、哀诗。《短歌行》为汉乐府旧题,多有感叹人生有限之辞,如曹操《短歌行》:"对酒当歌,人生几何?譬如朝露,去日苦多。"

〔2〕闻琴:据《晋书·王徽之传》,王献之卒,其弟徽之奔丧不哭,坐于灵床,取献之琴奏之,久不成调,乃叹曰:"呜呼子敬,人琴俱亡!"

大和七年(833)作于苏州。大和五、六、七年,元稹(字微之)、崔群(字敦诗)、崔玄亮(字晦叔)先后辞世,白居易作《微之敦诗晦叔相次长逝岿然自伤因成二绝》伤之,刘禹锡和以此诗。白诗先是感叹"只应嵩洛下,长作独游人",既而又伤感"秋风满衫泪,泉下故人多"。刘诗则在伤感中见洒脱,"芳林新叶催陈叶,流水前波让后波"与"沉舟侧畔千帆过,病树前头万木春"相近,但境界更扩大,思想更通达。

题于家公主旧宅〔1〕

树绕荒台叶满池,箫声一绝草虫悲〔2〕。邻家犹学宫人髻,园客争偷御果枝。马埒蓬蒿藏狡兔,凤楼烟雨啸愁鸱〔3〕。何郎独在无恩泽,不似当初傅粉时〔4〕。

〔1〕于家公主:指宪宗之长女永昌公主,元和初下嫁于季友,不久卒。公主旧宅在洛阳,当为宪宗所赐。于季友其时任明州(州治在今浙江宁波)刺史。

〔2〕箫声一绝:用萧史、弄玉事,谓公主不幸早卒。《列仙传》卷上:"萧史者,秦穆公时人也,善吹箫,能致孔雀、白鹤于庭。穆公有女字弄玉,好之,公遂以女妻焉。日教弄玉作凤鸣,凤凰来止其屋。公为作凤

台,夫妻至其上,不下数年,一旦皆随凤凰飞去。"

〔3〕"马埒(liè)"二句:前句用晋人王济事、后句用萧史弄玉事,写公主宅邸由富丽变荒凉。《晋书·王济传》载,王济尚常山公主,"性豪奢,丽服玉食,时洛京地贵,济买地为马埒,编钱满之,时人号为'金沟'。"鸱(chī),即猫头鹰,夜鸣似悲,人们以为不祥之鸟。

〔4〕"何郎"二句:以三国魏何晏代指于李友,谓公主已死,驸马不再享皇家恩泽。何晏字平叔,尚金乡公主,美姿容,有"傅粉何郎"之称。《世说新语·容止》:"何平叔美姿仪,面至白,魏明帝(曹叡)疑其傅粉,正夏月,与热汤饼,既啖,大汗出,以朱衣自拭,色转皎然。"

大和七年(833)作于苏州。此为和白居易《同诸客题于家公主旧宅》之作,题下或阙"和乐天"三字。此诗伤公主早卒,对垂垂老矣的驸马不享恩泽表示同情。据新、旧《唐书·于頔传》载,于季友之父于頔(dí),贞元中为大藩,累迁至左仆射、平章事,跋扈嚣张,拥兵据南阳,不奉诏旨。后入朝拜司空,稍有收敛。宪宗即位,于頔求以第四子季友尚公主,宪宗以长女永昌公主降。后其子于敏杀人,于頔贬恩王傅,于敏赐死,于季友亦夺官。长庆中,季友兄于方又策划干宰相,被诛。于氏父子,罪过非一,故无恩泽可言。这些旧事,刘禹锡应是十分清楚的,所以,此诗结尾除了同情于季友之外,或有对当今皇帝(文宗)和老皇帝(宪宗)不满的意思。

西山兰若试茶歌[1]

山僧后檐茶数丛,春来映竹抽新茸。莞然为客振衣起,自傍芳丛摘鹰嘴[2]。斯须炒成满室香,便酌砌下金沙水[3]。骤雨松声入鼎来，白云满碗花徘徊〔4〕。悠扬喷鼻宿酲散〔5〕，清峭彻骨烦襟开。阳崖阴岭各殊气，未若竹下莓苔地。炎帝虽尝未解煎〔6〕，桐君有箓那知味。新芽连拳半未舒，自摘至煎俄顷余。木兰坠露香微似，瑶草临波色不如。僧言灵味宜幽寂，采采翘英为嘉客。不辞缄封寄郡斋，砖井铜炉损标格。何况蒙山顾渚春，白泥赤印走风尘。欲知花乳清泠味，须是眠云跂石人〔7〕。

〔1〕西山：在苏州，其地产茶。兰若：梵语阿兰若的省称，即佛寺。试茶：品尝新茶。

〔2〕鹰嘴：茶叶新芽形状。

〔3〕金沙水：金沙泉之水。金沙泉在湖州，此处泛指泉水。

〔4〕"骤雨"二句：写煮茶时鼎中水沸声如松林骤雨，茶沫如云雾白花。陆羽《茶经》："凡酌置诸碗，令沫饽均。沫饽，汤之华也。华之薄者曰沫，厚者曰饽，轻细者曰花。"

〔5〕宿酲：宿醉。

〔6〕"炎帝"二句：谓炎帝虽然尝茶而不知煎（煮）茶，桐君书中虽有载录但不知其味。炎帝，即神农氏。传说神农氏曾尝百草，一日遇七十毒，得荼（茶）而解。桐君，传说为黄帝时医师，采药于桐庐（今属浙江）东山，结庐桐树下，人问其姓名，则指桐树示意，遂被称为桐君。《隋书·经籍志》有《桐君药录》三卷。箓，同"录"。

〔7〕"僧言"以下八句：为僧人所言：至灵之味宜于幽寂之地，今日采茶是因为贵宾莅临；缄封茶叶送往府中固然可以，但以井水、铜壶之类粗糙茶具煎煮会损坏茶叶的气味，泥封加印的贡茶因为奔走于风尘，味道更遭破坏；只有做一个眠云倚石的幽人，才能尝到真正的茶香。蒙山、

顾渚,皆产贡茶处。蒙山在今四川芦山、名山两县境,顾渚在今浙江长兴西北。眠云跂石人,即隐士、僧人之流。跂,义同倚。

大和七年(833)作于苏州。唐人饮茶诗写得都有些奇崛,浪漫而且富有想象力,最有名的就是卢仝那首《走笔谢孟谏议寄新茶》,奇崛险怪,饮茶如同饮酒。刘禹锡这首试茶诗也下字较猛、着笔较狠,略显奇崛,为的是让读者感同身受,产生一种"渴吻生津"的感觉。然相较卢仝诗还是比较节制的,毕竟饮茶不同于饮酒。此诗前段写采、煎、饮茶,后段(自"阳崖阴岭各殊气"以下)为议论,可视为作者的"茶论"。"茶论"的中心是将茶与幽人饮茶雅化、净化,这与"茶圣"陆羽的理论是类似的。

姑苏台

故国荒台在,前临震泽波[1]。绮罗随世尽,麋鹿占时多[2]。筑用金锤力,摧因石鼠窠。昔年雕辇路,唯有采樵歌。

〔1〕震泽:太湖。
〔2〕"绮罗"二句:言吴国之繁华变为荒芜。据《史记·淮南衡山列传》,当吴王夫差荒淫之际,大臣伍子胥谏之而吴王不听,子胥曰:"臣今见麋鹿游于姑苏之台也。"麋鹿走于台,宫殿废为荒林、麋鹿游其间,即国亡台荒之意。

大和七八年作于苏州。春秋时吴越争霸曾演出过一场轰轰烈烈的复仇剧,先是吴王夫差灭了越国,俘获越王勾践,最后又被越国所灭。见证吴国灭亡的建筑,就是吴的姑苏台。此诗除起首二句点明"荒台"

所在外，其余全用对比，前写其奢华，后显其衰颓，不涉议论而感慨尽在。"金锤""石鼠"一联，用力落下，轻巧宕开，见出事业难成而易败。

酬乐天见贻贺金紫之什[1]

久学文章含白凤，却因政事赐金鱼[2]。郡人未识闻谣咏，天子知名与诏书。珍重贺诗呈锦绣，愿言归计并园庐。旧来词客多无位，金紫同游谁得如[3]？

〔1〕金紫：散官阶，金紫光禄大夫的简称，谓紫衣、金鱼袋，唐正三品官员服饰。苏州为上州，刺史为从三品。刘禹锡任苏州刺史，阶不至三品，因政绩优等"赐金紫"。

〔2〕"久学"二句：是诗人自谦，言素来倾心文学，却因政绩受到嘉奖。刘禹锡在苏州任上政绩突出，其《汝州谢上表》云："臣昨离班行，远守江徼。延英辞日，亲奉德音。知臣所部灾荒，许臣……减其征徭，颁以振赐。伏蒙圣泽，救此天灾。……二年连遭水潦，百姓幸免流离。比之交割之时，户口增长。"白凤，喻有文才。《西京杂记》卷二："（扬）雄著《太玄经》，梦吐凤凰，集《玄》之上，顷而灭。"

〔3〕金紫同游：谓与白居易同游。白居易亦享金紫待遇。

大和七年（833）冬作于苏州。刘禹锡在集贤院，"四换星霜，供进新书二千余卷"（《苏州谢上表》）；在苏州，不及二年，治绩优异，获朝廷金紫赏赐。说明刘禹锡不但文才出众，吏才亦过人，因此受到朝廷嘉奖。白居易有诗相贺，刘禹锡答以此诗。诗中除却自谦，还表达了欲与老友比邻而居、携手同游的愿望。

吴兴敬郎中见惠斑竹杖兼示一绝聊以酬之^{〔1〕}

一茎炯炯琅玕色^{〔2〕}，数节重重玳瑁文^{〔3〕}。柱到高山未登处，青云路上愿逢君。

〔1〕吴兴：今属浙江湖州。敬郎中：指敬昕。郁贤皓《唐刺史考》第九编《江南东道·湖州》引《吴兴志》："敬昕，大和七年自婺州刺史拜，除吏部郎中，续加检校本官依前湖州刺史。"
〔2〕琅玕：美玉。此状竹杖之色。
〔3〕玳瑁：玳瑁，形似龟，甲壳黄褐色，有黑斑和光泽。此状竹杖之纹。

大和七八年间作于苏州。前两句是实写眼前竹杖，后两句是虚写，"青云路"一语双关，可见刘禹锡老当益壮的用世之心。敬昕赠刘禹锡之绝句今不存。

杨柳枝词九首

其一

塞北梅花羌笛吹^{〔1〕}，淮南桂树小山词^{〔2〕}。请君莫奏前朝曲,听唱新翻杨柳枝[3]。

〔1〕梅花:指乐府古曲《梅花落》。

〔2〕"淮南"句:指《楚辞·招隐士》。《招隐士》有句云:"桂树丛生兮山之幽。"王逸注:"《招隐士》者,淮南小山之所作也。昔淮南王安,博雅好古,招怀天下俊伟之士,自八公之徒,咸慕其德而归其仁,各竭才智,著作篇章,分造辞赋,以类相从,故或称小山,或称大山,其义犹《诗》有《小雅》《大雅》也。"

〔3〕新翻:重新谱写、重新演唱。

其二

南陌东城春早时[1],相逢何处不依依[2]。桃红李白皆夸好,须得垂杨相发挥。

〔1〕南陌东城:指长安名胜。

〔2〕依依:指杨柳。《诗·小雅·采薇》:"昔我往矣,杨柳依依。"

其三

凤阙轻遮翡翠帏,龙池遥望麴尘丝[1]。御沟春水相晖映,狂杀长安少年儿。

〔1〕麴(qū)尘:酒曲所生菌,其色淡黄如尘,亦用以状淡黄色。

其四

金谷园中莺乱飞[1]，铜驼陌上好风吹[2]。城中桃李须臾尽，争似垂杨无限时？

〔1〕金谷园：在洛阳西北金谷涧中，为西晋石崇所筑，楼阁极奢华。

〔2〕铜驼陌：即铜驼街，在洛阳，为洛阳繁华处。

其五

花萼楼前初种时[1]，美人楼上斗腰肢。如今抛掷长街里，露叶如啼欲向谁[2]？

〔1〕花萼楼：即花萼相辉楼，在长安兴庆宫中。

〔2〕露叶如啼：用李贺《苏小小墓》"幽兰露，如啼眼"句意写柳叶露珠。

其六

炀帝行宫汴水滨[1]，数株杨柳不胜春。晚来风起花如雪，飞入宫墙不见人。

〔1〕炀帝行宫：在汴州。隋炀帝杨广开通运河，河堤广植杨柳。

其七

御陌青门拂地垂,千条金缕万条丝[1]。如今绾作同心结[2],将赠行人知不知?

〔1〕青门:原指汉长安东门,其门青色,故名。后泛指京城东门。

〔2〕同心结:用锦带编成连环回文样式的结子,用以象征爱情。

其八

城外春风吹酒旗,行人挥袂日西时[1]。长安陌上无穷树,唯有垂杨管别离[2]。

〔1〕挥袂:挥动衣袖,表示告别。

〔2〕垂杨:即垂柳,古诗文中杨柳通用。《广群芳谱》卷七十六谓"柳一名小杨,一名杨柳"。

其九

轻盈袅娜占年华,舞榭妆楼处处遮。春尽絮飞留不得,随风好去落谁家?

约作于大和八年(834)。唐段安节《乐府杂录》云:"《杨柳枝》,白傅闲居洛邑时作,后入教坊。"白居易大和七年以病免河南尹,授太子宾客分司东都,九年除同州刺史,不拜,改太子少傅。此时他闲居洛阳,作《杨柳枝》组诗八首,其五有"苏州杨柳任君夸"之句,以新作《杨柳枝》示刘并邀其唱和,刘禹锡即作此组诗九首。其开篇"请君莫奏前朝曲,听唱新翻杨柳枝",正与白诗开篇之"古歌旧曲君休听,听取新翻杨柳枝"相呼应。

　　古来写杨柳的诗歌,大多不离两个意思,一是离别,一是女子。刘禹锡的《杨柳枝词》九首也大体不出这个范围,但其二之"桃红李白皆夸好,须得垂杨相发挥",其四之"城中桃李须臾尽,争似垂杨无限时",确是旧曲"新翻"。

浪淘沙九首

其一

九曲黄河万里沙[1],浪淘风簸自天涯。如今直上银河去,同到牵牛织女家[2]。

　　[1] 九曲黄河:黄河河道迂回曲折,故称。《初学记》引《河图》:"黄河出昆仑山,……河水九曲,长者入于东海。"

　　[2]"如今"二句:传说黄河与银河通,牵牛、织女星在银河两侧,则沿河可至。《太平御览》卷五十一引南朝梁宗懔《荆楚岁时记》:"张骞寻河源,得一石示东方朔,朔曰:'此石是天上织女支机石,何至于此?'"

其二

洛水桥边春日斜,碧流清浅见琼砂。无端陌上狂风疾,惊起鸳鸯出浪花。

其三

汴水东流虎眼文[1],清淮晓色鸭头春[2]。君看渡口淘沙处,渡却人间多少人。

〔1〕虎眼文:水波旋转如虎眼。文,同"纹"。

〔2〕鸭头春:淮水之清如鸭头之绿。

其四

鹦鹉洲头浪飐沙[1],青楼春望日将斜。衔泥燕子争归舍,独自狂夫不忆家[2]。

〔1〕鹦鹉洲:在今湖北武汉长江中。东汉建安中,江夏太守黄祖之子大宴宾客于此,有客献鹦鹉,祢衡为作《鹦鹉赋》而得名。飐(zhǎn):水浪腾空。

〔2〕独自:孤身在外。狂夫:性格放荡不遵礼法的人。此是女子对丈夫的昵称。

其五

濯锦江边两岸花[1],春风吹浪正淘沙。女郎剪下鸳鸯锦,将向中流疋晚霞[2]。

〔1〕濯锦江:即锦江,流经今四川成都,因漂洗锦缎颜色鲜艳而得名。

〔2〕疋:同"匹",匹敌、媲美。

其六

日照澄洲江雾开[1],淘金女伴满江隈[2]。美人首饰侯王印,尽是沙中浪底来。

〔1〕澄洲:疑为"橙洲",即朗州橘洲,沅江流经,产金沙(据陶敏《刘禹锡全集编年校注》)。

〔2〕江隈:水流弯曲处。

其七

八月涛声吼地来,头高数丈触山回。须臾却入海门去,卷起沙堆似雪堆。

其八

莫道谗言如浪深，莫言迁客似沙沉。千淘万漉虽辛苦，吹尽狂沙始到金。

其九

流水淘沙不暂停，前波未灭后波生。令人忽忆潇湘渚，回唱迎神三两声[1]。

〔1〕迎神：迎神曲，楚地民间祀神曲。

《浪淘沙》，唐教坊曲名，《乐府诗集》以之入"近代曲辞"，五代词人另制新词，遂成为词牌。刘禹锡《浪淘沙》九首作年不可确知。白居易有《浪淘沙词六首》，约作于文宗大和八年（834），刘禹锡之作，或是和白氏之作，姑编于此。组诗依次写到了黄河、洛水、汴水、长江、沅江、钱塘江、湘江，都是作者亲身所历者，其中或描写、或抒情、或议论，各有侧重，与刘禹锡《竹枝》《杨柳枝》相较，别有一种面貌。

酬朗州崔员外与任十四兄侍御同过鄙人旧居见怀之什[1]

昔日居邻招屈亭[2]，枫林橘树鹧鸪声。一辞御苑青门去，十见蛮江白芷生〔3〕。自此曾沾宣室召,如今又守阖闾城〔4〕。何人万里能相忆,同舍仙郎与外兄〔5〕。任侍御,予外兄。崔员外,南宫同官。

〔1〕原题下有注:"时守吴郡。"
〔2〕招屈亭:在朗州,元和间刘禹锡为朗州司马时居于此。
〔3〕"一辞"二句:谓永贞元年贬朗州后十年不得归。白芷,香草名。夏季开伞形白花,果实长椭圆形。《楚辞·招魂》:"菉蘋齐叶兮白芷生。"
〔4〕"自此"二句:谓此后被朝廷召回,如今为苏州刺史。宣室,汉代长安未央宫有宣室殿,此指朝廷。阖闾城,指苏州。春秋时吴王阖闾以苏州为都城。
〔5〕仙郎:唐时尚书省郎官互称仙郎。外兄:姑舅表兄。

约大和八年(834)作于苏州。朗州崔员外、任侍御,名字皆不详。据诗题,二人其时皆任职朗州(未详何职),过刘禹锡在朗州所居处,感怀为诗并寄赠刘禹锡,刘答以此诗。故人万里相忆,又勾起刘禹锡想起二三十年前的朗州往事。招屈亭、枫林、橘树和鹧鸪声,以及江边白芷,都是从刘禹锡的记忆中抹不去的。

罢郡姑苏北归渡扬子津

几岁悲南国,今朝赋北征。归心渡江勇,病体得秋轻。海阔石门小〔1〕,城高粉堞明〔2〕。金山旧游寺〔3〕,过岸听钟声。

〔1〕海:此指长江。江面宽阔,唐人诗中多称今江苏镇江以下长江入海段为海。石门:当指海门山,在扬、润二州间江中,双峰对峙如门。

〔2〕粉堞:城上白色矮墙。

〔3〕金山寺:在今江苏镇江市区西北,临大江。

大和八年(834)七月,刘禹锡罢苏州刺史任,转汝州(州治在今河南临汝)刺史,此诗为离苏州北归经扬子津至扬州时所作。刘禹锡此次改汝州刺史,还兼着御史中丞、充本道防御使两重头衔,可以说是职崇官高,故归心勇而病体轻,小石门而明粉堞。金山寺是旧游之地,但此次无暇重游,纪昀评其"在有情无情之间,极有分寸"(《瀛奎律髓汇评》卷六引)。

酬淮南牛相公述旧见贻〔1〕

少年曾忝汉庭臣,晚岁空余老病身。初见相如成赋日,寻为丞相扫门人〔2〕。追思往事咨嗟久,喜奉清光笑语频。犹有登朝旧冠冕,待公三入拂埃尘〔3〕。

〔1〕牛相公:谓牛僧孺,曾相穆宗、敬宗、文宗。大和六年十二月罢相,出为扬州大都督府长史、淮南节度使。

〔2〕"初见"二句:言贞元中刘、牛初见时,牛僧孺是文采斐然的少年,到大和年间刘禹锡回朝任职,牛僧孺已为宰相。据杜牧《太子少师赠太尉牛僧孺墓志铭》,牛僧孺十五岁时,在长安下杜樊乡牛氏旧宅读书,文名为宰相韦执谊所知,韦执谊令刘禹锡、柳宗元访牛。扫门人,《史记·齐悼惠王世家》载,汉魏勃少时欲求见齐相曹参,贫无以自通,乃常

早起为齐相舍人扫门。齐相舍人怪而为之引见。后以"扫门"为求谒权贵的典故。

〔3〕三入：三入为相。牛僧孺长庆三年、大和四年两为相，此以三为相期之。

大和八年（834）七八月间自苏州赴汝州途经扬州时作。牛僧孺有《席上赠刘梦得》诗，刘禹锡酬以此诗。刘禹锡年长牛僧孺八岁，中进士早于牛僧孺十二年，应为前辈，而诗曰"寻为丞相扫门人"，是当时二人地位高下所致。中晚唐许多文人如白居易、元稹、令狐楚、杜牧、李商隐等，都曾卷入牛李党争，然刘禹锡未涉其中，且与牛、李（德裕）二人都有往来，只是与牛僧孺关系不及李德裕亲近。

郡内书情献裴侍中留守〔1〕

功成频献乞身章，摆落襄阳镇洛阳〔2〕。万乘旌旗分一半，八方风雨会中央〔3〕。兵符今奉黄公略，书殿曾随翠凤翔〔4〕。心寄华亭一双鹤，日陪高步绕池塘〔5〕。

〔1〕郡内：即指汝州，时刘禹锡任汝州刺史。裴侍中：谓裴度，时以山南东道节度使充东都留守，依前守司徒、兼侍中。司徒为三公之一，门下省长官称侍中，于裴度皆为加官。
〔2〕"功成"二句：谓裴度劳苦功高，屡上表章辞官，以山南东道节度使改任东都留守。乞身，古代官员以做官为委身事君，故称请求辞官为乞身。

〔3〕"万乘"二句：谓洛阳为东都，地尊位重，天子仪仗一半在此，又居天下之中，地位重要。

〔4〕"兵符"二句：称颂裴度文韬武略。兵符，调动军队的信物，此指兵法。黄公，即黄石公，此喻裴度。据《史记·留侯世家》，秦末张良亡命下邳，在圯桥上遇一老父，获授《太公兵法》。书殿，指集贤殿。大和初刘禹锡为集贤院学士，裴度为集贤院大学士。

〔5〕"心寄"二句：谓裴度仍旧向往退休后田园生活。华亭，故址在今上海松江西，晋初，陆机于吴亡入洛之前，常与其弟陆云游于华亭墅中，闻鹤唳。白居易尝以其所养双鹤赠裴度，刘禹锡曾作《和裴相公寄白侍郎求双鹤》诗。

大和八年（834）冬作于汝州刺史任。裴度是四朝元老，在与藩镇斗争中，屡建大功，在朝廷德高望重，是名副其实的中流砥柱，刘禹锡对裴度的赞美不为过分。"万乘""八方"一联气势雄伟，"语远而体大"（叶梦得《石林诗话》卷下），是写洛阳的名句。

奉送浙西李仆射相公赴镇〔1〕

建节东行是旧游〔2〕，欢声喜气满吴州。郡人重得黄丞相，童子争迎郭细侯〔3〕。诏下初辟温室树，梦中先到景阳楼〔4〕。自怜不识平津阁，遥望旌旗汝水头〔5〕。

〔1〕原题下有注："奉送至临泉驿。书札见征拙诗，时在汝州。"浙西李仆射：即李德裕。大和六年冬，李德裕为兵部尚书，七年二月，以本

官同平章事,为宦官所恶,改检校尚书左仆射、镇海军节度、苏杭常润观察等使。浙西:唐方镇名,治润州,即今江苏镇江。

〔2〕建节:古代使臣受命,必建节以为凭信。唐时,节度使或经略使受任,皆赐旌节,后因指大将出镇。旧游:李德裕长庆二年至大和三年曾为浙西观察使,故称旧游。

〔3〕“郡人”二句:以西汉黄霸、东汉郭伋喻李德裕。西汉黄霸尝为颍川太守,务农桑,节财用,户口岁增,有治绩,为全国第一。后征为京兆尹,复为颍川太守,前后八年,颍川愈治。东汉郭伋,字细侯,为并州牧,素结恩德,及后入界,所到县邑,老幼相携,逢迎道路。尝到西河美稷,有童子数百,各骑竹马,于道路迎拜。伋问儿曹何所自来,对曰:“闻使君到,喜,故来逢迎。”

〔4〕“诏下”二句:言李德裕离开长安往浙西。温室树,西汉长安长乐宫中有温室殿,此指代长安。景阳楼,南朝宫室楼阁名,故址在今江苏南京,此代指浙西。

〔5〕“自怜”二句:言与李德裕相识恨晚,今在汝州遥相送别。平津阁,即东阁。汉公孙弘为相,封平津侯,开东阁以延揽天下贤士。汝水,自汝州南流过,再东南流入淮水。

大和八年(834)末作于汝州刺史任。李德裕自长安赴镇,路经汝州,刘禹锡奉送至临泉驿,李德裕来函索诗,乃有此作。“黄丞相”“郭细侯”一联,用典巧妙,是对李德裕真诚的颂扬。刘禹锡自大和初返长安后,频繁与上层官员诗文往还,其中裴度、李德裕、令狐楚、牛僧孺、李程等都是出将入相的人物,说明刘禹锡此时的政治处境比较平顺、诗歌地位很尊崇。

昼居池上亭独吟

日午树阴正,独吟池上亭。静看蜂教诲[1],闲想鹤仪形。法酒调神气[2],清琴入性灵。浩然机已息[3],几杖复何铭[4]?

〔1〕蜂教诲:语出《诗·小雅·小宛》:"螟蛉有子,蜾蠃负之。教诲尔子,式穀似之。"蜾蠃,寄生蜂的一种,腰细,体青黑色,长约半寸,以泥土筑巢于树枝或壁上,捕捉螟蛉等为其幼虫食物。旧注误以为蜾蠃无子,收养螟蛉之子为其子,并教诲之。

〔2〕法酒:按官府法定规格酿造的酒。贾思勰《齐民要术·法酒》:"法酒尤宜存意,淘米不得净则酒黑。"

〔3〕机:机心,用世竞争之心。

〔4〕几杖:坐几和手杖,皆老人所用。古人常在几杖上刻写具有称颂、警戒性质的铭文。

大和九年(835)夏作于汝州。吟成之后寄洛阳白居易,白有和诗。诗人在闲静中陶然于琴声和酒意,于是有了机心息灭、几杖不铭的念头。白居易和诗中有"蠢蠕形虽小,逍遥性即均。不知鹏与鷃,相去几微尘"的句子,也是这个意思。

酬喜相遇

旧托松心契[1],新交竹使符[2]。行年同甲子[3],筋力羡丁夫〔4〕。别后诗成帙〔5〕,携来酒满壶。今朝停五马,不独为罗敷〔6〕。前章所言春草,白君之舞妓也,故有此答。

〔1〕松心契:友谊坚贞如松柏。

〔2〕竹使符:郡守符印。此指与白居易先后授同州刺史。《汉书·文帝纪》:"(二年)九月,初与郡守为铜虎符、竹使符。"

〔3〕同甲子:同年生。刘禹锡与白居易皆生于大历七年。

〔4〕丁夫:壮健男子。

〔5〕诗成帙:编成诗集。帙,古代竹帛书籍的套子,多以布帛制成,后世亦指线装书之函套。本年六月,白居易编成《白氏文集》六十卷,藏庐山东林寺。或指大和六年白居易编成之《刘白吴洛寄和诗卷》。

〔6〕"今朝"句:五马,指郡守。汉乐府《陌上桑》:"秦氏有好女,自名为罗敷。……使君从南来,五马立踟蹰。"后遂以"五马"代郡守。罗敷,《陌上桑》中采桑美女,此喻白居易家妓春草。

大和九年(835)冬自汝州移刺同州时作。本年九月,白居易以太子宾客分司东都授同州(今陕西大荔)刺史,白托病不赴,旋以刘禹锡刺同州。刘禹锡自汝州赴同州经洛阳,与白居易相见,白居易有《喜见刘同州梦得》诗,刘禹锡酬以此诗。故原题下有注:"同州与乐天替代。"白诗有"应须为春草,五马少踟蹰"二句,是朋友间戏谑,故刘以"不独为罗敷"应之,文士风流,老而未歇。

开成、会昌时期

奉和裴令公新成绿野堂即事

蔼蔼鼎门外[1],澄澄洛水湾。堂皇临绿野,坐卧看青山。位极却忘贵,功成欲爱闲。官名司管籥[2],心术去机关[3]。禁苑凌晨出,园花及露攀。池塘鱼拔剌,竹径鸟绵蛮[4]。志在安萧洒,尝经历险艰。高情方造适,众意望征还[5]。好客交珠履[6],华筵舞玉颜。无因随贺燕,翔集画梁间[7]。

〔1〕鼎门:洛阳皇城端门正南。

〔2〕管籥(yuè):锁匙,喻重要、关键。籥,通"钥"。

〔3〕去机关:去除机诈之心。

〔4〕拔剌、绵蛮:鱼尾击水声、鸟鸣声。

〔5〕征还:征召返回朝中。

〔6〕珠履:指高贵的客人。《史记·春申君列传》:"春申君客三千余人,其上客皆蹑珠履以见赵客。"

〔7〕"无因"二句:意谓自己远在同州,不能与众宾客至堂前相贺。《淮南子·说林》:"大厦成,而燕雀相贺。"后以"贺燕"用作祝贺新居落成的套语。

文宗开成元年(836)作于同州。大和九年十月,侍中、东都留守裴度进位中书令,故称裴令公。大和九年(835)十一月,甘露之变起,宦官擅权,大杀朝臣,裴度屡遭排挤,遂退居东都,于午桥创别墅,名为绿野堂,花木万株,日与白居易等名士酣饮游乐。裴度为《绿野堂即事》诗(今不存),白居易、姚合等皆有和诗。刘禹锡在同州,亦为此诗奉和。全诗交错叙写裴度功成年老的退隐生活与园林之美,最后落句于贺客满堂而自己不得与焉的遗憾,收束得体。

自左冯归洛下酬乐天兼呈裴令公[1]

新恩通籍在龙楼,分务神都近旧丘[2]。自有园公紫芝侣,<small>时宾行四人尽在洛中。</small>仍追少傅赤松游[3]。华林霜叶红霞晚,伊水晴光碧玉秋。更接东山文酒会,始知江左未风流[4]。<small>王俭云:"江左风流宰相,惟有谢安。"</small>

〔1〕左冯(píng):即左冯翊,指同州。

〔2〕"新恩"二句:言新授太子宾客分司东都,回到祖籍洛阳。通籍,列名籍于宫门,可以进出。龙楼,汉代太子宫门楼上有铜龙,故名。此谓其官职为太子宾客。唐睿宗时,武后临朝,曾改东都洛阳为"神都"。

〔3〕"自有"二句:言太子宾客分司东都者四人与太子少傅皆在洛阳,可相与同游。园公,即东园公,商山四皓之一。四皓曾作《紫芝歌》。时太子宾客分司东都者四人,除刘禹锡外,另有李德裕、萧籍、李仍叔三人。白居易为太子少傅分司东都,亦在洛阳。赤松,即赤松子,相传为上

古时之神仙,能导引轻举,此指白居易。

〔4〕"更接"二句:意谓洛阳裴度宅第的诗酒盛会胜过东晋风流。东山,东晋谢安隐居处,此指裴度在洛阳的居所。江左,江东。东晋时谢安、王羲之等尝有诗酒之会,时号为"江左风流"。诗末注引王俭语见《南史·王俭传》。

文宗开成元年(836)秋作于罢同州刺史、以太子宾客分司归洛阳时。太子宾客官位虽高(正三品),却是闲职,分司东都,更宜于安置老而地位尊崇的官员。刘禹锡本年六十五岁,他对朝廷给予的这一待遇是比较满意的,故全诗充满了知足而乐的情绪。此后,刘禹锡的足迹再也未离开洛阳。

和李相公平泉潭上喜见初月

家山见初月,林壑悄无尘。幽境此何夕?清光如为人。潭空破镜入,风动翠蛾嚬〔1〕。会向琐窗望〔2〕,追思伊洛滨。

〔1〕"潭空"二句:月影倒映潭中,风吹水动,月影亦皱。破镜,指初月。满月如镜,故谓初月为破镜。翠蛾,原指妇女之弯眉,此指初月。嚬,通"颦",皱眉。
〔2〕琐窗:有花格的窗户。

开成元年(836)秋作于洛阳。时李德裕与刘禹锡俱为太子宾客分司东都。李德裕居平泉别墅,别墅有潭,李作《潭上喜见初月》,刘和以此诗。在幽暗中发现清光,将潭水和初月融在一起写,是此诗高妙处。

酬乐天斋满日裴令公置酒席上戏赠

一月道场斋戒满[1]，今朝华幄管弦迎。衔杯本自多狂态，事佛无妨有佞名[2]。酒力半酣愁已散，文锋未钝老犹争。平阳不独容宾醉，听取喧呼吏舍声[3]。

〔1〕一月道场：此指九月斋戒。佛教谓农历正月、五月、九月为斋戒之月，谓之"三长月"。洪迈《容斋随笔》卷十六："释氏以正、五、九月为'三长月'，故奉佛者皆茹素。"至唐高祖武德二年，遂诏天下，自今正月、五月、九月不行死刑，禁屠杀。

〔2〕佞名：佞佛之名。佞佛，沉溺于佛事活动。

〔3〕"平阳"二句：用西汉曹参事写裴度乐于与众人一起饮酒喧呼。曹参封平阳侯，继萧何为相，以黄老无为之术佐汉惠帝。《史记·曹相国世家》："相舍后园近吏舍，吏舍日饮歌呼。从吏恶之，无如之何，乃请参游园中，闻吏醉歌呼，从吏幸，相国召按之。乃反取酒张坐饮，亦歌呼与相应和。"

开成元年（836）十月作于洛阳。时白居易九月斋满，裴度置酒，刘禹锡戏赠此诗与白居易。刘、白晚年洛阳闲居生活可见一斑。

秋斋独坐寄乐天兼呈吴方之大夫[1]

空斋寂寂不生尘，药物方书绕病身[2]。纤草数茎胜静地〔3〕,幽禽忽至似佳宾。世间忧喜虽无定,释氏销磨尽有因。同向洛阳闲度日,莫教风景属他人。

〔1〕吴方之:吴士矩,字方之。吴方之时任秘书监分司东都,(御史)大夫是其任江西观察使时所带宪衔。
〔2〕方书:医书。
〔3〕静地:佛门清静之地。

约作于开成二年(837)春,时刘禹锡官太子宾客,在洛阳。诗人老病缠身,但诗中看不见颓废和怨天尤人,仍旧充满了生活的情趣,这是刘禹锡一贯的生活态度。对佛教的兴趣是刘禹锡分司东都之后思想上的新变化。

酬乐天偶题酒瓮见寄

从君勇断抛名后,世路荣枯见几回。门外红尘人自走,瓮头清酒我自开。三冬学任胸中有〔1〕,万户侯须骨上来〔2〕。何幸相招同醉处,洛阳城里好池台〔3〕。

〔1〕三冬学:谓胸中所积之学。据《汉书·东方朔传》,东方朔曾称自己"年十三学书,三冬文史足用"。
〔2〕"万户侯"句:用卫青封万户侯事。王充《论衡·骨相》:"人命禀于天,则有表侯见于体。……表侯者,骨法之谓也。……(卫青)在建章宫时,钳徒相之,曰:'贵至封侯。'青曰:'人奴之道,得不笞骂足矣,安

敢望封侯?'其后青为军吏,战数有功,超封增官,遂为大将军,封为万户侯。"

〔3〕池台:白居易在洛阳履道坊的宅第有小园池台。

约作于开成二年(837)为太子宾客分司东都时。白居易题诗酒瓮,刘禹锡酬以此诗。其时朝廷党争激烈,政局多变,白居易远居洛阳,不与党争,亦不与朝政,题诗酒瓮,即有醉中远祸的含意。刘诗同白居易此义,观"世路荣枯""门外红尘"二句可知。

乐天示过敦诗旧宅有感一篇吟之泫然追想昔事因成继和以寄苦怀〔1〕

凄凉同到故人居,门枕寒流古木疏。向秀心中嗟栋宇〔2〕,萧何身后散图书〔3〕。本营归计非无意,唯算生涯尚有余〔4〕。忽忆前言更惆怅,丁宁相约速悬车〔5〕。敦诗与予及乐天三人同甲子,平生相约,同休洛中。

〔1〕敦诗:指崔群,字敦诗,大和六年卒,其宅在洛阳履道坊,与白居易同处一坊。

〔2〕"向秀"句:用晋向秀悼念嵇康、吕安事写对崔群的怀念。向秀与嵇、吕善,嵇、吕死,向秀经其山阳旧居,闻邻人吹笛,作《思旧赋》,赋中有"栋宇存而弗毁兮,形神逝其焉如"之句。

〔3〕"萧何"句:用萧何事写崔群亡故。据《史记·萧相国世家》,刘邦入咸阳,萧何独先入收秦丞相、御史律令图书藏之。崔群元和末年为相,后为皇甫镈所谗,罢相,以吏部尚书卒。崔群晚年营新宅在洛阳履道

301

坊,宅初成即卒。大约崔群喜读书,故诗以萧何拟之;崔群卒,图书亦散,因有此语。

〔4〕"本营"二句:意谓崔群算计自己年龄"尚有余",故造新宅于洛阳,欲在此安度晚年。

〔5〕丁宁:即叮咛。悬车:指退休。古时为官者至七十岁辞官家居,废车不用,故云。

约作于开成二年(837)为太子宾客分司东都时。刘禹锡、白居易偶然同至崔群旧宅,白题诗崔宅壁,刘和以此诗。白诗大体上是写"人亡物在",刘诗多出"本营归计非无意,唯算生涯尚有余"一层意思。崔群原打算在洛阳营建新宅,退休后安度晚年,不意猝然离世,这对作为同龄人的刘禹锡来说是最伤感的事。

再经故元九相公宅池上作

故池春又至,一到一伤情。雁鹜群犹下,蛙蟆衣已生〔1〕。竹丛身后长,台势雨来倾。六尺孤安在〔2〕?人间未有名。

〔1〕蛙蟆(pín)衣:青苔。

〔2〕六尺孤:谓元稹遗孤。据白居易《元稹墓志铭》,元稹卒时有三岁遗孤。

开成二年(837)春作于洛阳。元九相公谓元稹,大和五年(831)卒于武昌军节度使任所。刘禹锡偶过东都履信坊元稹故宅,见荒芜一片,不禁感伤。元稹早慧,十五岁以明两经擢第,故有末联一问。

和令狐相公南斋小燕听阮咸[1]

阮巷久芜沈[2]，四弦有遗音。雅声发兰室，远思含竹林[3]。坐绝众宾语，庭移芳树阴。飞觞助真气，寂听无流心[4]。影似白团扇，调谐朱弦琴。一毫不平意，幽怨古犹今。

〔1〕阮咸：弦乐器，简称阮，形似琵琶，柄长而直，四弦有柱。相传晋阮咸创制并善弹此乐器，因而得名。

〔2〕阮巷：指阮咸在洛阳的旧居。沈，同"沉"。

〔3〕"雅声"二句：谓令狐楚所听仍有阮咸当年所弹之音。兰室，指令狐楚听阮的南斋。竹林，阮咸为"竹林七贤"之一，故云。

〔4〕流心：分神，不专一。

开成二年(837)春夏间作于洛阳。时令狐楚为山南东道节度使，听阮为诗(今不存)，并寄刘禹锡，刘和以此诗。阮咸是琴名亦是人名，刘诗的特点就是将"人"(阮咸)、"琴"(阮咸)以及竹林故事合在一起写。令狐楚本年十一月卒于兴元官舍，此诗是刘禹锡与令狐楚诗歌往还的绝唱。

秋中暑退赠乐天

暑服宜秋着，清琴入夜弹。人情皆向菊，风意欲摧兰。岁稔贫心泰,天凉病体安。相逢取次第,却甚少年欢。

开成二年(837)秋作于洛阳。暑气消退,节候宜人,诗人急于与白居易相见欢聚,乃赠此诗。"人情皆向菊,风意欲摧兰"两句,既写菊开兰谢之自然风物,又写喜新厌旧、趋炎附势之世道人情,故纪昀赞其"比兴深微"(《瀛奎律髓汇评》卷二二引)。

酬乐天咏老见示

人谁不顾老[1],老去有谁怜?身瘦带频减,发稀冠自偏。废书缘惜眼,多灸为随年[2]。经事还谙事,阅人如阅川[3]。细思皆幸矣,下此便翛然[4]。莫道桑榆晚,为霞尚满天。

〔1〕顾:顾念、怜惜。
〔2〕多灸:频繁艾灸。
〔3〕阅人如阅川:语出晋陆机《叹逝赋》:"川阅水以成川,水滔滔而日度;世阅人以为世,人冉冉而行暮。"阅,汇聚、经历。
〔4〕翛(xiāo)然:心情舒畅、愉悦貌。

约作于开成二三年之间。白居易有感于种种老衰之状,作《咏老赠梦得》,刘禹锡酬以此诗。诗人以"老丑"入诗,自杜甫起,往往带有一点自嘲的意味。白居易如此,刘诗亦如此。然刘诗在自嘲之外还有"莫道桑榆晚,为霞尚满天"的乐观心态。当然,"为霞满天"不在政治,而在文章。明胡震亨云:"刘禹锡播迁一生,晚年洛下闲废,与绿野、香山诸老,优游诗酒间,而精华不衰,一时以诗豪见推。公亦自有句云:'莫道桑榆晚,为霞尚满天。'盖道其实也。公自贞元登第,历(德)、顺、宪、穆、敬、文、武凡七朝,同人凋落且尽,而灵光岿然独存。造物者亦有以偿其所不足矣。人生得如是,何憾哉!"(《唐音癸签》卷二五)

洛滨病卧户部李侍郎见惠药
物谑以文星之句斐然仰酬[1]

隐几支颐对落晖[2],故人书信到柴扉。周南留滞商山老,星象如今属少微[3]。

〔1〕户部李侍郎:谓李珏。李珏大和九年自中书舍人转户部侍郎,开成元年以太子宾客分司东都,迁河南尹,与刘禹锡为同僚,开成二年再入为户部侍郎。

〔2〕隐几支颐:手支下巴,凭几而坐。《庄子·齐物论》:"南郭子綦隐机而坐,仰天而嘘。"

〔3〕"周南"二句:谓退居洛阳,如同隐士,颐养天年。周南,指西周初周公治下之成周(今河南洛阳)以南,此即指洛阳。商山老,商山四皓,此为诗人自喻。少微,星座名,共四星,在太微垣西南。《晋书·隐逸传·谢敷》:"少微一名处士星,占者以隐士当之。"

开成二年(837)冬作于洛阳。李珏有诗赠刘禹锡(今不存),刘禹锡酬以此诗。刘禹锡晚年,"公卿大僚多与之交"(《旧唐书》本传),李珏以主文才的"文星"(文昌星、文曲星)恭维之,白居易亦赞其为"文星"下凡(《看梦得题答李侍郎诗诗中有"文星"之句因戏和之》),可见

305

刘禹锡晚年文名之盛。

令狐仆射与予投分素深纵山川阻修然音
问相继今年十一月仆射疾不起闻予已承
讣书寝门长恸后日有使者两辈持书并诗
计其日时已是卧疾手笔盈幅翰墨尚新律
词一篇音韵弥切收泪握管以成报章虽广
陵之弦于今绝矣而盖泉之感犹庶闻焉焚
之缞帐之前附于旧编之末[1]

前日寝门恸,至今悲有余。已嘘万化尽,方见八行书。满纸
传相忆,裁诗怨索居。危弦音有绝,哀玉韵由虚[2]。忽叹幽
明异,俄惊岁月除。文章虽不朽,精魄竟焉如。零泪沾青
简[3],伤心见素车[4]。凄凉从此后,无复望双鱼[5]。

[1] 寝门:内室之门。《礼记·檀弓上》:"朋友,吾哭诸寝门之外。"
广陵之弦于今绝矣:《世说新语·雅量》:"嵇中散(康)临刑东市,神气不
变。索琴弹之,奏《广陵散》。曲终曰:'袁孝尼尝请学此散,吾靳固不
与,《广陵散》于今绝矣。'"此以《广陵散》形容令狐诗篇之妙。盖泉之
感:指令狐诗篇音韵动人。《文选》刘孝标《重答刘秣陵沼书》:"盖山之
泉,闻弦歌而赴节。"李善注引《宣城记》:"临城县南四十里盖山,高百许
丈,有舒泉。……(舒氏女)女母曰:'吾女本好音乐。'乃弦歌,泉涌回
流,有朱鲤一双。今作乐嬉戏,泉固涌出也。"缞(suī)帐:用细而疏的麻

布做的灵帐。

〔2〕哀玉：书信及诗笺。

〔3〕青简：竹简，此处泛指纸张。

〔4〕素车：古代凶、丧事所用之车，以白土涂刷。

〔5〕双鱼：书信。古时以一底一盖之鱼形木板夹放书信，又称双鲤鱼。古乐府云："客从远方来，遗我双鲤鱼。呼儿烹鲤鱼，中有尺素书。"

开成二年(837)十一月令狐楚卒于山南东道官舍，卒前有诗寄刘禹锡(今不存)，刘禹锡先闻讣书，后见楚诗，故为诗焚寄，祭奠令狐楚。刘禹锡所为《司空令狐公集纪》转述令狐楚子令狐绹语云："先正司空与丈人为显交，撤悬之前五日所赋诗寄友，非它人也，今手泽尚存。"可见令狐楚对刘禹锡的看重。令狐楚虽为牛党，但文章好，治绩好，清廉端正，"风仪严重……宽厚有礼，门无杂宾"(《旧唐书》本传)，尤好奖拔后进。令狐楚对刘禹锡的赏爱出自真心，数十年之间与刘禹锡交往，诗歌酬唱频繁。刘禹锡曾将大和五年以后与令狐楚酬唱之诗编为《彭阳唱和集》。诗题谓将此篇"附于旧编之末"，"旧编"即指《彭阳唱和集》——确实是"广陵之弦于今绝矣"。

和乐天春词依忆江南曲拍为句

春去也，多谢洛城人〔1〕。弱柳从风疑举袂，丛兰裛露似沾巾〔2〕。独坐亦含嚬〔3〕。

〔1〕谢：致辞、致意。

〔2〕裛(yì)：同"浥"，沾湿。

〔3〕嚬:同"颦",皱眉。

约作于文宗开成三年（838）春。白居易尝为《忆江南》三首，题下注云："此曲亦名《谢秋娘》，每首五句。"《乐府杂录》："《望（忆）江南》，始自朱崖李太尉（李德裕）镇浙西日，为亡妓谢秋娘所撰，本名《谢秋娘》，后改此名，亦曰《梦江南》。"此曲因白居易所作，亦名《忆江南》，复因刘禹锡和作有"春去也"之句，又名《春去也》。白之《忆江南》共三首，刘之和作亦应有三首，今仅存一首。此首风格婉丽，有伶工歌者风致，清人况周颐谓其"流丽之笔，下开北宋（张）子野、（秦）少游一派"（《蕙风词话》卷二），是婉约词的先声。

送春曲三首

其一

春向晚，春晚思悠哉。风云日已改，花叶自相催。漠漠空中去，何时天际来？

其二

春已暮，冉冉如人老。映叶见残花，连天是青草。可怜桃与李，从此同桑枣。

其三

春景去,此去何时回?游人千万恨,落日上高台。寂寞繁花尽,流莺归不来。

作年不详。因诗言“人老”,且与《和乐天春词依忆江南曲拍为句》体式相似,或作于晚年,权且编系于此。瞿蜕园《刘禹锡集笺证》卷二六:“此诗以三字起头,颇似《江南好》,为由诗入词之渐。而此诗特存古调。”

思黯南墅赏牡丹花

偶然相逢人间世,合在增城阿姥家[1]。有此倾城好颜色,天教晚发赛诸花[2]。

〔1〕增城:层城,神话传说中的地名。《淮南子·墜形》:“掘昆仑墟以下地,中有增城九重,其高万一千里百一十四步二尺六寸。”阿姥:西王母,神话中西王母居于昆仑山。

〔2〕晚发:牡丹春末开花,故云。

开成三年(838)春作于洛阳。开成二年冬,牛僧孺(字思黯)曾邀刘禹锡聚会,刘禹锡为《酬思黯代书见戏》诗婉拒,有“请待花时作主人”之约。次年春末,刘禹锡至牛僧孺洛阳城南别墅赏花,即有此作。诗写牡丹,大体从李白诗句“会向瑶台月下逢”“名花倾国两相欢”(《清平调》)脱化而来。

酬端州吴大夫夜泊湘川见寄一绝[1]

夜泊湘川逐客心,月明猿苦血沾襟。湘妃旧竹痕犹浅[2],从此因君染更深。

〔1〕吴大夫:谓吴士矩,字方之,开成初为江西观察使,所带宪衔为(御史)大夫。

〔2〕湘妃旧竹:即斑竹。张华《博物志》卷八:"尧之二女,舜之二妃,曰湘夫人,帝崩,二妃啼,以涕挥竹,竹尽斑。"

开成三年(838)秋作于洛阳。吴士矩为江西观察使,以宴飨侈纵获罪贬蔡州别驾,继又流端州,至湘江时寄诗刘禹锡(今不存),刘禹锡酬以此诗。吴诗触动了刘禹锡昔年贬逐湘西的经历,所以写来格外沉痛。

秋晚新晴夜月如练有怀乐天

雨歇晚霞明,风调夜景清。月高微晕散,云薄细鳞生[1]。露草百虫思[2],秋林千叶声。相望一步地,脉脉万重情。

〔1〕细鳞:鳞状轻云。

〔2〕思(sì):悲伤。

开成三年（838）晚秋作于洛阳。暑热已退，诗人颇感闲适而有怀友朋。白居易酬诗以"相思懒相访，应是各年衰"来应和"相望一步地，脉脉万重情"，彼此思念却惫于行走，正是老年人情态。

始闻秋风

昔看黄菊与君别，今听玄蝉我却回[1]。五夜飕飗枕前觉[2]，一年颜状镜中来。马思边草拳毛动[3]，雕眄青云睡眼开。天地肃清堪四望，为君扶病上高台。

〔1〕玄蝉：黑褐色的蝉。
〔2〕五夜：五更。飕飗（sōu liú）：风声。
〔3〕拳毛：拳曲的毛。

应是晚年所作，姑编于此。纪昀以为"题下当有脱字，当云始闻秋风寄某人"（《瀛奎律髓勘误》）。刘禹锡一贯喜好秋天，即使到了衰病之年，仍闻秋风而思振作，大有"烈士暮年，壮心不已"的豪迈。"马思""雕眄"一联，尤为警丽。

秋词二首

其一

自古逢秋悲寂寥[1]，我言秋日胜春朝。晴空一鹤排云上，便引诗情到碧霄。

〔1〕悲寂寥：宋玉《九辩》：“悲哉秋之为气也，萧瑟兮草木摇落而变衰。……沉寥兮天高而气清，寂寥兮收潦而水清。”此用其意。

其二

山明水净夜来霜，数树深红出浅黄。试上高楼清入骨，岂如春色嗾人狂〔1〕。

〔1〕嗾(sǒu)：唆使、挑逗。

作年不详。因与前篇《始闻秋风》同一情调，姑编于此。秋气衰飒秋气悲，是历代文人笔下的“旧案”，而在刘禹锡，秋天则是感奋振作、清爽沉静的季节。刘禹锡的“诗豪”之称，多半来自此类作品。

和仆射牛相公春日闲坐见怀

官曹崇重难频入〔1〕，第宅清闲且独行。阶蚁相逢如偶语〔2〕，园蜂速去恐违程〔3〕。人于红药惟看色〔4〕，莺到垂杨不惜声。东洛池台怨抛掷，移文非久会应成〔5〕。

〔1〕官曹崇重：指仆射之职崇高贵重。唐三省中，中书、门下掌制令决策，尚书省掌推行政令，在三省之中，职务最为繁重。左右仆射为尚书

省长官,故云"官曹崇重"。

〔2〕偶语:相聚时窃窃私语。

〔3〕违程:耽误时间路程。

〔4〕红药:芍药。

〔5〕"东洛"二句:用南朝齐孔稚珪《北山移文》事,谓洛阳的旧宅花木被弃置甚久,不久当有"移文"倾诉其抱怨之情。移文,官府文书之一种。孔稚珪《北山移文》云,有"周子"隐于北山,后应诏出为海盐县令,途经此山,乃有山灵发移文于周子,责其抛掷旧山甚久。

开成四年(839)春作于洛阳。牛僧孺开成二年为东都留守,三年迁尚书省左仆射,四年有《春日闲坐》诗自长安寄刘禹锡,刘禹锡和以此诗。揣诗意,诗人应是独自进入了牛僧孺洛阳的池台,以所见所闻形容池台之空寂无人,抒写怀想池台主人之情。刘禹锡无涉牛李党争,且与牛、李二人都有交情,但后世诗评家因诗中有"阶蚁偶语""莺不惜声"等描写,遂以为此诗"深于影刺"(王夫之《唐诗评选》卷四),"中四句是比小人成群,纷纷汹汹"(清何焯《批刘禹锡诗》),是作者未必然而读者未必不然的解读。

学阮公体三首

其一

少年负志气,通道不从时〔1〕。只言绳自直,安知室可欺〔2〕?

百胜虑无敌,三折乃良医〔3〕。人生不失意,焉能暴己知〔4〕?

〔1〕从时:顺从时俗。

〔2〕室可欺:犹言暗室可欺。古人谓做事光明磊落,虽暗室亦不可欺。骆宾王《萤火赋》:"类君子之有道,入暗室而不欺。"

〔3〕三折:即三折肱,喻屡遭挫折。古有"三折肱为良医"之语。

〔4〕暴己知:暴露己之所短以自知。

其二

朔风悲老骥,秋霜动鸷禽〔1〕。出门有远道,平野多层阴。灭没驰绝塞〔2〕,振迅拂华林〔3〕。不因感衰节〔4〕,安能激壮心?

〔1〕鸷(zhì)禽:猛禽,鹰、雕之类。

〔2〕灭没:形容马跑得极快。《淮南子·兵略》:"剽疾轻悍,勇敢轻敌,疾苦灭没,此善用轻出奇者也。"

〔3〕振迅:指鸟的抖动。《诗·豳风·七月》"六月莎鸡振羽",毛传:"莎鸡羽成而振讯之。"讯,同迅。

〔4〕衰节:深秋,此又指年老。

其三

昔贤多使气〔1〕,忧国不谋身。目览千载事,心交上古人。侯门有仁义〔2〕,灵台多苦辛〔3〕。不学腰如磬〔4〕,徒使甑生尘〔5〕。

〔1〕使气:恣意发抒志气、才气。刘勰《文心雕龙·才略》:"嵇康师心以遣论,阮籍使气以命诗。"

〔2〕"侯门"句:语出《庄子·胠箧》:"诸侯之门而仁义存焉。"

〔3〕灵台:心,心胸。

〔4〕腰如磬:弯腰如磬,表示谦恭。此指卑躬屈膝,受屈辱。磬,古代打击乐器,状如曲尺。

〔5〕甑生尘:无米下锅,此指穷困。

阮公为晋阮籍,"竹林七贤"之一,其五言《咏怀诗》影响深远,即所谓"阮公体"。详味诗意,此组诗当是诗人晚年回顾一生行事而有所悟之作,故姑编于此。

偶作二首

其一

终朝对尊酒,嗜兴非嗜甘。终日偶众人〔1〕,纵言不纵谈。世情闲尽见,药性病多谙。寄谢嵇中散,予无甚不堪〔2〕。

〔1〕偶:相对。

〔2〕"寄谢"二句:用晋嵇康事。嵇康曾为曹魏中散大夫,司马氏代魏,山涛(字巨源)荐嵇康为官,嵇康拒绝,并作《与山巨源绝交书》,称自己为官、与俗人交"有必不堪者七,甚不可者二"。

其二

万卷堆床书,学者识其真。万里长江水,征夫渡要津。养生
非但药[1],悟佛不因人[2]。燕石何须辨[3],逢时即至珍。

〔1〕"养生"句:谓养生不仅以药。嵇康《养生论》云:"善养生者则
不然矣,清虚静泰,少私寡欲,……外物以累心不存,神气以醇白独著,旷
然无忧患,寂然无思虑。又守之以一,养之以和,和理日济,同乎大顺。
然后蒸以灵芝,润以醴泉,晞以朝阳,绥以五弦,无为自得,体妙心玄,忘
欢而后乐足,遗生而后身存。"此用其意。
〔2〕"悟佛"句:谓学佛主要靠自悟而非依靠他人。
〔3〕燕石:似玉的石头,产自燕山,又称燕珉。

作年不详。二首尽是勘透人情世故之语,应是晚年所作,姑编于
此。刘禹锡晚年对学问、世事、宦情以及养生,皆有深切的体会。前一
首"纵言不纵谈",用嵇康《与山巨源绝交书》中"阮嗣宗(籍)口不论人
过,……至性过人,与物无伤"诸语,又自谓"无甚不堪",是其晚年处事
之道的总结。后一首关于"燕石"逢时即为至宝的议论,仍有些许刺世
之意。

附

赠李司空妓

高髻云鬟宫样妆，春风一曲杜韦娘[1]。司空见惯浑闲事[2]，断尽苏州刺史肠。

〔1〕杜韦娘：崔令钦《教坊记》："杜韦娘，歌曲名，非妓姓名也。"
〔2〕浑闲事：寻常事。

刘禹锡本集不载此诗。晚唐孟启《本事诗》"情感"第一载："刘尚书禹锡罢和州，为主客郎中、集贤学士。李司空罢镇在京，慕刘名，尝邀至第中，厚设饮馔。酒酣，命妙妓歌以送之。刘于席上赋诗曰：'鬌髻梳头宫样妆，春风一曲杜韦娘。司空见惯浑闲事，断尽江南刺史肠。'李因以妓赠之。"范摅《云溪友议》卷中《中山悔》载刘禹锡语曰："夫人游尊贵之门，常须慎酒。昔赴吴台，扬州大司马杜公鸿渐为余开宴。沉醉归驿亭，似醒，见二女子在旁，惊非我有也，乃曰：'郎中席上与司空诗，特令二乐伎侍寝。'且醉中之作，都不记忆。明旦，修状启陈谢，杜公亦优容之，何施面目也。余郎署州牧，轻忤三司，岂不难也？诗曰：'高髻云鬟宫样妆，春风一曲杜韦娘。司空见惯寻常事，断尽苏州刺史肠。'"两书所录诗作文字稍有出入，而言其本事及所涉人物亦有不同，应是故事在流传过程中一再讹传所致，当代学者岑仲勉、瞿蜕园、陶敏、陈尚君等皆有辨析。此诗在唐宋间极有名，为成语"司空见惯"之出处，因事涉刘禹锡，且言"苏州刺史"，故据《全唐诗》卷三六五所载文字附编于此。